璀璨风华

顾七兮 著

苏州新闻出版集团
古吴轩出版社

图书在版编目（CIP）数据

璀璨风华 / 顾七兮著；-- 苏州：古吴轩出版社，2023.10
ISBN 978-7-5546-2166-0

Ⅰ．①璀… Ⅱ．①顾… Ⅲ．①长篇小说－中国－当代 Ⅳ．① I247.5

中国国家版本馆CIP数据核字(2023)第144483号

责任编辑：徐小良
见习编辑：杜若琳
装帧设计：李　璇
责任校对：周　娇
责任照排：吴　静

书　名	璀璨风华
著　者	顾七兮
出版发行	苏州新闻出版集团 古吴轩出版社 地址：苏州市八达街118号苏州新闻大厦30F 电话：0512-65233679　邮编：215123
出 版 人	王乐飞
印　刷	三河市华东印刷有限公司
开　本	880mm×1230mm　1/32
印　张	8.75
字　数	195千字
版　次	2023年10月第1版
印　次	2023年10月第1次印刷
书　号	ISBN 978-7-5546-2166-0
定　价	58.00元

如有印装质量问题，请与印刷厂联系。18611130373

一

"薛氏绣坊"的仿古牌匾镶嵌在典雅淳朴的仿古门楼上，绣坊以超逸的姿态，屹立在绣品街一角。它已经传承了百年，这一代传承人薛尚安将传统技法与现代需求完美结合，甚至对苏绣与缂丝也进行了创新构思和再创作，实现了技术与艺术的并重。绣坊的名声越发响亮，慕名而来的人络绎不绝，傅采薇便是其中一个。她提着精致的行李箱，驻足在门口，用手挡着烈日的光芒，从指缝间将"薛氏绣坊"这四个鎏金的大字看了又看，最终细不可闻地叹了口气，抬脚进了绣坊。靠墙的玻璃壁柜两侧，一侧摆放了长卷苏绣精品《姑苏繁华图》，而另外一侧则摆放了镇坊之宝，也是被炒出天价、被誉为奢侈品天花板的精品——《南宋缂丝龙袍》（复制品）。

缂丝自古就有"织中之圣"的美誉，因其"承空观之如雕镂之像"，被赞誉为"雕刻了的丝绸"。缂丝高雅、细腻、精美、富丽，缂丝工艺十分繁复，能自由变换色彩，一件作品往往要经过数年乃至数十年才能够完成，所以缂丝在民间素有"一寸缂丝一寸金"的盛名。自宋元以来，缂丝一直是皇家御用织物，常用以织造皇帝的龙袍、皇后的华服，以及摹缂名人书画等，民间存世极少，精品更是罕见。《南宋缂丝龙袍》真品是国宝珍品，由国家收藏，眼下陈列的这件光彩夺目的龙袍，是薛家现任的传承人按照原版，花了十余年的时间一比一复制的，无论是设色，还是技术方面，都具有丰富的艺术感染力，堪称完美。

傅采薇沿台阶而上，二楼的装修风格极简，参照展厅式样布置。她的目光掠过各种精美绝伦的苏绣，停驻在横屏的缂丝《百鸟朝凤图》说明处，她不由自主地"咦"了声，又仔仔细细地围着它转了一圈。没有找到这是复制品的任何说明，傅采薇呢喃了句"竟然是真品"，便认真端详这幅凤凰栖息于梧桐、百鸟来朝的缂丝图：它以大气的金黄色织底，气韵高贵；用丰富色彩缂出的凤凰和百鸟，羽毛运用"结"的戗色法，大胆用色，层层晕染，使其富于立体感与装饰性，将鸟儿们的斑斓绚丽、婀娜姿态表现得活灵活现。就算隔着玻璃，傅采薇也忍不住伸手，想要抚摸一番。想当年，太姥姥看到这件缂丝的时候，大概也是这心情吧。

"咳！"刻意的咳嗽声将神游的傅采薇唤回神。她转过身，看向这位二十多岁的男子。他肤色白皙，戴着一副金丝边框的眼镜，清秀的五官显着一抹俊俏，帅气中蕴着一丝温润。他乌黑深邃的眼眸礼貌地跟傅采薇对视一眼后，便将眸光移向了《百鸟朝凤图》，儒雅地开口问："姑娘是跟我预约过的傅姑娘吗？"

"对。"傅采薇笑着点点头，后知后觉道，"你是薛尚安，薛大师？"

他笑着点头："大师不敢当，叫我薛尚安就行。"

傅采薇不由惊诧地捂住嘴，脱口而出道："你这么年轻啊！"

薛尚安嘴角带着微微笑意，谦虚了句："还好还好，也不算太年轻。"

"明明就很年轻嘛。"傅采薇不认同地摇摇头，认真说道，"我之前看报道说，你光是复制《南宋缂丝龙袍》就花了十多年的时间，再加上你还有一堆获奖作品加持，我以为你就算不是我爷爷辈的人物，也起码是叔叔伯伯辈呀！"她蹙眉看着薛尚安，又踌躇道："可现在，喊你哥哥我都觉得好像自己占了便宜！"

"呵呵。"薛尚安被傅采薇给逗笑了。初见的拘谨氛围缓和了不少，他把傅采薇邀进工作室，直奔主题："我听说你来找我，是想要让我帮忙修复你太姥姥的戏服？"

"是的，是的。"傅采薇忙不迭地点头，将一直提在手中的精致行李箱摆上桌，麻利地打开后，小心翼翼地取出那件保存了几十年的戏服。"这件戏服是我太姥姥珍藏了一辈子的宝贝，她看得比自己的命还重。它传到我姥姥手里，又传到我妈手里，本来打算一代一代传下去的……"说到这儿，傅采薇咬了咬唇，神色懊恼道，"都怪我，搬家的时候，没有注意，被我家猫给挠了……"

当时傅采薇母亲正好看到，急得血压飙升，晕了过去。醒来之后，她便郁郁寡欢，一个劲地自责。傅采薇绞尽脑汁劝说她想开点，结果被母亲狠狠打了一巴掌。"你懂什么？你以为它只是一件戏服吗？"母亲捶胸顿足道，"这是你太姥姥的一生啊！"

傅采薇被打蒙了。她从没见过太姥姥，甚至连姥姥，见过的面都屈指可数。而母亲，也从没跟她说过家族的往事，所以她根本无法理解——一件戏服，怎么就是太姥姥的一生了？

傅采薇母亲愣愣地看着自己的手。从小到大，她还真没打过傅采薇。见她白皙的俏脸上明显的红印，傅采薇母亲心里顿时不忍，道："你……没事吧？"

"我没事。"傅采薇揉了揉滚烫的脸颊，硬着头皮摇摇头，问道，"妈，这戏服精美华丽，看着就不是凡品，你说它是太姥姥的一生，那你能不能跟我讲讲太姥姥的故事呀？"

傅采薇母亲沉默了会儿，叹息道："其实，我知道的也不多。"

傅采薇拉着她的衣摆撒娇："不多就不多，妈，你就跟我讲讲嘛！太姥姥她是不是一位出名的戏曲家？或者是个厉害的裁缝？"

傅采薇母亲踌躇了一下，娓娓讲述起来。傅采薇的太姥姥叫傅采灵，幼年历经波折，但在艰难困苦的环境中，她不怕苦，不怕累，凭一副好嗓子，成了曲社唱昆曲的当家花旦。后来，在那一场没有炮火，却烽烟弥漫的战斗中出生入死，勇敢追逐正义，终将自己活成了传奇……

二

太姥姥的故事从1938年开始。

萧瑟的冬天，枯藤老树，静谧斑驳的石板路蜿蜒出岁月的年轮。傅采灵穿着粗布的素色旗袍，裹着棉衣，顶着呼啸的寒风，步履匆匆地沿着萧条的山塘街疾走，直到一座雕花门头破落的古宅前，她才停住身子，收敛了胡思乱想，又将围巾又往自己脸上提了提，遮掩住伤口。傅采灵深呼一口气，怀着忐忑的心情敲了敲门。

朱红色大门"嘎吱"一声被打开了条缝，穿着灰色长衫和黑布鞋的陈枫谨慎地探头往傅采灵身后看了看，才侧身弯腰小心翼翼地将她请了进来。临关门前，他又仔细地观察了下四周，确定安全，才利索地关门落锁。

三进三开的雕花大楼，也曾气派辉煌。原本雕龙画凤的木质花窗，如今残破不堪。余晖折射在粉墙黛瓦上，令古宅显得空旷而又寂寥。古宅无声地诉说着她与这座城市所经历的不幸。头顶一群不知名的鸟悲鸣而过。傅采灵不定的心神，瞬间便沉了下来，语气急迫道："陈大哥，我去。"

陈枫拧眉看着傅采灵，表情严肃地问了句："你考虑好了？"

傅采灵从围巾里发出细如蚊虫的声音："考虑好了。"

"真考虑好了？"陈枫加重了语气，眸光复杂。

"真考虑好了。"傅采灵毫不犹豫地点点头，脆声应答，此刻眼神坚定又果断。

沉默了会儿，陈枫从怀里掏出折叠整齐的戏班班主招聘书，郑重地递给她，严肃道："那你去吧。"

傅采灵将招聘书小心翼翼地装入随身携带的手包里——应聘苏家班主只是第一步，然后秘密找到"丑兔"，然后……后面才任重道远。

……

"站住！"

"别跑！"

"砍死他！"

傅采灵刚走到永安桥上,伴随着叫嚷声,一个穿着黑色劲装的蒙面男子,凶神恶煞地朝她这边奔了过来。一群面相凶狠、拿刀揣斧的人正骂骂咧咧紧随其后。

傅采灵想闪身避开,却不料脚底一滑,她心里暗叫了声糟糕,整个人收势不住,倒头栽了下去。"扑通"一声,河面上晶莹的薄冰瞬间裂开,冰冷刺骨的河水很快透过厚重的棉衣包裹全身,她惊恐得连呼救都忘了。

对冰冷的河水,傅采灵有着深深的阴影。瞬间,她的脑海里涌现母亲将她丢入冰冷的河水中,想要溺死她的画面。

那时的傅采灵一眼不眨地看着在河岸边捶胸顿足、号啕大哭的母亲,歇斯底里地喊:"姆妈,姆妈……"

"小娘啊,倷勿怪姆妈呒不良心,姆妈实在是呒不办法哉……"[1]

不要怪妈妈?

妈妈都要她的命了,她不怪吗?

傅采灵连哭都哭不出来了。她奋力地挣扎,可冰冷刺骨的河水还是没过了她的脖颈,酸涩充斥鼻尖。她睁不开眼了,她的意识开始消失……

离死亡一步之遥的时候,红旗曲社的老班主冒着严寒跳下水救了她。

傅采灵在家中换了湿答答的衣服,母亲神色慌张地将老班主给的十个铜板塞入她衣兜,磕磕巴巴跟她说:"小娘……

---

[1]方言,意为:女儿啊,你不要怪妈妈没有良心,妈妈实在是没有办法了。

倷……今后跟班主去讨生活,总……总比在家饿死的好。"

傅采灵没有接话,只是怔怔地看着母亲。

母亲被她看得心虚,不敢与她对视,神色难堪地低头说了句:"小娘啊,对不起……"抬脸的时候,母亲两眼通红,眼泪汪汪,愧疚得不行,声泪俱下地自责起来:"姆妈呒不良心,姆妈昏特哉……"母亲又狠狠地抽了自己几个大耳刮子,咒骂自己道:"姆妈弗好,姆妈弗是人……"[1]

傅采灵心里堵得难受,鼻尖酸酸的,眼泪控制不住地流了出来。她仰头深呼吸了几下,努力将眼泪憋回去,又猛地吞咽了几下口水,死死地咬着唇不发一言。半晌后,傅采灵默不作声地套上家里最破的棉袄,二话不说拽着老班主的衣摆,气鼓鼓地催了句:"走哉。"[2]

"格么,伲走哉。"[3]老班主打了个招呼。

"麻烦倷哉。"[4]母亲千恩万谢。

"弗碍个。"[5]老班主摆摆手,见傅采灵头也不回地往前疾走,只得大步子追了上去。

"阿姐,倷覅走……"[6]年幼的弟弟奶声奶气地跟在后面叫,"阿姐,阿姐……"

---

[1]方言,意为:妈妈没有良心,妈妈昏头了……妈妈不好,妈妈不是人。

[2]方言,意为:走了。

[3]方言,意为:那么,我们走了。

[4]方言,意为:麻烦你了。

[5]方言,意为:不要紧的。

[6]方言,意为:姐姐,你不要走……

傅采灵越跑越快,眼泪也如断线的珠子似的落个不停。年幼的她,知道家里很穷,所以从小就懂得察言观色,讨好姐姐、父母,竭尽所能地帮着家里干活,照顾弟弟;家里缺衣少粮、揭不开锅的时候,她喝米汤,饿着肚子挖树根吃,也从来没有任何怨言。

可是万万没有想到,在她得了黄病后,家里没钱不给她看病也就算了,还生怕她传染给姐姐、弟弟,竟然将她丢入河中……

再乖巧懂事又有什么用呢,在如此的世道上?

还不是像阿猫阿狗一样,想丢,就丢了。

傅采灵胡乱地擦着眼泪,她难过,她委屈,她心里也带着恨。

"小娘啊,小娘啊——"母亲跌跌撞撞地追到村口,硬是给她手里塞了一个小包袱,擦着眼泪对她说,"小娘啊,姆妈对不起俫,俫覅怪姆妈咙不良心,姆妈真格咙不办法,姆妈……"[1]

傅采灵将小包袱狠狠地砸在地上,猛地踩了几脚,转身拉着老班主的手就跑了。

母亲目送着她远去的背影,狼狈地捡起小包袱,默默地掉眼泪。

老班主姓沈,名叫沈长恩。他对傅采灵而言,不但救了她的命,更是给足了她恩典。是的,沈班主虽然说是一班之主,但是整个戏班挣扎在温饱线上,沈班主的生活也并不富裕,甚至可以用清贫来形容。但他仍旧节衣缩食,省钱给傅采灵看病、买药。

---

[1]方言,意为:女儿啊,妈妈对不起你,你不要怪妈妈没有良心,妈妈真的没有办法,妈妈……

后来治好了黄病，傅采灵就在红旗曲社里跟着老班主沈长恩刻苦学艺。基本功练不好被骂得狗血淋头，抑或做错时被打得皮开肉绽，傅采灵一点也不抱怨，用更认真的态度去学习，去改进。因沈长恩救了她，又愿意给她口饭吃，还教她唱戏，她真的觉得很知足。

夏练三伏，冬练三九，每天鸡一叫，傅采灵就自觉地起床，练功、练嗓、练腔。

老班主越来越喜欢傅采灵，将她带在身边悉心调教，教她学知识和礼仪，打心眼里盼望她快快长大，能够成为一代名角，名声响彻江南。

戏班的生活很苦，尤其天天要练基本功，那是枯燥乏味，但是又必须要做的事。老班主沈长恩对戏班的人要求颇为严格，对其他被折磨得苦不堪言的人来说，傅采灵是异类。他们会仗着辈分不客气地使唤她，捶背敲腿、干杂活是再正常不过的事。沈长恩的独子沈长泽，更是觉得傅采灵会卖乖，夺了沈长恩对他的喜爱。他时常找机会欺负傅采灵，时不时还会下绊子，看到傅采灵狼狈不堪，乐得哈哈大笑。

傅采灵呢，就逆来顺受，她从不会跟老班主告状，也不屑跟他们计较太多，兢兢业业地练着基本功，直到她第一次上台那天——

秦师姐将换好戏服的傅采灵堵在戏园里的小桥上，尖酸刻薄地说了她一通，趁她不注意，将她推入了小河里。

河水其实并不深，刚过傅采灵的膝盖，但她却吓得魂飞魄散，脸色煞白，连"救命"都没有力气喊，直挺挺地晕了过去。

秦师姐闯了祸便跑。如果不是陈枫将傅采灵救起，只怕傅采灵会是头一个溺死在景观河里的"大笑话"。

事后，老班主狠狠责罚了秦师姐，并将傅采灵正式收入门下，语重心长跟她说："所谓台上十分钟，台下十年功。我们做艺人的，要想人前显贵，必须背后受罪。"

老班主对傅采灵进行了更加严厉的管教。她将基本功练到炉火纯青。当然，为了避免落河发生意外，老班主还特意请了专门的人，教傅采灵克服心理障碍，学会了游泳。

三

对啊，自己会游泳！傅采灵一个激灵。

冰冷刺骨的河水疯狂地涌进她的鼻腔，她从惊慌失措地胡乱扑腾中冷静下来，想奋力向岸游去，结果脚抽筋了！

傅采灵只能扑腾着急呼："救命，救命啊——"

"有人落水了！"

"快去看看！"

"赶快救人呀！"

不一会儿，沿河两岸有人过来观望，其中不乏急中生智朝傅采灵伸出援手——递去绳子、棍子的好心人。

棉衣吸水，越来越沉；脚又抽筋，完全使不上力。傅采灵在冰冷的河水里，僵得手脚完全不听使唤，根本就抓不住救生工具。她神色恍惚地听着那些人不断地催促："抓紧绳子啊——"

"棒子！棒子就在你手边，抓啊！"

"怎么不抓啊！你想死吗！"

"不会是'船头上跑马——要自杀'的吧？"

"胡说八道，没听见喊救命吗！"

众人七嘴八舌地议论着。萧瑟的寒风一吹，那些人都抖了抖身子，没有人有下河救人的勇气。

天太冷了！

寒风一吹，岸边的人都冻得直打哆嗦。河水更是冰冷刺骨，下河救人万一生病了，世道不好，别说连看病的钱都没有，就算有，都找不到地方。

为了个不认识的陌生人，搭上自己半条命，真是不太值当。

傅采灵被呛了几口冷水，明白自己的处境，心里不免绝望起来，干脆就放弃了挣扎。

听天由命吧。

浑浑噩噩中，"扑通"一声响起，岸上也响起此起彼伏的惊叹声。

"好家伙！"

"厉害！"

"真行！"

傅采灵疲乏得一点力都使不出来了，眯着眼睛任由那有力的双臂将她拖往河岸边。

待上了岸，那人光着膀子，果断地将双手按在傅采灵胸口，准备对她进行抢救。

傅采灵睁眼，对上那五官如雕刻一般分明的俊脸，愣了。他拧着剑眉，犹疑着用手在她胸口用力按了按。"咳咳咳"，傅采灵将他吓得好像触电似的把手缩了回去。他局促地磕巴道："你……你没事吧？"

傅采灵冻得牙齿咯咯响，嘴唇苍白，胡乱摇摇头。

那人憨厚地擦了一把湿漉漉的头发，浑身透着健硕的阳刚之气，利落地从一旁捡起自己的外套披到傅采灵身上，朝她咧嘴憨厚地笑笑："你赶紧找地方换一下衣服，可别冻坏了。"

"嗯。"傅采灵嗓音沙哑，瑟瑟发抖地拢了下衣服。

"那我先走了。"那人穿衣，转身快步离去。

"喂——"傅采灵扯着嗓子喊住他，哑声道，"谢谢。"

"不客气的。"

傅采灵又追着问了句："那个，你叫什么名字呀？"

"我叫薛白良。"

……

爽朗的声音一遍一遍地回荡在傅采灵的脑海中，她嘟囔着不断道谢："薛白良，谢谢你呀，谢谢……"

"什么？"陈枫俯身拧着眉朝她凑近了一些，关切道，"采灵，你在说什么？"

傅采灵脸色苍白，双眼紧闭，秀气的眉头拧得死死的，豆大的汗珠不断落下。她困在被丢弃的梦魇中，嘴里惊慌失措地絮絮叨叨："姆妈，救我，求求你……救我……"

陈枫神色窘迫地用手推着她，奋力叫她："采灵，傅采灵！醒醒，你赶紧醒醒！"

傅采灵惊醒，猛地睁开眼，盈盈的秋波里溢满了晶莹的泪花。她迷茫地朝四周看了一圈，渐渐回神，深吸了一口气，敛住眸光深处的悲凉,视线对上陈枫,哑着嗓子,带着厚重的鼻音喊了声:"陈大哥……"

陈枫欣喜道:"你醒了?"不等傅采灵回话,他又重重地叹了口气:"谢天谢地,你总算是醒了。"

傅采灵心里一紧,蹙眉抬手抚了下昏沉的脑袋,只觉得四肢好像被车轮碾过似的酸胀难受,嗓子干裂疼痛。她哑声问:"我……睡了很久吗?"

梦里那些令人悲伤的往事,明明已经远去,却还是疼得那么刻骨铭心,这会儿醒来心有余悸。

"很久。"陈枫忙不迭地点头,焦灼道,"你发烧昏迷了两天一夜,都快急死我了。"说着他三步并作两步,麻利地给傅采灵换了一块沾着凉水的毛巾,走到床沿,朝她递过去的同时,眸光关切地看着傅采灵:"你现在感觉怎么样?"

"我还好,咳咳咳……"傅采灵捂着嘴巴咳了起来,苍白得毫无血色的脸,随着剧咳涨得通红,她觉得自己五脏六腑好像都要咳出来似的。

"还好?你都咳成这样了,你还好?"陈枫不认同地摇摇头,"烧迷糊了吧!"

他转身给她倒了杯水递过去:"你先润润嗓子。"

"嗯。"傅采灵接过水杯,听话地喝了起来。

看着她恍惚的神色,陈枫欲言又止,拧着剑眉,犹豫半晌后还是没忍住,问她:"好端端的,你怎么就落水了呢?"不等傅采灵回答,又自顾自道:"如果你不想去,可以明着跟我说,我不勉强你的。"

这本来就不是傅采灵的事,陈枫从来没有对她抱百分百的希望。

傅采灵呆愣了一秒,只是听着陈枫神色肃然地批评她:"采灵,你这样,真是……真是胡闹……这件事虽然危险,但也不至于直接要了你的命。你这跳河自杀,你实在是……实在是让我不知道该怎么说你好了。"

陈枫一时半会儿还真是找不到词来说了。毕竟这件事拜托傅采灵去做就有点病急乱投医,小姑娘被吓破胆子,魂不守舍,也是情有可原的。但是这样半路撂挑子,拿生命开玩笑,实在是让人恼火。偏偏一时半会儿陈枫又找不出合适的词去训斥她,急得想原地跳脚,末了瞥了她一眼,以表达心里的不满。

"我……自杀?"傅采灵不可置信地伸手指着自己的鼻子。

"不是自杀,你好端端的怎么就落水了?"陈枫没好气地哼了哼。

"陈大哥,我没有自杀,我是意外落水。"傅采灵迷迷糊糊的,虽然慢了一拍,但听明白了陈枫的意思,忙申明,"我真的没有想自杀。"

"那你是……"陈枫踌躇了一秒,还是觉得打开天窗说亮话比较好,干脆地问,"不想去?"

"陈大哥,我也没有不想去。"傅采灵神色焦灼地解释。

陈枫没有接话,视线停在傅采灵身上,神色肃然地盯着她的眼睛,只听她口气坚定道:"陈大哥,我不但会去,我还会尽力完成你交代我的事。"

四

时间回到三天前,陈枫去红旗曲社找傅采灵,请求帮助。虽说有些冒失,但傅采灵之前受过陈枫的恩情,也曾暗地里帮陈枫脱困过,所以陈枫对她还是相当信任的。

那天傅采灵刚唱完《游园惊梦》,连妆都还没有卸,听完陈枫再三恳求她接的任务,当场就吓得打翻了茶杯。"您……您开玩笑的吧?"手忙脚乱地收拾着茶杯,她圆了一句,"陈大哥,这玩笑,可是一丁点都不好笑呢。"

"没开玩笑。"陈枫义正词严道,"这件事有多严重,想必不用我跟你重复了。"

傅采灵咬着唇点点头——这可是大事!她做梦都不敢想的大事!

"我如果不是实在没办法,也不会来拜托你了。"陈枫神色无奈地直叹气。

"可……可是我什么都不懂呀。"傅采灵惊诧得说话都不利索了。她一个身份卑贱、人人都瞧不上的唱曲的戏子,突然要她潜伏进苏家传递情报,她只觉得有些荒谬,情急下方言都冒了出来:"我……我怕是弗来赛[1]呀。"

"来赛的,你肯定来赛的。"虽然心里没有底气,但陈枫还是信心满满地鼓励她,"苏家老爷痴迷昆曲,你昆曲唱得那么好,一定没问题的。"

---

[1] 弗来赛:不行。来赛:行。

苏城失守后，日军到处杀人放火、奸淫掳掠，累累罪行罄竹难书。

以陈枫为首的地下党组织接连遭受汪伪势力的重创，很多同志被抓。全国地下党组织计划半年后到苏城召开第二次会议，如果在限定的时间内不能得到汉奸名单，整个组织恐将遭受更严重的打击。

上头给陈枫派下了艰巨的任务：要在三个月之内拿到这份名单。

几名地下党员分析完情报以后，把目标锁定为汪精卫的高级顾问——苏家老爷。

组织派出了一名代号"丑兔"的谍报员潜伏进苏家，可是庭院深深，"丑兔"潜入苏家后连个水花都不见就失去联系，目前生死未卜。

苏家门禁森严，苏老爷用人又谨慎，陈枫他们根本没有安插人手的机会。时间紧迫，任务艰巨，陈枫他们实在是没辙了，当看到苏家在重金招聘戏班班主，便不得不用组织外的人。

凭借昆曲技艺混进苏家对傅采灵而言并不难。后面跟"丑兔"接头，并且传递出情报，才是任务之重。

1938年春，根据中共中央关于深入敌后创建根据地的指示，新四军派出先遣支队，有组织地领导各界开展抗日救国斗争。在如此的形势之下，这是一个大胆而又冒险的决定，也是陈枫不眠不休，分析了一天一夜利弊之后做出的决定：如果傅采灵成功了，那火种还在，希望还在，全民一起积极奋起抗战，国家一定会渡过难关；如果傅采灵失败了……不，她不会失败……

傅采灵蹙着秀眉,听陈枫慷慨激昂地说:"目前形势是严峻的,我们还会面临一段艰难的日子,战争也不只局限于前线,我们要积极开展敌后游击战……地下战场是没有硝烟的战场……国家兴亡,匹夫有责……在这个时代,我们只有团结起来,万众一心,抗战到底……"

傅采灵心中好像被投入了一颗火种,瞬间心火熊熊燃了起来。她当场就毫不犹豫地答应了下来:"好,我接受这个任务。"

"事关重大,你还是认真考虑一下。"陈枫倒是有些犹疑了,毕竟傅采灵没有接受过专业的训练,一旦出事,那就必死无疑。

听了陈枫分析的利弊,以及那万一不幸的结局,傅采灵反应过来,意识到自己的草率。她不怕苦,不怕累,可事关生死,她还是有必要认真斟酌一下。虽说在这个乱世,活着不易,尤其是她这种命苦的人,从小就受尽了苦难,可是俗话不是说得好嘛——好死不如赖活着。她好不容易有个安身立命的一技之长,往后的日子肯定是会比之前顺遂的,"作死"这件事,她还是不太乐意的。哪怕傅采灵心里认同陈枫的话,也真的想要为国家贡献一份自己的力量,但是,她还没做好牺牲自己的准备。所以,她顺着陈枫给的台阶下来:"那个,陈大哥,那我再好好考虑一下。"

陈枫点点头,他并没有逼着傅采灵当场下决心,只是关照了一句:"采灵,这件事的严肃性想必不需要我给你重复了,不管你答应或者不答应,这秘密是誓死要保守的。"

"这个你放心!"傅采灵立马伸手发誓,"陈大哥,我拿命起誓，我绝对不会泄露出半句；否则的话，天打雷劈，不得好死。"

"嗯，我信你。"陈枫坦然一笑，跟她约定，"给你三天时间考虑。如果你愿意帮我们，那来雕花大楼找我；如果不愿意，就当我没来过。"

傅采灵知道这是陈枫给她的台阶。她心有余而力不足——就算真有一颗爱国心，然而做不到牺牲自己，自然是不会去雕花大楼的。

哪承想，陈枫前脚刚走，现任班主沈长泽便急吼吼地跑了进来，一把拽住傅采灵的衣袖，将她连拖带拽地往前台扯，嘴里更是催得不行："采灵，快，赶快跟我来，雕三爷来了，他今天指明……"

傅采灵一听这名字，不等沈长泽把后面的话说完，就顿住脚步，冷着俏脸甩开他，果断拒绝："我不去。"

"不去？"沈长泽从喉咙里吐出这两个字，直盯着她，冷哼了一声，嘲讽道，"傅采灵，给你脸了是吧？"

"不给我脸，我也不去。"傅采灵硬着头皮回了句。

"哟呵，硬气了！"沈长泽阴阳怪气地警告她，"傅采灵，你再说一次不去试试？"

傅采灵咬了咬唇，沉着俏脸没有吭声，但是脸上写满了一百个不去——不去，就是不想去。

沈长泽的脸拉了下来，口气越发不善道："雕三爷他是什么人，傅采灵，你可别给脸不要脸。你要是得罪了他，别说你以后还想在红旗曲社混！就是在整个苏城，我看你都别想有活路了。"

傅采灵当然知道这雕三爷是什么人,也知道沈长泽并不是随口吓唬她。毕竟在苏城,雕三爷的势力是没有谁不知道的,他的生意五花八门,做得很大,跟警察局局长也称兄道弟。之前傅采灵就亲眼看到雕三爷瞧上了秦师姐,秦师姐连东西都没收拾,连夜就被带走了。沈长泽不在乎,但傅采灵心里明镜似的,秦师姐压根儿瞧不上雕三爷,她早就有了心仪之人,只是没攒够赎身的钱财罢了。

秦师姐后来回来收拾东西的时候,一身珠光宝气,贵气逼人,对沈长泽尖酸刻薄地说了一堆冷嘲热讽的话。沈长泽只装作没听见,笑脸相迎,一个劲地恭贺她攀上高枝,成了雕三爷第八位姨太太,把秦师姐气得俏脸都扭作一团,气呼呼地转身便走。

沈长泽见人走远了,才垮下脸来,长舒了一口气,遗憾地感慨了句:"可惜培养这么久的好苗子,说被挖走,就被挖走了。"

可不是,红旗曲社不敢说半句不是,秦师姐自己也不敢有半点反抗,不然,结局一定是凄惨的。

这就是命,穷人无法说不、无法反抗的命。

"好了,小祖宗,你别板着脸了,不就是让你去坐坐,喝杯酒吗?"沈长泽见傅采灵的神色稍霁,忙陪着笑脸劝了起来,意有所指道,"放心吧,人家雕三爷不会看上你的。"

傅采灵当然知道,雕三爷是不会看上她的——任何男人见过她卸妆之后的样子,都不会看上她,除非是眼睛瞎了。

因为傅采灵不好看!

倒不是五官长得不好看,而是那张脸,坑坑洼洼的,长满了红疹子，跟得了传染病似的。

至于傅采灵为什么会是一副满脸红疹子的丑陋恐怖模样，那就得益于老班主沈长恩早些年的先见之明了。

傅采灵清秀、精致的五官，楚楚动人的闪亮大眼睛，怎么看，长大了都会出落得娇俏艳丽、貌美如花。但戏子本身在社会上地位低下，漂亮的女戏子更是容易招惹是非，而且不管是戏子本人，还是整个戏班，都是没有拒绝跟反抗能力的。若想留住这个苗子，那就得打消男人动她的心思。除了扮丑，沈长恩也想不出别的法子。

在傅采灵刚冒青春痘的时候，沈长恩终于琢磨出了一种药水，只要她时不时地涂一些，这脸便会出满红疹子；但是只要不用这个药水，缓几天，那些红疹子便会消退不见。

如沈长恩所料，傅采灵不但唱腔好，那身段更是婉丽娇媚，只要往台上那么一站，抬手、甩袖、开腔，一个人就能把戏给唱活。

台下看戏的人简直如痴如醉，有钱的、有权的、有势的就不免对她动起了心思。沈长恩呢，看穿不说穿，他甚至还会热络地摆出一副成全的姿态来，让傅采灵卸妆，顶着那满脸红疹子出来见人。那些原本捧她如天仙的男人，瞬间就会跟见了鬼似的，看都不敢看她一眼。

久而久之呢，傅采灵这唱腔名声在外，但是不再有男人打她主意。

毕竟任谁大半夜醒来，看到旁边睡了这么一张可怕的脸，都是要被吓得灵魂出窍的。

这秘密老班主到死也谁都没有告诉,包括他的亲儿子沈长泽。沈长恩说傅采灵是天生戏骨,是为唱戏这行而生的,就该把所有心思放在唱戏上,别的什么都不重要。

而傅采灵也在老班主面前发誓,她一定要唱响江南,成为一代名角。

"好了,祖宗,我知道你不愿意,可是我这庙小,我得罪不起那尊佛爷呀!你就给我点面子,行不行?"沈长泽再次拉下身段,低声下气道。

傅采灵只要想到今日台下雕三爷身边坐着的那个日本人,就气不打一处来。但是确实如沈长泽所言,他们得罪不起。而且估计也不是了解傅采灵底细的雕三爷要请她的,指不定就是那个见色起意的日本人要请的。想到这儿,傅采灵轻咳了下,道:"那你跟他说,我卸个妆就去。"

"不是,小祖宗,你卸了妆,不是吓人吗?"沈长泽神色尴尬起来,拽着她的衣袖商量道,"要不,别卸了,就这样出去吧?"

"不卸妆,我不见人。"傅采灵口气坚决地说完,手上动作麻利地对着镜子开始卸妆。

"行吧。"沈长泽苦笑一声,"那我先出去招呼一声。"得让雕三爷好歹有个心理准备,可别闹出事来。

傅采灵出来,毫不意外地看到那日本人一副见了鬼的样子。日本人指了指戏台,惊恐得连话都说不利索了:"她……她……是那个……"

"三爷好。"傅采灵彬彬有礼地躬身打了个招呼,又转身对日本人欠了欠身,故意抬脸直视他,装出眯眼丑态,"你好,我是傅采灵。"

"这么丑。"那日本人抬手就甩了她一个耳光,"滚!"

傅采灵完全没有防备,被扇倒在地。那日本人不罢休,抬起皮靴往她身上狠狠地踹去:"这么丑,还有脸出来见人?!"

"对不起,我丑,是天生的……"傅采灵不卑不亢地回道。

"还敢回嘴?"日本人更气了,"丑不是你的错,出来吓人就不对。"

沈长泽也不敢上前拉,只能低声下气地给日本人、雕三爷赔不是,絮絮叨叨地解释:"对不起,她就是这么丑的呀。三爷……三爷求你看在秦秦的面上,倒是给帮忙解释解释呐……"

雕三爷没好气地瞪了一眼沈长泽。这傅采灵难看的事,其实刚才他含蓄地跟这日本人解释了,谁知道日本人鬼迷心窍地非要坚持把人请过来,说见识见识"丑角",这下被吓到了吧?雕三爷心里吐槽了句"活该",不过嘴上倒是帮着沈长泽劝了起来:"渡边君,别气,别恼,她就是个下贱的唱戏的,看她都是污了您的眼。您不要急,一会我带你去找花姑娘。"

"还不赶紧滚!"见渡边停手,雕三爷粗声粗气地呵斥了一声。

傅采灵丑是丑,不过唱腔是真的好,听她一曲,耳边皆是绕梁之音,是种靡丽的享受。雕三爷在这一方面,还是想要保一保傅采灵的。

耳朵被打得嗡嗡响,但傅采灵听到了雕三爷的呵斥,躬身告退。嘴里弥漫着浓重的血腥味,她到后院才敢伸手擦了擦,吐了口血出来。

这一次她是故技重施,从虎口逃脱。但是如果下一次沈长泽不给她卸妆的机会,那么她被占了便宜再挨打,就更惨了。

国难当前,谁都跑不掉。只有大家齐心协力,才能捍卫我们的国土,虽死犹荣。傅采灵不由得想起陈枫的话来,她瞬间下了决心,那就是帮陈枫去完成任务,哪怕死了,也要死得光荣!

再"卑贱"的骨头里也流淌着爱国的热血。

沈长泽敲门进来的时候,傅采灵的脸颊已经红肿得不像样了,可见那日本人下了狠手。

沈长泽朝她递了一个熟鸡蛋,关切地问了句:"你没事吧?"

"没事。"傅采灵熟络地接过。唱戏的挨罚、受伤再正常不过了。她快速地剥开鸡蛋,用帕子裹着,然后来来回回地在脸上滚动,给脸消肿。

沈长泽一言不发地看着她。如果不是那些坑坑点点的红疹子碍眼……傅采灵的五官真的精致而又秀气。虽说穿着一身并不太合体的素色粗布旗袍,但是沈长泽知道她的身段前凸后翘,柔软婀娜,尤其化装上了戏台之后,简直美得让人移不开眼。他感觉燥热起来,吞咽了下口水道:"你的脸,要不我带你去上海找西医看看吧?"

"不用。"傅采灵很干脆地拒绝。她的脸怎么回事,她心里清楚。

"女人不是都爱美吗?"沈长泽眼神直勾勾地看着傅采灵,总觉得有些说不上来的蹊跷,"你这样,自己真的不在意?"

"不在意。"傅采灵回得淡然。

沈长泽越发来了兴致,他干脆朝傅采灵走近了几步,将脸凑到她跟前说："也是。真喜欢你，是不会在意的。"他伸手将她用力一抱："采灵，你知道吗？我喜欢你……"

"沈长泽，你干吗？"傅采灵连推带踹地躲开，惊慌失措地后退了两步，呵斥道，"你吃错药了！"

沈长泽的眼神清明了一秒，随即又朝傅采灵前进了一步。

傅采灵忙再往后退几步，直到退到墙角，无路可退，怒道："沈长泽，你再发疯，就别怪我不客气了！"

沈长泽伸手，却被傅采灵不客气地挡了回去，朝他胯间狠狠一顶，沈长泽瞬间捂着那地方疼得哭爹喊娘地嗷嗷叫。

傅采灵狠狠瞪了他一眼，气呼呼地奔出了红旗曲社……

五

"一旦你进入苏家大院，你就会面临无数凶险，组织上的人帮不了你，一切都得要靠你自己。"说到这儿，陈枫的口气缓了缓，语重心长道，"任务很艰巨，而且，你可能还会遭受侮辱……"他叹了口气，继续道："也许还会不幸牺牲，你真的都做好准备了吗？"

"当然是准备好了才来的。"傅采灵坚定地应道。

可刚行动，万万没想到会意外落水。陈枫竟然以为傅采灵害怕了，退缩了，故意落水来逃避任务。这简直有点小瞧人了。

"陈大哥，你是不相信我吗？"傅采灵说话的声音软软糯糯，似乎带了点不被信任的委屈。她虽然是个"卑贱"的人，但是光明磊落，尤其讲信用，既然应下了，那么就做好了最坏的打算，也要说到做到。

"我……"陈枫招架不住她的眼神，讪讪道，"我自然是相信你的。"

"相信？相信什么？"随着粗暴的呵斥声，沈长泽带了几个打手破门而入，凶狠道，"好你个傅采灵，我寻你不见，原来你跟野男人躲这里了。兄弟们，给我砸！"话落，那几个人便毫不客气地"乒乒乓乓"砸了起来。

陈枫见状，立马上前阻止，跟那几个人纠缠在一起，可陈枫是"笔杆头"，动起手来，很快就落了下风。

"住手！"傅采灵掀开被子，下床大声喝止。可那些混混打手压根儿不听，陈枫连着挨了好几下揍。

"沈长泽，叫你的人给我住手！"傅采灵抬头看了沈长泽一眼，蹙眉冷声警告，"我警告你，你再乱来，我对你不客气。"

"不客气？我倒是要看看，你现在能怎么对我不客气法！"沈长泽笑嘻嘻地挨近傅采灵，看到傅采灵脸上的红疹子消退了不少，顿时有些诧异地伸手就想摸上去，"你的脸，好像好了？"

傅采灵退远了两步，神色不悦道："你别动手动脚，讨打。"

"讨打？"沈长泽勾唇冷笑一声，故意朝傅采灵贴了过去，"傅采灵，你找了野男人，脾气见长，竟然敢威胁我了？你打，你倒是打……"

沈长泽的话还没说完，脸上"啪啪"地被傅采灵狠甩了两巴掌。

"你……你竟然敢打我！"沈长泽被打蒙了，还没反应过来，自己的双手就被傅采灵一个擒拿反钳住。还没看明白傅采灵是怎么动手的,他就被踹倒在地,等他回过神来的时候,已经被傅采灵踩得结结实实的了。

"让他们住手。"傅采灵见沈长泽不配合,加重了踩他的力道。

"住……住手!"沈长泽吃痛,喊了起来。

"滚!"傅采灵哑着嗓子努了下嘴。那群人看看被踩得动弹不得的沈长泽,灰溜溜地离开了。

"陈大哥,你没事吧?"傅采灵看着狼狈的陈枫问。

"我没事。"陈枫略带意外地看着傅采灵,揉着被打疼的胳膊憨笑道,"你这身手不错呀。"原本以为她手无缚鸡之力,结果倒是对她刮目相看了。

"嗯,以前跟着老班主练过一段时间防身术。"傅采灵松开了沈长泽。她的拳脚功夫是沈长泽认祖归宗之前就学的,后来她也是关起门来偷摸着练。亏得沈长泽没有防备,要不然依照傅采灵此时的体力,难以强撑多久。

"傅采灵,你今天竟然敢动手打我,我跟你没完!"沈长泽乖张地指着她叫嚣起来。

傅采灵目光清冷地看着他,口气毫无波澜:"沈长泽,我是看在师父的面子上,帮衬你,容忍你,但是现在既然你不需要了,那么我不会再留在红旗曲社。"话说到这儿,她顿了顿,又补了句:"你要是想找我麻烦,那么尽管来试试。"

"傅采灵,你以为你是谁,红旗曲社是你说来就能来,说走就能走的地方吗?"沈长泽口气不善道。

"我没以为自己是谁,但是红旗曲社真是我想留就能留,想走就能走的地方。"傅采灵勾唇淡淡地嘲讽了句,"沈长泽,我尊你一声'沈班主'是因为师父,但是你在我眼里,算个什么东西!"

"你!"沈长泽被气得五官都狰狞了,不过傅采灵是红旗曲社的台柱子,他自然不愿轻易放走,忙气鼓鼓道,"你竟然想离开红旗曲社,我不同意。"

"师父当初就说了,我愿意留,这辈子都养着我;但凡我想走,谁都不能强留。"傅采灵一点也不畏惧,道,"沈长泽,我的卖身契,你可是亲眼看着师父烧掉的。"

听到这儿,沈长泽的脸色又苍白了几分。傅采灵说的是事实,他爹确实在去世之前就把傅采灵的卖身契给烧了,也说过那些来去随她自由的话。

如果沈长泽身上没有流着沈长恩的血,依照沈长恩对傅采灵的喜欢程度,这红旗曲社就是她的。

傅采灵这几年不争不抢,留在红旗曲社帮他赚钱,纯属是看在老班主的恩情上,不然依照她的名气跟技艺,别说苏城,就是往再大的地方去,都不愁没舞台。

"沈长泽,看在师父的面子上,我们给彼此留点脸面吧。"傅采灵重重地叹了口气,"以后,你走你的阳关道,我过我的独木桥,互不相干。"

沈长泽紧锁着眉头,神色不悦,但又无可奈何,最后丢了一句:"你最好别后悔!"沈长泽气急败坏地转身离去。

"我不会后悔的。"等沈长泽走得不见人影了,傅采灵才悄声自语,回他,也是回自己。以往,沈长泽再怎么惹恼她,抑或欺负她，她看在师父的面子上，都会让一让，更不会硬着头皮跟他决裂。但是她既然选了一条充满危险、布满荆棘的路，那么干脆跟红旗曲社撇清关系，万一以后她要真出什么事，至少不会连累红旗曲社。

沈长泽纵有万般不是，总归是沈长恩的儿子，傅采灵打心眼里还是盼着他能过安生日子。

"这个……"陈枫的表情有些尴尬，讪讪道，"那个……你还好吧？"这是陈枫第一次看见温驯的傅采灵发飙，还别说，气势挺到位的，刚柔相济，思维清晰，据理力争，把事情处理得干净利落，丝毫不拖泥带水，这让他先前担忧傅采灵无法完成任务的情绪稍有缓解。

"我没事。"傅采灵抿唇淡然一笑，"陈大哥，我们还是说一下正经事吧。"

一听傅采灵提起正经事，陈枫忙开始一五一十地说起来："这两天我都安排人盯着呢，有你三个同行进去应聘了，但是只看到进去，没看到出来。"说到这儿，他的脸色严肃起来，搓着手继续道："苏宅里面到底是个什么情况，我真是一点消息也探听不到。"

"嗯，那我也去试试吧。"傅采灵脆声道。

虽然有点担心傅采灵的身体，但陈枫这会儿也确实没心思跟她矫情或客气了，忙应声道："那你需要我准备什么吗？"

傅采灵歪着脑袋沉思了下才开口："不用准备什么，你陪我回红旗曲社取点行李就行。"

"哦。"陈枫点点头，试探着问道，"那要不要再叫点人一起去?"

"叫人?"傅采灵愣了愣,下意识回道,"我没多少行李呀,用不着叫人帮着搬的。"

"叫人不是为了搬行李的!"陈枫轻咳了下,对傅采灵使了个眼色。

领会了陈枫的意思,傅采灵忙摇头拒绝:"不用了,陈大哥。"说完,她又哭笑不得地补充了句:"我真的只是去取我的行李,可不是上门去算账的。"

其实,其他行李不收拾也无所谓,只是傅采灵十六岁那年师父送她的那套戏服是必须要去拿的。

一来这戏服有纪念意义,对傅采灵来说异常珍贵;二来这年头的戏服多半都是戏班定做的,私人想要还不太好购买。傅采灵去苏家,这戏服可是必备的道具。

"那沈长泽他不会为难你吗?"陈枫直白地问。

"不会。"傅采灵笑着摇摇头,"他也不敢的。"虽然傅采灵跟沈长泽闹了不愉快,但是红旗曲社还有其他的师兄弟、师姐妹们,要知道傅采灵的资历可比沈长泽老,在红旗曲社的人缘也好,就算是为了稳定人心,沈长泽也一定不会当着大家的面,不识趣地为难傅采灵。反倒是,傅采灵如果带人去红旗曲社,按照沈长泽的脾气,一定会觉得傅采灵拂了他的脸面,到时候还真有可能闹出麻烦来。

陈枫找来一辆黄包车,载着傅采灵回到红旗曲社。傅采灵跟正在她屋子里摔杯子大发脾气的沈长泽撞了个正着。

"你还回来做什么?"沈长泽口气吊儿郎当的,"是后悔了,想跟我认错了?"

"我是回来收拾行李的。"傅采灵的表情淡然,口气平和道。

沈长泽张嘴还没来得及出声,就听傅采灵慢悠悠地吐了句:"我要去苏家应聘戏班班主。"

他额角青筋一跳,脱口而出:"苏家?是哪个苏家?"

傅采灵看了他一眼,没吭声。

"是我想的那个苏家吗?"沈长泽试探着问。看她默认的表情,沈长泽便语气坚定地阻拦起来:"你不能去。"可傅采灵动作麻利地收拾戏服,压根儿懒得搭理他。沈长泽顿时气不打一处来,猛地一把扯过她的戏服,气急败坏地往地上一扔,胡乱地踩。

傅采灵眼疾手快,擒住了沈长泽,将他推倒一旁,冷喝道:"沈长泽,你欠打是不是?"

沈长泽拧着眉表示不满,挺身道:"今天你就算打我,我也得说一句,那苏家是什么地方……"说到这儿,他压低了点声音:"那苏老爷是什么人,你心里没点数呐?"想到自己跟傅采灵的过节,沈长泽又讪讪地嘟囔了句:"不管怎么说,我不能眼睁睁看你去跳火坑。"

苏家承袭祖上宫廷织造技艺,是苏城首屈一指的富贵人家。但为何沈长泽直言苏家是火坑?那就得从现任家主苏志耀——苏老爷说起。

苏老爷是出了名的戏迷,家里重金养着个戏班,每天都要听上那么一段,起兴致的时候,还会自己上台哼两段。他这个人呢,性格阴晴不定,所以苏家戏班就出现了这么一个现象:铁打的戏班,流水的班主。

这听戏的，听一个人的戏听腻歪了，换人来唱，换点新鲜劲其实也属正常。但是苏家的恐怖在于，对那些"流水的班主"，苏家怕他们泄密，所以"流水的班主"都会被赐一壶酒，把嗓子毒哑才可以走。

连续好几个班主都遭了这殃，坊间将苏家传得邪乎，简直是龙潭虎穴般的恐怖存在，若非实在缺钱，活不下去，唱戏的人再辛苦、再卑贱都不会去苏家应聘班主——一个靠唱戏为生的人，被毒哑嗓子，那可真是要命。

傅采灵弯身将戏服小心翼翼地捡起来。"谢谢你的好意，我心领了。"她的口气多了几分诚恳，"再见。"

"你真是疯了！"沈长泽见她冥顽不灵，也不再劝阻，撇干净关系道，"傅采灵，今天你出了这门，以后是生是死跟红旗曲社没有半分关系。"

傅采灵的脚步顿了一顿，略带不舍地望了一眼承载她多年记忆的地方，最终还是抬脚抱着戏服果断地走了出去，对等候在一旁充当黄包车师傅的陈枫说："陈大哥，我们走吧。"

陈枫拉着黄包车，动作娴熟地走街串巷，往苏家的方向疾驰。一阵枪响声从不远处传来，人们惊叫着逃跑，乱作一团。陈枫第一时间放下车，拽着傅采灵往一旁的巷子里躲。

"我的戏服，陈大哥等等。"傅采灵心疼地大叫，挣脱开陈枫的手。她皱着眉，小心翼翼地拉出被卡住的衣摆，看着被黄包车勾坏的戏服心疼不已。

"别管衣服了，赶紧躲起来。"场面越发混乱，陈枫再次急促地拽起傅采灵，将她藏在一旁巷子隐蔽的角落后，郑重地关照,"你先躲在这儿,我出去看看情况。"

傅采灵点点头,看着陈枫快步跑出去,只觉得枪声越发密集。她抬头循声看去,空荡的街上,两拨人正在激烈地交战,子弹乱飞,鲜血迸溅,枪林弹雨之间,倒下了一个又一个鲜活的生命。傅采灵眉头皱得紧紧的,心里涌现出一股悲凉来。战争的枪声一响,这乱世如人间炼狱一般,最不值钱的估计就是人命了,真的是如草芥一般。

等街上安静下来,傅采灵听到巷尾传来一阵窸窣声,她立马神情戒备,瞬间紧张得心怦怦直跳。她谨慎地一步一步挪过去,看到一个穿着灰色粗布棉袄的眼熟的男子正捂着腰上的伤口,费力地想要爬起来。傅采灵壮着胆子小声唤了下他的名字:"薛白良?"

薛白良抬眼对上傅采灵,也觉得眼熟,拧着眉想了下才回:"哦,是你呀。"之前他在河里救的落水女子,叫什么名字,薛白良却是没有用心记,这会儿只能含糊地打招呼。

"你没事吧?"见到救命恩人,傅采灵放下戒备,上前将他搀扶起来,问,"你怎么受伤了呀?"

"唉,别提了。"薛白良一脸沮丧道,"刚才我看到有人在欺负一个姑娘,就想帮她一下,谁知道那坏人有同伙,在我背后放了冷枪,偷袭了我。"说到这儿,他喘气扶着墙,看看自己捂着伤口的手,上面满是鲜血。薛白良疼得龇牙咧嘴的:"我有点头晕……"说着,他就感觉一阵天旋地转,整个人往下倒。

"喂,薛白良……"傅采灵眼疾手快地扶住他,焦急地叫唤起来。

六

薛白良嘴里那个被人欺负的姑娘，此时被几个蒙着面的人用黑布遮着眼睛，带到天池花山地界。为首的那个人时不时地冷声呵斥："老实点，不然有你苦头吃。"

"你们是谁？到底想……想做什么？"苏丹丹心里恐慌得不行，小腿直打哆嗦，眼泪"吧嗒吧嗒"地往下掉，抽噎着求饶，"你们要钱的话，我回家拿给你们呀。"生怕这群人不相信，她又急吼吼地说："苏家，苏城的苏家你们应该知道吧？我爹是苏志耀，你们只要开口，随便要多少钱，我爹都会给你们的。"

事情是这样的。苏丹丹跟丫鬟在街面上买完东西，坐着黄包车回苏家，结果半道被车夫扔在了一个巷子里，接着就被四五个蒙面的男子给围住了。丫鬟护着她赶快跑，没想到跑进了条死巷。有个男人仗义相救，却直接被人放倒了。她被蒙面人捆住，一块毛巾捂住了她的鼻脸，一阵刺鼻恶心的气味后，她就迷迷糊糊地晕了。

现在到哪里了？谁绑的她？要做什么呢？一无所知的苏丹丹这会儿后悔出门没有带个保镖。

"呵呵，苏小姐，这些话你来来回回地都说了一路了，实话告诉你吧，我们不要钱！"为首的那个口气显得异常不耐烦，"你要再啰唆，可别怪我们不客气了！"

苏丹丹的俏脸瞬间苍白如雪，惊恐道："你们不要钱，那你们到底想做什么？"

"做什么？呵呵……"为首的男子口气故作淫荡起来，"不急,一会啊,你就知道了!"那人顺手在苏丹丹白嫩的俏脸上摸了一把:"真是水嫩嫩的大小姐呀,滋味一定相当不错。"

"你……"苏丹丹顿时被吓得连连后退,却因为被捆绑着,径直瘫倒在地,"我警告你们,你们不要乱来,要不然我爹不会放过你们的!"

"哼,你爹,苏老爷啊?"为首的那个阴阳怪气地嘲讽起来,"我们好怕他哟!"

"老大,你一会儿跟苏大小姐把事情办了,你可就是苏老爷的乘龙快婿了,提前恭贺你呀!"底下的人见苏丹丹表情惊恐,故意吓唬她。

"光天化日之下,竟然让我遇到你们这群强抢民女的败类!"一道浑厚的男音犹如天籁一般在苏丹丹的耳边响起。她忙大声疾呼起来:"大侠,好人,救我,救我!"

"哟呵,又来了个多管闲事的小子,兄弟们,给我上。"为首的男子口气轻佻道,"把他给我打得连他妈都不敢认。"

"得咧。"那几个人面色不善地朝季铭瑞围了上去。

苏丹丹神色陡然一紧,屏息凝神,连大气都不敢喘,生怕这个也像之前那个一样直接被放倒。

"啊!"

"嘭!"

接着就是拳打脚踢跟鬼哭狼嚎的声音。

"大侠,松手,疼……"求饶声响起,苏丹丹惶恐的心总算镇定了几分。但是胜负未分,她也不敢贸然开口。

"小子,身手不错,来跟爷爷过两招。"见底下的人全军覆没,为首的男子摩拳擦掌地挑衅道。

季铭瑞面色一沉,冷峻的眉眼带着凌厉,目光尖锐如刀地扫向他,淡然道:"来吧。"

那男子动作敏捷地扑上去,季铭瑞灵活地避开,反手将他擒拿住。那男子也是有几分功夫的,阴狠地踢向躲避不及的季铭瑞,将他踹翻在地。苏丹丹吓得闭眼不敢看——季铭瑞要是输了的话,她就跟着完了。

季铭瑞就地打了个滚,起身再次反制他。这两个人你来我往,拳拳到肉,打得那叫激烈。那男子越打越处于下风,干脆使出阴招,用匕首扎向季铭瑞。季铭瑞虽然避过,但还是被他割破了衣衫,划出了殷红色的刀伤。季铭瑞的目光越发凌厉起来,攻击得越发迅猛,浑身都透着一股杀气。那人见实在占不到便宜了,忙招呼那群小弟:"兄弟们,撤了。"很干脆地脚底抹油跑了,只恨爹妈少生了两条腿。

季铭瑞眼见那几个人几乎连滚带爬地跑入山林里,也懒得去追,啐了一口,才缓缓走到苏丹丹面前,蹲下身帮她解开身上的绳子,淡然地问了句:"你还好吧?"

苏丹丹眼里透着的惊恐瞬间化为感激,待双手自由了,这才松了口气,心有余悸道:"我没事,谢谢你呀。"

"没事。"季铭瑞摆摆手,一副无所谓的样子,抬脚便准备走。

"喂,"苏丹丹忙不迭地抬脚跟了上去,"你等等我呀。"

季铭瑞默不作声地回头看了她一眼,口气淡然道:"姑娘,我还有急事……"

"哎哟。"山路崎岖难行,苏丹丹一个没注意崴了脚,疼得眼泪汪汪地扶着脚蹲坐了下来。看着四周暗下来的天色,她神色越发焦灼了,忍不住撒起娇来:"喂,你倒是好人做到底,帮帮我嘛。"话落,不动声色地打量季铭瑞:一身劲装,里面穿着白色衬衫、黑色马甲,脚下是一双黑色皮靴,衣服被划破了,但是丝毫不影响他俊逸的形象。从穿着打扮看得出来,季铭瑞的家境应该很不错。

季铭瑞的神色为难起来,再次强调了句:"我真有急事。"

"你再急,也不能把我一个弱女子丢在这深山野林里吧?"苏丹丹一向骄横,这会儿倒是摆出楚楚可怜的样子来,"且不说那几个坏人还敢不敢回来,就是这天色这么晚了,要是有野兽出没,我这样,岂不是成了野兽的盘中餐?"

季铭瑞端详着狼狈的苏丹丹,抿唇认真想了想,半响后点点头:"那好吧,我先送你回去。"

"喂,你叫什么名字呀?"苏丹丹撑着季铭瑞给她找来的竹棍,一边走,一边主动跟他聊天,跟往日里眼高于顶的形象完全不搭。

"我叫季铭瑞。"季铭瑞回得言简意赅。在山脚下,他们运气极好地拦到了一辆回城的马车。车夫一听搭车的人要去往苏家,将苏丹丹恭敬地请上车。一路上,即便季铭瑞话少,车夫也还是东拉西扯,对季铭瑞热情得不行。

马车内的苏丹丹竖着耳朵听着,她知道了季铭瑞是上海人,是来苏城寻亲的。

将苏丹丹送到苏家后,车夫便识趣地牵马转身走了。

"小姐,小姐你回来啦!"丫鬟翠喜守在大门口,这会儿看到苏丹丹激动得喜极而泣,奔上去拉着她的手担忧地问道,"小姐,你没事吧?"

"我没事。"苏丹丹松开她,见季铭瑞要走,就叫住了他,"季铭瑞!"

季铭瑞停住脚步,回身目光淡然地看着她:"怎么了?"

"谢谢你今天救了我,这不,到我家了,我想邀请你进去坐坐。"苏丹丹热络地邀请,笑得眉眼弯弯,"我可一定要好好感谢你。"

"不用了。"季铭瑞眸光越过苏丹丹,深深地看了一眼"苏宅"两字,摆摆手,"我还有事,改天再来登门拜访。"

"你有什么急事呀?你不是来苏城寻亲吗?"苏丹丹见他要走,便再次开口挽留。

"对。"季铭瑞点点头,一板一眼地回答,"世道乱,我怕我亲戚家搬走,我得赶紧去寻。"

"好吧。"苏丹丹见他说得有理,也知道留不住,便点点头,"那你告诉我,你亲戚家在哪,回头空了我去找你。"说到这儿,她生怕季铭瑞拒绝,不容分说道:"你今天对我的救命之恩,我说什么都是要报答的,你可千万不能拒绝。"

"这……"季铭瑞踌躇着点点头,"那好吧,以后有机会再说。"然后他说了亲戚家的地址,躬身跟苏丹丹告辞:"苏小姐,我先走了,你以后一个人出门,可千万要注意安全。"

"嗯。"苏丹丹点点头。今日发生的事,她这会儿想起来还是心有余悸。等季铭瑞走远了,她的俏脸才沉下来,眸光冷冽地对着翠喜质问:"你怎么一个人先回来了?"

"小姐,我被那群人打晕了,醒来后发现你不见了,就赶紧回来通知老爷跟少爷。"翠喜解释完又忙说,"少爷带人出去找你,让我守在家里,看到你回来就通知他们。"说完这句话,翠喜看到在屋内等消息的苏志耀大步走了出来,忙躬身打招呼:"老爷。"

苏丹丹看到苏志耀便冲上前去撒娇:"爹。"

"你没事吧?"苏志耀仔细地打量了她两眼,除了狼狈,倒没受伤,便对翠喜吩咐道,"你让苏三去把少爷叫回来。"

"哎。"翠喜飞奔出去。苏志耀拉着苏丹丹的手说:"走,进去跟我细说发生什么事了。"

其实真要苏丹丹说到底发生了什么事,她也没弄明白。她把那几个坏人妄想轻薄她的事添油加醋地说了一番,最后着重感激季铭瑞的救命之恩,又把自己邀请季铭瑞来家里做客却被婉拒的事遗憾地讲完。"爹,今天要不是季铭瑞救了我,我真是……"她吸了吸鼻子,强忍住眼泪道,"我都不知道怎么办了。"

苏志耀的眉头微拧,家里不便接待来路不明的外人,原本想说她几句,但是见她神色不佳,便打消了念头,不紧不慢道:"你今天受了惊吓,早些休息吧。这件事我会查的。"

苏丹丹前脚回房,苏志耀的儿子苏成林后脚就带着家丁赶回来了。他擦了擦满头的汗,气喘吁吁道:"爹,小妹她没事吧?"

"没事。"苏志耀摇摇头,压低了声音道,"看来是见色起意的绑匪,但到底是不是,你明天派人仔细去查查。"

"好。"苏成林点头,摆摆手让家丁都出去后,对苏志耀道,"爹,难道你是怀疑……"

"咳咳。"苏志耀干咳了两下,神色凝重地打断了苏成林的话,"没查清楚今天那些绑匪的身份之前,不好说。"

苏成林识趣地闭嘴。苏志耀长叹了一口气,阴狠道:"我感觉,这件事没那么简单。"

"我也觉得。"苏成林忙附和着点点头,"在苏城,哪有不长眼的绑匪敢对我们苏家下手?劫走小妹,明摆着就是故意的。"

只是目的是什么呢?苏志耀拧眉愁思:如果是苏家商业上的劲敌,那是故意找茬打苏家的脸;如果不是商业上的,那可就跟汪先生有关了,是在有意敲打。但不管怎么说,既然敢上门来找茬,那么苏家一定会让他吃不了,兜着走。

"好了爹,你也别多想了,这件事交给我来处理。"苏成林胸有成竹道。

别看苏成林平日里吊儿郎当、吃喝玩乐没个正行,但是处理这种事还算拿手。苏志耀端着茶水抿了几口,又问:"客人现在情况怎么样?"

"客人的伤口已简单处理了,但是大夫说子弹留在了脾脏的位置,他没办法取出来。"苏成林说到这儿,顿了顿,"就算能醒过来,也是回光返照了。"

"嗯,尽人事,听天命,就这么着吧。"苏志耀口气波澜不惊。也是这客人自己心里没点数,嫌憋在苏家无聊,非得要出去溜达溜达。苏志耀看不住,也防不胜防呀。

"爹,那汪先生那边,我们怎么交代呀?"苏成林小声问。

"这人要作死,需要我做什么交代?"苏志耀没好气地瞪了苏成林一眼,"我本事再大,也阻挡不了阎王爷来收人呀。"

"是的,"苏成林立马认同地点头,拍马屁道,"爹说得对,这个人是自己作死,跟我们没有半点关系。"

苏志耀捻着兰花指随口就哼了一句戏文:"生和死,万般皆是命呐。"

"对了爹,我们招一名戏班班主,但是这几天来了三个,我们是都留下,还是选一个留下?这三个人都说自己戏唱得好。"让苏成林选她们仨谁长得最好看不难,但是要选谁唱得最好,真是为难他了:他真是一点也没遗传到老爹的"艺术细胞",完全听不懂那哼哼唧唧的玩意儿,也就分不清楚到底谁好谁坏了。

苏志耀这几天又早出晚归忙碌得很,苏成林一直没和他碰上头汇报这件事。

"留那么多人干吗?"苏志耀的脸色沉了下来,阴郁道,"你该不会都放进府里来了吧?"

苏成林一见老爹这副模样,心里暗叫了声"糟糕"。自打客人来了之后,苏家是严禁外人进出的,更别说这次客人发生了这么重大的意外,苏家更是把"防控等级"提到了最高,除了必要的采买,家里的姨娘都不许正常进出了。他急中生智道:"爹,我是这么想的,多一个人,多一点选择,我们可以在她们三人中选一个戏班班主,其他两个嘛,先养在府里。万一哪天你听一个人唱听腻歪了,还有其余两个人能给你换个口味,是吧?"说到这儿,见苏志耀眼神冷冽,他忙擦了一把额头的汗,鼓足勇气道："也不差多养两个人吃饭，是吧？"

"这是多两个人吃饭的事吗！"苏志耀的口气也冷厉起来，猛地一把揪住苏成林的耳朵，气急败坏道，"给我老实交代，你是不是又见色起意了？"

"没有，没有。"苏成林忙否认，"爹，我真的没有。"待苏志耀松手，他揉着自己的耳朵，又道："这几个人长啥样我都没仔细看，我怎么会见色起意呢。"见苏志耀脸色稍缓，苏成林忙表忠心："爹，我真是为你着想，我就想给你挑个最好的戏班班主。"

苏志耀没搭话，苏成林又继续说："而且，这几个人一进后院，我就都让人给看起来了，这几天没出任何幺蛾子。"说到这儿，他又嬉皮笑脸地补充了句："爹你放心，有我在，以后也绝对不会出啥岔子的。"

"行吧。"苏志耀点点头，来了兴致，问，"这三个人从哪里来的？底子干净不？"

"爹，我探过底子了，两个是苏城本土的：一个叫曲丽丽，是曲丽班的，因为家里老爹好赌，还不起债，想来苏家应聘求庇护。"见苏志耀听得认真，他继续仔细说了起来，"另外一个叫田凤飞，是凤溪班的，因为要供弟弟上学，缺钱，所以才来苏家应聘的。"

"嗯。"苏志耀点点头，这两个人确实底子挺干净，留着也无妨。他眸光肃然地盯着苏成林，接着问："那还有一个呢？"

"还有一个是外地逃难来的，我听她唱了几句，觉得也挺好听的，就暂时留了下来。"苏成林硬着头皮回道，脑海里浮现出陈双双那媚眼和身段。那脸，真是嫩得出水；那腰肢，柔软得跟细柳条儿似的；酥软的胸蹭着他的时候，让人如触电一般地麻了；那黄莺一般脆甜的声音，听着就让人心里迷醉了，不管她唱什么，都是天籁之音。

苏成林回味到一半，看到苏志耀的脸色拉下来，忙说："爹，你放心，这个人的底我让人查着呢，没查清楚之前，我不会放松警惕的。如果不干净的话，我一定第一时间把她就地解决了。"

"这个是不是三人之中长得最好看？"苏志耀看着苏成林直白地问。

"嗯。"苏成林尴尬地点点头，又摇摇头，"爹，她不但是三个人中长得最好看的，而且唱得也是最好的。"生怕苏志耀不相信，他又强调了一遍："爹，真的，你要相信我。"

"我相信你个鬼。"自己儿子几斤几两，什么德行，苏志耀心知肚明。他虎着脸，冷声道："前面两个人你看着办。这个来路不明的，给我封了口送出去。"

"不是，爹，她唱得真的很好听，你这样听都不听，太武断了。"苏成林壮着胆子顶撞。毕竟，没确凿证据之前，就硬生生把黄鹂一般的美人儿弄哑，他还是有点于心不忍的。

"武断你个头，我看你是色欲熏心了。"苏志耀气得抬手就把茶杯给摔了，"苏成林，你今天要是不给我处理干净，信不信我就处理你！"

苏成林见苏志耀动了真格，忙识趣地求饶："爹，你别生气，我听你的，我听你的，马上去处理还不成吗？"

"算了,我自己去。"苏志耀抬脚往后院走。他知道苏成林的,回头肯定把人给轻飘飘地放走了。

"爹,还是我去吧,那地方脏你的脚呀……"苏成林不死心地跟在苏志耀身后劝阻起来。

不过很显然,劝阻是徒劳无功的。苏志耀冷声叫家丁将住在后院偏房、叫陈双双的女人捆绑起来,然后果断地下令:"灌药,送出去。"

陈双双头发凌乱不堪,衣衫不整,听到苏志耀这道命令时,吓得瑟瑟发抖——虽然不知道灌什么药,但凭直觉,肯定危险得很。她忙第一时间朝苏成林跪爬过去,开口求饶:"苏少爷,奴家本本分分的,就想讨口饭吃,为什么要灌药送我走?"

"这要怪,就怪你的命不好吧。"苏成林转过头,一万个不忍心,但是他真不敢忤逆发怒的老爹。

陈双双立马又跪爬到苏志耀的面前,哭得一把鼻涕一把泪:"苏老爷,小女子受尽苦难,爹死,娘死,孑然一身,受尽欺辱,只想来苏家讨口饭吃,我到底是哪里做错了,要给我灌药?"

"你错就错在来了苏家。"苏志耀对家丁使了个眼色,不耐烦地催促,"还不快点?"

"苏老爷,求求你,饶了我吧!"陈双双跪地不断地磕头,磕得额头鲜血淋漓。

苏志耀完全不为所动。这哭得梨花带雨的,真是让人有些心疼,苏成林都不忍直视了。

家丁面无表情地端着一碗黑乎乎的汤药朝陈双双走来。陈双双惊恐地挣扎起来,口气变得愤然:"好吧,就算苏家不想留我，放我走就行了，凭什么灌我药……"

这句话是陈双双说的最后一句话，接下来，两个家丁摁着她，强行把药灌了进去。她只觉得嗓子火烧火燎，尖锐地疼痛起来，再想要开口说话，就只能发出喑哑的声音了。

"你再不走的话，丢掉的不只是嗓子，还有小命。"苏成林见苏志耀转身离开了，才蹲下身子，小声地说。

陈双双看着苏成林，无声地掉眼泪，那模样真是说不出来的娇媚可人。苏成林心头一软，凑在她的耳边说了句话，然后吩咐家丁说："走吧，把陈姑娘送出去。"

七

苏家的闹剧结束。与此同时，"呜——"一声长长的火车鸣笛声，伴随着"咔嚓咔嚓"的铁轨摩擦声，几名打扮朴素的年轻小伙子跟着匆匆的人群挤上了北去的列车。

季铭瑞目送列车远去，身影隐没在黑色的夜幕里。

"薛白良，你醒了呀？"而在雕花古宅这边，傅采灵手撑着腮在桌边打瞌睡，听到床上薛白良的动静，她才迷糊地揉着双眼，打着哈欠招呼了一声。

薛白良睁着眼睛四处看了一圈，摸着自己眩晕的脑袋，沙哑着嗓子问傅采灵："我这是怎么了？我在哪？你是……"

"你伤的是腰，不是脑袋。"傅采灵俏眉一拧，神色有些茫然，"你难道发烧烧糊涂了？"

薛白良点点头，又觉得表达得不对，忙顺着傅采灵的话说："原来我发烧了，多谢姑娘相救。"

"不客气！"傅采灵摆摆手，没当回事。

"敢问姑娘怎么称呼？"

"怎么称呼？"傅采灵被问得有些纳闷，"我吗？"她蹙眉反问道："薛白良，你不记得我是谁了吗？"这人是不是故意假装不认识她呀？

"我记得姑娘你，"薛白良的表情有点憨，他挠挠头，又有点尴尬，"可是不好意思，名字我给忘记了。"他昏迷前就想问了，但是没来得及。

"哦。"傅采灵恍然地点点头，"那你还想知道我是谁吗？"

"想啊，自然是想知道的。"薛白良咧开嘴，笑出一口白牙。

"那这回你可给我记住了哦！"傅采灵爽快地自报了一遍家门，"我叫傅采灵。"

"傅采灵姑娘，我记下了！"薛白良郑重地起身道谢，"今天真是谢谢你了。"

"啊！"傅采灵见他掀开被子，惊呼了一声，忙捂着眼睛转过身去，竟感到脸红心跳起来。

薛白良早已尴尬地缩回被子里，讪讪道："不好意思，我……"他窘迫得恨不得挖个地洞钻一钻，磕磕巴巴道："那个，傅姑娘，我的衣服，是你……是你……"

"是你帮忙脱的吗"这句话，终究是不太好意思问出口。

"不是的，不是的。"傅采灵听到这儿，忙摆手否认，"你的衣服不是我脱的！"生怕薛白良不相信，她忙解释："你身上的衣服跟伤口，都是我一个朋友帮忙处理的。"她吞咽了下口水，声音弱了几分。

"好吧！"薛白良挤了个笑容，点点头，尽量装得若无其事，拜托道，"那要麻烦傅姑娘一下，把我的衣服拿来。"

"好的。"傅采灵几乎是落荒而逃。

薛白良穿好了傅采灵送来的衣服，就匆忙告辞离开。傅采灵也没有假意挽留，她仔细地再次检查了一遍自己单薄的行李，不动声色地呼了口气——进苏家的事，可不能再耽搁了。她步履坚定地朝外走去，再次跟陈枫打了个照面，他眸光复杂地盯着傅采灵看了会儿，欲言又止。

陈枫要说的话，早说了几千遍了，傅采灵心知肚明，也懒得再跟他啰唆，直白道："好了，陈大哥，你放心吧，你交代的事，我都记着呢，我就算是死，也不会泄露有关你的半个字。"

对上傅采灵这双天真无邪、水灵灵的黑眸时，陈枫心里无比愧疚，可是这会儿已经没有退路了，他心里迫切地想要完成任务，不惜一切代价。所以傅采灵是他现在唯一的指望……希望……他——特别踌躇。

"好了好了，陈大哥，时间紧，任务重，我可没闲工夫陪你在这儿大眼瞪小眼的。"傅采灵笑着打破沉默，"我要走了，你祝我万事大吉吧，再会。"

"万事大吉。"陈枫挥挥手，目送傅采灵远去。

招聘书早在傅采灵落水的时候就掉河里了，傅采灵也懒得想怎么去苏家应聘才顺理成章，反正"哐哐哐"简单粗暴地一顿敲门就是了。

这丫头是嫌自己命长吗？

苏家院内发生了什么事，陈枫打听不到。但是陈双双在夜深人静时被人抬出来，浑身是血，惨不忍睹，却是他亲眼所见。

惨，真的是惨，他特别害怕，怕傅采灵也会被这样抬出来！

"大清早的，干吗呐！"门房打着哈欠，口气不善地冲傅采灵嘟囔了句。

"我是来应聘戏班班主的。"傅采灵回得坦坦荡荡。

"招聘书呢？"门房伸手问。

"我掉河里，弄丢了。"傅采灵扫了一眼门房，眼珠子一转，机灵地从兜里掏了一块银圆递过去，"喏，小哥哥，你行行好，帮我通报一声呗。"

"通报？就这？"门房嘴上说着嫌弃的话，手上却麻利地将银圆塞进衣兜里，"太少了。"

"可我没钱了呀。"傅采灵神色愁苦起来。

"真没钱了？"门房不死心道。傅采灵点头。门房看她面容虽然有些丑陋，但是身段凹凸有致，不由得起了色心，道："要不，你给我摸摸，我就给你通报一声？"

这人眼里透出的淫邪，让傅采灵不由得一阵恶心。既然没有通报面见的机会，那么她只能豁出去了。

"你不给我通报，你还拿我钱，你什么人呐？"傅采灵大声叫嚷起来，"把钱还给我！"

"谁拿你钱了？"门房四周扫了一眼。这个时间段压根儿没啥行人，加上苏家高门大院，路人本来就不敢乱看热闹，门房便有恃无恐。

"你拿我钱了！"傅采灵指着他，字正腔圆道。

"胡说八道,滚滚滚!"那门房懒得跟傅采灵争辩,干脆直接动手推搡她。

傅采灵顺势往后一倒,扯着嗓子号啕大哭起来:"苏老爷啊,你家门房狗仗人势啊!抢了我的钱,还动手打我啊!"

门房见状,越加不耐烦地冲上前,作势要打的样子,威胁道:"你别胡搅蛮缠,你要再不走,我可真动手打你了!"

傅采灵看似狼狈地闪躲,实则门房却半点便宜都没占到。傅采灵嘴里一点也没示弱:"我命苦啊,你为什么还要为难走投无路的人啊!"

"大清早的,吵什么吵!"管家不知什么时候叉腰站在门口,粗暴地呵斥,不动声色地扫了一眼傅采灵,将她上下打量了一遍——长得一般,穿得也还算朴实,是个没背景的人。于是他挥手的同时,嘴里不客气地赶人:"走走走,这里不是你撒野的地方。"

"我没撒野,你不能赶我走。"傅采灵胡乱抹了一把脸,干脆快步越过管家,奔到那个传说中性格阴晴不定的苏志耀苏老爷跟前,气喘吁吁道,"苏老爷,我是红旗曲社的,我来应聘戏班班主。"

苏志耀微敛眉头,轻轻扫了她一眼,并没有搭话。

傅采灵稳了稳心神,壮着胆子直接朝正漠然地看着她的苏志耀告状:"苏老爷,我是抱着绝对的诚心来的,但你们府里这个人不但不通报,还骗我钱!苏老爷,我想您一定能为我做主的!"

门房心里懊悔死了,忙"扑通"一下直直地跪下,辩解起来:"老爷,这人胡说八道。她来应聘,可是都没招聘书,还故意胡搅蛮缠……"

"谁故意胡搅蛮缠了?"傅采灵不甘示弱地打断他,"没招聘书,我一开始就跟你解释了——我那天掉河里,弄湿了。你骗我给你钱,说会通报。我把钱给了你,你还想对我图谋不轨;我不从,你又赶我走!"说完,她理直气壮地转脸看向苏志耀,眸光直视他道:"苏老爷,我说的句句属实,请您明鉴!"

"老爷,她……她胡说八道……我我我……她她她……"门房焦急又忐忑,连话都说不利索了。

"老爷,我没胡说八道,我……"

苏志耀眯着眼睛仍没接话,管家却是不耐烦地将傅采灵推开:"老爷日理万机,懒得管你们这些琐事,回去吧!"

"管家大人,这在你眼里或许是琐事,但是对我而言,却是要命的事。"傅采灵脆生生道,"我堂堂正正来应聘,却遭受这么不公平的对待,你们苏家却连个说法都不给,难道是高门大院,就能肆意欺负我们穷苦人吗?"

"说法?你想要个什么说法?"管家还没开口,苏老爷阴阳怪气地接过了话头,"小丫头,你别以为对我用激将法就管用,你问问你自己,你配吗?"

"不配不配。"管家立马顺着苏老爷的话呵斥傅采灵,"赶紧给我滚,不然休要怪我不客气。"

"我知道自己人微言轻,也知道自己要个说法是异想天开的事。但是苏老爷,我既然连红旗曲社的台柱子都不想做,真心诚意来应聘你们苏家的戏班班主,那么还请您能给我一个开嗓的机会，听过之后，再来评价我配还是不配。"

"哟呵，给你脸了是吧？"管家撸起袖子，准备对傅采灵动粗。傅采灵一身傲骨，直直地站着，脸色平和地看着苏志耀。

"住手。"苏志耀喝住了管家。他眼神阴鸷，带着探究的意味，盯着傅采灵看了半晌，然后似乎有些不在意地缓缓出声："你说你是红旗曲社的台柱子？"

"回苏老爷，曾经是的。"傅采灵欠身回话，"我是红旗曲社的傅采灵，昨天我从红旗曲社出来了。"

"傅采灵？"苏志耀沉吟了一下，"我倒好像是听过你的戏！好端端的，你怎么从红旗曲社出来了呢？"

"苏老爷，您是想听实话，还是假话？"傅采灵勾唇淡然一笑，问得有些俏皮。

"实话怎么说，假话又怎么说？"苏志耀难得心情不错地调侃了句。

"假话嘛，我这不是想来苏家应聘戏班班主嘛！"傅采灵轻笑着回。见苏志耀表情平静，傅采灵扯着嘴角笑了笑，不动声色道："实话的话，我想就算我不说，苏老爷也能查得一清二楚。我跟曲社的班主闹了矛盾，红旗曲社我是待不下去了，所以才来苏老爷您府上讨口饭吃。"

查是肯定要查的，但是人，苏志耀也不会随随便便就留下。苏家的饭碗可不是人人都有资格捧的。

"苏老爷，我说的句句属实。"傅采灵神色坦荡地看着他，一丁点都不慌。

"嗯。"苏志耀不置可否地点了点头，接着用遗憾的口吻道,"可惜我府上昨天已经留下了两个班主人选了,傅姑娘,你来得不凑巧了。"

"苏老爷,二选一是选,三选一也是选,为什么不三选一呢?"傅采灵转着滴溜溜的黑眸,口气郑重道,"求苏老爷能给我一个公平竞选的机会。"

"你现在要机会,那对前面两个人来说,就或许已经不公平了。"苏志耀淡淡道。

"但凡竞选,不都是能者居之吗?"傅采灵知道这是苏志耀故意刁难,信心满满道,"苏老爷,万一我比其他两位更合适呢?"

"听你这丫头的口气,还挺自信呐。"苏志耀语调一转,变得咄咄逼人,"你怎么就确信,你比其他两位更合适呢?"

"我相信我自己。"傅采灵清了清嗓子,镇定道,"要没两把刷子,我也不敢来苏老爷您面前献丑呀。"

"你若有真才实学,我便不计较你今天的胡搅蛮缠。但是如若没有——"苏志耀拖着音,眼神死死地盯着傅采灵,冷哼着丢了句威胁,"后果自负。"

傅采灵神色陡然一紧,心里一个"咯噔"。不过输人不输气势,她此时此刻绝对不能表现出半点软弱的样子。她眼波一转,稍低下了点头,挤出一抹笑:"嗯!苏老爷,您就瞧好吧!"

今天来的目的,就是投其所好以获得苏志耀的重视,争取到机会进入苏家。

或许对其他两人有些不公,但是傅采灵也顾不得了,毕竟她是带着任务来的。如果一开始没能有个惊艳的出场吸引住苏老爷，只怕以后想要做事，就更难了。

"行吧。"苏志耀转脸对管家吩咐了句，"带她去后院。"

傅采灵心里稍有点松缓，就听苏志耀又不紧不慢地丢了句："今天就不出去了，让她们仨一起亮亮嗓。"

"是，老爷。"管家应声，不给傅采灵开口的机会，便引着她朝后院走，路上不忘记冷声告诫，"我们苏家可不比别的地方，你如有本事留下，是你的造化；没本事的话，只能怨你自己命不好……"

傅采灵心里又一个"咯噔"，俏脸不自觉变得惨白。她立时就明白这"怨你自己命不好"的意思来，不过来都来了，也没有退路，只能唯唯诺诺地躬身回了句："谢谢管家大人提醒。"

"哼。"见傅采灵俯首低眉，比先前那副伶牙俐齿的模样顺眼许多，管家没好气地哼了声，不阴不阳地又告诫道："在苏家，想要活得久，就趁早收起你的小心思！"

"哟，钟叔，你怎么来后院了？"苏成林从一旁的回廊慢悠悠地走了过来，手里不慌不忙地整着衣衫。他眼神挑剔地朝傅采灵瞅了两眼，懒洋洋地开口问了句："这是谁呀？"

管家钟叔目不斜视地躬身回苏成林的话："回大少爷，这是今天来应聘戏班班主的人。"

"应聘戏班班主？"苏成林的声音不自觉地提高了一个音调，幽暗深邃的眸光带着寒意扫向傅采灵，见她长相并不惊人，不由懒洋洋道，"不是结束了吗？"想到被毒哑的陈双双，他心里一股戾气便止不住："钟叔，你可别仗着自己是府里的老人就没分寸。我爹可是说了，最近这段时间，谁都不许往家里带人!"要不是钟叔多嘴,苏志耀也不会清楚后院的事,更不会把陈双双给弄走。

钟叔赔笑:"少爷说得是。"接着他不动声色地回了句:"可这人是老爷让放进来的。"

"我爹?"苏成林气结,干脆迈步围着傅采灵打了个转,皱眉,自言自语道,"这人也没什么特别的啊!"

傅采灵低着头,垂着眼眉,装作听不见。

"说你呢!"苏成林干脆抬手,径直捏着傅采灵的下巴,抬起她的脸,视线紧紧地盯着她,挑眉道,"说说看,你有啥特别之处?"

傅采灵睁着清湛的黑眸,神色平和地看着苏成林,脆生生道:"回苏少爷,我没什么特别之处,只有唱戏这么一个特长罢了。"

"唱戏这么一个特长?"苏成林冷哼一声,皮笑肉不笑道,"你倒是很自信嘛!"

"当然。"傅采灵信心满满地点点头,"如果不自信,是不敢贸然来苏家应聘的。"

苏成林沉默了下,玩味道:"你刚才也是这样回我爹的?"

傅采灵一脸单纯地点点头。

苏成林顿时不知该说什么了,倒是一旁的钟叔,忍不住小声提醒:"大少爷,老爷说今天不出门了,让她们仨一起亮亮嗓子。我先把人带过去准备一下?"

苏成林表情有一丝尴尬,不过没有吭声,背着手走开了。管家钟叔蹙眉催促傅采灵:"赶紧跟我走。"

"哦。"傅采灵乖巧地应声,一路跟着管家钟叔走到一间偏僻的厢房。推门,钟叔丢了句:"这是临时的换衣间,你抓紧时间准备一下。"

"好!"傅采灵踏进屋,结果被屋子里的一片狼藉给吓了一跳。只见一个身穿戏服、生死未卜的人直挺挺地躺着,而她身边那化装颜料、道具撒了一地。另外一个衣衫不整的女子,抱着戏服狼狈不堪地瑟瑟发抖,看到管家钟叔,忙连滚带爬地过来,泪眼婆娑地磕头求饶:"管家大人,我不应聘苏家戏班班主了,我也不要赚钱了,求求你们,放我走吧……"

管家钟叔懒得搭理她,抬脚走到直挺挺躺着的那女子身边,伸手探了下鼻息,还有气,便掐着人中将她弄醒了,转头对傅采灵道:"你过来,帮我把她扶起来。"

"哦。"傅采灵已被这场面吓得六神无主,但是不敢露怯,只能硬着头皮过去把那人搀扶起来。

"管家大人,求求你,放我们走吧。"女子醒来后开口第一句话,就是对管家钟叔求饶。

管家钟叔面不改色地瞅了她一眼,冷声道:"苏家是你们想来就来、想走就走的地方?"

"可是,我也不能把命搭在这儿啊!"那女子声泪俱下,"管家大人,我们是来应聘苏家戏班班主的,我们不是做那种龌龊事的!"

"龌龊事?"管家钟叔听到这词,不由冷笑一声,"如果你们没存什么龌龊心思,只怕也遇不到什么龌龊事。"

那女子表情讪讪的,显然有些尴尬。另外那个衣衫不整的女子见状，识趣地认错："我错了，管家大人，我不该鬼迷心窍，求求你们，放过我吧！"她摆出豁出性命的姿态，把头磕得砰砰响，没一会儿额头鲜血直流。

傅采灵几次张嘴，但没弄清楚事情的始末，她也不好贸然开口，只能充满同情地看着，心里对自己的未来开始担忧跟恐惧起来。

苏家，只怕真的是虎狼之地，那她，还能够全身而退吗？

只怕一旦进了苏家，出去就难了吧！

"你如果真想走，那我成全你。"管家钟叔蹲下身，从怀里掏出一个瓶子，嘴角带着冷笑，"喝了它，你就可以走了！"苏家的规矩：可以出去，但是出去的必须是不能开口的人。

傅采灵艰难地吞咽了一下口水，心里就两个字：真的！

苏家果然如传闻中一样可怕。

"不，不……我不能喝……"那女子看到瓶子，神色变得有些古怪，她害怕这瓶子里的药水是要人命的毒药。

苏家果然是活地狱一般的存在！

"管家大人，我不想死，我真的不想死……我不要……"那女子惊恐地边说边后退。

"放心吧，不会要你命的。"管家钟叔轻飘飘地解释道。

"不会要我的命，那会怎么样？"那女子丝毫没有放松警惕，直白地问。此时此刻，但凡有一线能出去的生机，她都要争取。

"你喝了不就知道了！"管家钟叔的表情有些不耐烦。

那女子犹豫起来，迟迟不敢伸手接瓶子。

"想出苏家，就得守规矩。喝了它，我立即派人送你出去。"

管家钟叔表情漠然,扬着瓶子,催促,"赶紧的!"

那女子哆哆嗦嗦地伸出手,想要去接那瓶子。冷眼旁观的另一名女子忍不住说破道:"这药是不会要人命,但是会跟陈双双一样,再也开不了口吧!"

管家钟叔没搭话,默认了。

伸出手的那女子听了这话,瞬间犹如见鬼似的惊恐起来,连连后退,惊惧道:"我不能喝,我不要喝……"

"不喝,那就凭本事唱。"管家钟叔懒得再废话,收回瓶子,"你们三个,只有一个能留下来担任苏家戏班班主。另外两个,就自求多福吧。"说完,他便抬脚离开了这厢房。

"怎么办?怎么办?"那额头上鲜血淋漓的女子神色惶惶,焦灼道,"我不想留,但是我也不能走啊!"随即她又愤恨地盯着先前晕倒的那个女子,破口大骂道:"曲丽丽,这下你满意了?要不是你把陈双双跟苏大少的事悄悄捅出去,我们怎么可能会被苏大少记恨上?"

"田凤飞,你少倒打一耙,当初要不是你告诉我苏大少跟陈双双的事,我怎么会知道?"曲丽丽不甘示弱地回道,遮掩不住嫌恶的口气,"再说了,陈双双滚了,苏大少要了你,你不就如意了?现在在我面前装什么无辜?"

"我没有!"田凤飞恼羞成怒,一个箭步上前,拽着曲丽丽的头发,便跟她扭打在了一起,"都是你,都是你害我的!"

"你自找的!你敢扯我头发,活腻了啊!"曲丽丽立马就反击起来,两个人再一次扭打成一团。

傅采灵几次想伸手去拉架,但是她们扭成一团,她贸然用武力，只怕会暴露自己。她还想装作手无缚鸡之力的弱小女子保命呢，所以捏着嗓子叫着劝架："哎哟，你们别打了，你们赶快松开呀……"

"你们成何体统？"管家钟叔脸色肃然，勃然大怒。他粗暴地上前将两个人扯开，没好气道："还想不想在苏家好好待着了？"

"我们当然想好好地在苏家讨口饭吃。"曲丽丽抽泣着接话，"可是苏家明显就是耍我们玩。"不等管家钟叔接话，她干脆把心一横，吐槽起来："你们招聘书上明明白纸黑字写得清清楚楚，高价征招戏班班主。我们都是穷苦人家出身，也没有别的什么本事，就会唱戏，所以不自量力地来应聘了。可是不承想，你们连试的机会都不给我们，就直接想要我们的命了？"

"就是。"田凤飞瞬间跟曲丽丽结盟，顺着她的话也叫起了委屈，"虽然我们身份卑贱，但是好歹也是正经人家的孩子。可是你们苏家大少爷，他……他也太欺负人了。"她不忘把话回到主题上来："今天的事，就当我自己不长眼，你们苏家的饭碗我真的端不动，我高攀不起，求求你们放我走吧！"

"管家大人，我们虽然是穷苦人家出身，但是也不瞒您说，我爹妈指着我赚钱养家呢。我若是在苏家平白无故地没了，我那做地痞的爹，只怕不会轻易就罢休。"曲丽丽这会儿为了保命，连一向不屑提的赌鬼老爹都摆出来了。苏家虽然权势滔天，但是平白无故弄死人，这被地痞无赖给讹诈上，只怕像沾了狗皮膏药似的，十分麻烦。"管家大人，您就行行好，放我们走吧！"曲丽丽哭求。

"我可没本事放你们走。路就一条,要走自己看着办!"管家钟叔不屑道,"也别拿威胁的话来激我,我活这么大岁数了,什么事没见过?"

苏成林是什么性格,管家钟叔心里一清二楚。如果不是真把这两个女人惹急了,只怕她们也不敢这样当面反抗。苏家虽然财大气粗,捏死这两个没身份、没地位的戏子易如反掌,但是才处理了陈双双,如果一下子闹出好几条人命,只怕是局面一时不好收拾。

另外,也怕再也没有戏子敢来应聘了,那爱戏如命的苏老爷可就少了最大的乐趣。

"没了嗓子也是死,反正横竖都是死,管家大人,你干脆给我毒药吧。"曲丽丽揉着后脑勺,神色凄婉道,"我宁愿死,也不想没嗓子!"

倒是有骨气的人,傅采灵心里默默点头,又听她愤愤不平地咒骂:"不过我就算是死了,也要留在你们苏家做鬼,管家大人,我一定死不瞑目,阴魂不散。"

"你这是威胁我?"管家钟叔神色不悦,随即嘴角勾出一抹不屑的冷笑来。"你觉得我会怕吗?"钟叔冷哼一声,嘲讽她的不自量力,"你觉得苏家会怕吗?"见曲丽丽被自己怼得不敢吭声,管家钟叔又丢了句:"也不怕实话告诉你,这苏家后院死的人多了去了,比你凶、比你横的也多了去了,要说阴魂索命,你排队都不一定轮得上!"

"我知道。"曲丽丽硬着头皮挤了一抹笑,瞬间换上撒娇、讨好的语气,"管家大人,小女子怕都怕死了,可不敢有威胁你的意思。"曲丽丽的示弱，明显让钟叔有点受用，他的脸色稍缓。"管家大人，您在苏家一言九鼎，也是有身份的人，您看我，我今天真是没有活路了呀。求求您，给我指条道好不好？"曲丽丽继续说，说着凄凄惨惨地哭了起来，"管家大人，您对我的再造之恩，我一定会做牛做马报答您的。"

"活路很简单，你们好好唱戏就行。"

"唱戏？我们当然会好好唱的。"曲丽丽忙不迭地点头，随即踌躇起来，试探性地开口问了句，"可是，苏家不是只留最厉害的那个吗？"

钟叔点点头："是的，苏家不会留没用的人。你想活，自己努力。"别的也不再多说。

曲丽丽的脸色瞬间黯淡了下来，不由自主地瞟了一眼傅采灵跟田凤飞。她不知道傅采灵的实力，但是她自己的实力是连田凤飞都比不上的。她心里顿时暗暗生了一计，面上却不动声色。"管家大人，把药给我吧！"话落的同时伸出手，摆出一副大无畏的姿态来，"如果我落选了，我也能有个体面的选择。"

管家钟叔微微眯了下淡漠的双眼，没有接话。

田凤飞见状，忙道："管家大人，她想寻死是她的事，我不想，我一定会好好唱的。"说着她胡乱地理着自己的衣衫，眸中带泪地朝他笑，吸着鼻子道："我……我这就好好收拾自己，我一会儿一定好好唱。"

"管家大人，求您成全我。"曲丽丽心意已决，甚至懒得跟田凤飞抬杠。

管家钟叔眼神冷冽地盯着曲丽丽看了半晌，最终淡漠道：

"真想死的话,那喝这个。"他从怀里掏出了另外一个颜色的瓶子,朝她递过去:"放心,不会太痛苦的。"

田凤飞瞪大了眼睛看着他,又不可思议地看着曲丽丽,结结巴巴道:"曲丽丽,你……你疯了吗?"

"我疯没疯,不要你管。"曲丽丽神色坚决,"管家大人,求您成全我。"

"那你是自己求死,我成全你罢了。"管家钟叔将那个瓶子塞到曲丽丽手里,更加直白道,"你放心去,苏家不会少了你的丧葬费的。"

难怪那么多人不要命地往苏家冲。人为财死,鸟为食亡,都是有道理的。

傅采灵心里慌乱无比。陈枫对她确实有恩,她也是为报恩才接受任务的。虽然来之前也做好了会面临重重困难的心理准备,但是一上来就要面临生死较量,她还是有些无法接受。

可是现在没有退路给她了。此时此刻,傅采灵的心里,对陈枫是有些怨念的。

报恩要用命报!这男人,以后如果两人都还活着,她一定要远离他才好。

不过眼下,活着才是第一要事。

曲丽丽顿时面色青白交加,勉强笑着:"谢谢管家大人,我一会儿如果没机会留在苏家,我就自己处理。"曲丽丽的手握着瓶子颤抖个不停,竭力让自己的情绪稳定下来。好死不如赖活着,她才不会自杀呢!要死,也不会是自己!

"好了,都赶紧收拾吧。"这番折腾浪费了不少时间,管家钟叔有些不耐烦地催促道。"田凤飞、曲丽丽，你们按照老爷点的曲目上。"见她们两个人唯唯诺诺地应声了，管家钟叔又转过脸对傅采灵道，"你嘛，新来的，最后一个上。你把要唱的曲目先报给我。"

傅采灵进府之前便了解过苏老爷的喜好，他对昆曲虽说痴迷，但是也就是喜欢那么几首曲子罢了。而恰巧，其中的《牡丹亭》是她最为拿手的，所以傅采灵毫不犹豫地报了《牡丹亭》这个曲目。

"你也唱《游园》？"管家钟叔不动声色地确认，见傅采灵眨巴着灵动的双眼点点头，不由得道，"你们仨今天也是巧了，唱同一台戏。"说完，钟叔又自言自语道："你们这都是投苏老爷所好，也正常。"

苏老爷喜欢听的曲目，在外面早就传开了，毕竟苏老爷每次去戏场，听的都是这个，但是实际上嘛……钟叔心里暗自冷笑——只怕这三个姑娘，都没有机会留在苏家了。

傅采灵满心戒备，一直仔细观察着钟叔，所以他那很微妙的表情入了她的眼，她顿时心里一个"咯噔"，暗叫糟糕。她飞快地转动着脑筋分析：这苏老爷的喜好，如果外人真的能够轻易掌握的话，那么苏老爷的弱点也就很容易会被人发现了！所以，《游园》极有可能并不是苏老爷真正喜好的曲目，后面的《惊梦》也罢，应该都不能入苏老爷的眼。

怎么办？怎么办？

火烧眉毛了，傅采灵急得团团转，但她面上也不敢轻易表现出来。

管家钟叔一走,曲丽丽、田凤飞二人麻利地穿衣、上妆,迫不及待地将自己最美好的一面展现出来。

谁都想要赢。因为只有赢了,才能保住命,保住嗓子,留在苏家!

可是三选一,总归是有人要输的!

傅采灵想要留在苏家,就得赢过这两位。可一旦把她们给踢出局了,那么她们的结局只怕不容乐观!可如果傅采灵输了,那她自己就是出局的那个人,她的结局也不会好到哪里去。唉,如果可以,她真的一点也不想面对。

八

"新来的,你也唱《游园》?"曲丽丽一边用心地描绘着红唇,一边不动声色地问了句。

"嗯。"傅采灵乖巧地点点头。

"你准备唱哪一段呢?"田凤飞也不动声色地跟着问。她跟曲丽丽半斤八两,较真来说,她在扮相上更胜一筹。她俩若按照苏老爷点的【绕地游】【步步娇】开唱,她有把握出彩,把曲丽丽踢出局;但她对新来的傅采灵不太熟,便想借机试探一下深浅。

《牡丹亭》共有戏五十五出,《惊梦》是第十出。演出一般将《惊梦》分为《游园》和《惊梦》两折,《游园》折中有曲牌【绕地游】【步步娇】【醉扶归】【皂罗袍】【好姐姐】和尾声,《惊梦》里则有【山坡羊】【山桃红】【滴溜子】【小桃红】和尾声。

傅采灵她们三人既然选择了《游园》，那就是要在其中的曲牌里选一个试唱，是去是留，就凭自己的真本事了。

"我啊？我也不知道呢。"这几个曲牌傅采灵都挺拿手的。既然在《游园》上"撞车"了，那么曲牌上她想尽量选择不同的，大家展现各自的风格和特色。如果有可能，她是不想让这两人输得太惨的。

"不知道？我看你是不想说吧！"田凤飞心直口快道，"你该不会是怕说了，我们抢你的曲牌吧！"她勾着嘴角嘲讽道："你放心好了，我们的曲目苏老爷早就指定了。"

"苏老爷指定了？"傅采灵接话，"那为什么我没有被指定呢？"傅采灵脑筋转得飞快——既然苏老爷指定《游园》里的曲牌，那她先前推测苏老爷不喜欢《游园》，可能方向错了。按说陈枫他们的情报是不会失误的，所以，傅采灵大胆地猜测，苏老爷是真的喜欢《游园》，而且还挺喜欢他点的曲牌。那么按照苏老爷对戏曲偏爱的程度来说，极有可能他不但是戏痴，而且自己唱戏技艺不俗。所以他点的曲目也是他拿手的，他自然就瞧不上别人唱的了……

"你没有被指定，说明苏老爷压根儿没瞧上你呀。"曲丽丽对着镜子勾唇浅笑，"苏老爷这人吧，听曲可挑了。我呀，好心提醒你一句，这《游园》可不是随便什么人都能唱得来的，你可别打小算盘，抢我们唱的曲目。我们能走进苏家，可都是靠自己这成名曲。"

"哦。"傅采灵似懂非懂地点点头，虚心地问，"你的意思是，苏老爷指定你们唱的曲目，都是你们之前唱得最出彩的？"

"当然。"曲丽丽点点头。她一向精明,可不甘心自己什么都没探听到,便不死心地又问傅采灵:"你呢?你还没说呢,你到底想唱哪一段?"

"我啊?我是真没想好。"傅采灵满脸无辜,"我今天才进苏家,现在两眼一抹黑。我真是一点心理准备都没有……"

"你既然来了,又选择了《游园》,你会真的一点准备都没有?"曲丽丽明显不是好糊弄的人,她冷哼一声,"你这装蒜实在不高明。"

"就是,你这人真不厚道。"田凤飞跟着吐槽。

"不是,我没有撒谎,我是真不知道选哪一段!"眼看要得罪这两位了,傅采灵忙解释,"我选择《游园》是因为这出戏我之前唱得比较多,但是每次唱下来感觉都差不多,不好也不坏。我可不像你们这样有成名曲,早早就获得了苏老爷的赏识。"

"唱得不好也不坏?"曲丽丽细品了一下傅采灵的话,摆出一脸不信的样子来,"真的假的呀?"她对傅采灵的提防却更深了——这人绝对比田凤飞难搞。

"真的。"傅采灵忙不迭地点头,"我要是真唱好了,不早就名动苏城了?哪至于落魄得无路可走,非得作死来苏家求口饭吃呢?"

这话触动了田凤飞的神经,她心有戚戚焉,道:"可不是!"被曲丽丽不动声色地扫过一眼后,她讪讪地止住了这个话题,话锋一转,问:"你会选择跟我们唱一样的曲牌吗?"

"不会。"这次傅采灵没回避,回得斩钉截铁的,"都说了,你们的成名曲,你们唱了,我才不会自讨没趣呢。"

"你倒是识趣。"曲丽丽掩嘴,又不动声色地问,"你先前是哪个戏班的?"

"红旗曲社。"傅采灵坦荡道。她不应酬,没啥花名在外,除了懂戏的忠实粉丝外,没有大佬撑腰,更别说金主了。

"红旗曲社?"曲丽丽跟田凤飞相互交换了下眼神。大概她们并没有听说过这个戏班有什么出众的人物,于是两个人不约而同地认为彼此才是生死对手,不再针对傅采灵。曲丽丽起身道:"好了,我们要去准备登台了,你自己好好准备吧。"

"嗯。"傅采灵不慌不忙地开始化装,心里思量,要想留在苏家,唱什么好像并不重要,但一定要在唱腔上绝对地征服苏老爷。

傅采灵收拾完毕,跟着管家钟叔的步伐往戏台方向走去,台上曲丽丽低唱的声音传入耳中:"梦回莺啭乱煞年光遍,人立小庭深院,炷尽沉烟,抛残绣线……"

不愧是成名曲,这曲丽丽调用水磨,启口轻圆,首音纯细,不过下一秒傅采灵就忍不住撇嘴了——她转调不行啊!

这水磨调不是"水磨汤团",也不是就娇娇媚媚一个调调。这唱曲的没有深刻理解曲情曲理,转调的时候,一点情感波折都没有,败笔,大败笔啊!

曲丽丽下场之后,田凤飞就无缝衔接上了:"袅晴丝吹来闲庭院摇漾春如线。停半晌整花钿,没揣菱花偷人半面,迤逗的彩云偏。我步香闺怎便把全身现……"在唱腔上,她跟曲丽丽似乎不分伯仲,只是在戏台表演身段上,她更具有张力。如果不是表演失误,把自己绊了下,傅采灵倒是想给她鼓鼓掌的。天下女子有情,宁有如杜丽娘乎?田凤飞确实模仿出了几分杜丽娘的风情姿态。

很可惜,大概是面对苏老爷紧张了,才会出现这种致命的失误。

苏志耀微不可察地皱了一下眉,举手示意傅采灵上台。被田凤飞恶狠狠地瞪了一眼,傅采灵心里直呼冤枉——这都啥事儿!你自己失误,总不能怪竞争对手吧?

"傅姑娘,到你了!"管家钟叔出声催促。傅采灵只能硬着头皮上了,她犹豫自己要不要跟曲丽丽、田凤飞她们一样,表现出一点点失误,让苏老爷无法抉择;还是干脆拼尽全力,一鸣惊人,稳留苏家,毕竟她首先得要活着,才能谈以后,才能帮陈枫完成任务。但是,如果这么残酷地牺牲两个陌生女人换来进苏家的机会,她也有点于心不忍。

"怎么还不开始?"管家钟叔等了会儿,见苏志耀眉头拧了下,忙口气不善地催促。

"苏老爷,我刚才听了她们两位开腔,我对自己能留在苏家很有信心,所以我在思考,假如我获得苏老爷的赞赏,是不是能额外提点小要求?"傅采灵扯着嘴角灿烂地笑,伸出手指比画了一下,"很小很小的那种要求哦!"

俗话说得好,台上一分钟,台下十年功。毕竟曲丽丽、田凤飞这两个人唱戏的功底,也都是实实在在花了时间和心思去练的。如果她们真的被弄死或弄残了,是这个行业的损失。不管结果怎么样,傅采灵想要试试,看能不能给曲丽丽、田凤飞争取到一线生机。

不过曲丽丽跟田凤飞显然不领情,两人眼神鄙夷地瞪着傅采灵,心直口快的田凤飞更是不客气道:"苏老爷,这傅姑娘刚自己说了,唱得一般,您呀,可别抱太大的希望。"

"就是。"事关生死,曲丽丽也忍不住插话了,"再说了,能留在苏家唱戏,本来就是天大的恩惠了,这傅姑娘可真不知道好歹,还敢大言不惭地提别的要求。"口气遮掩不住不屑。

苏志耀的脸色本来就不善,这下更黑了,口气冰冷地对傅采灵道:"你还没开嗓呢,你有啥资格谈条件?"

"因为我有信心,开嗓了,我能留在苏家呀。"傅采灵回得那叫一个理直气壮,"我比这两位唱得好。"

"搞什么百叶结![1]"曲丽丽暗骂了句。

"昏说乱话,拎勿清,勦面孔![2]"田凤飞跟着用方言破口大骂。

傅采灵没有争辩,她不动声色地稳住心神,默默安慰自己:算了,女人何苦为难女人,不想跟这两个不识好歹、没脑子的女人一般见识!

"苏老爷,这傅姑娘为人处世有点狡猾,我觉得没啥好事!"曲丽丽对苏志耀谄媚地扬起笑脸,"您老可千万别被她糊弄了!"

"对,就怕她做什么手脚!"田凤飞跟着点头。

这两人不知道傅采灵葫芦里卖的什么药,"同仇敌忾"地在给苏老爷上眼药,对傅采灵放冷箭!

---

[1]方言,意为:搞什么名堂!
[2]方言,意为:胡说八道,拎不清,不要脸!

"不识好歹,拉倒。"傅采灵撇撇嘴,口气变得严肃起来,"苏老爷,签生死状后果自负这事吧,死是不用多说啥了;但我想求的是,若我有机会留在苏家接管戏班,我这班主手里无兵也不是个事,到时候请苏老爷把这二人留下给我打下手,可以吗?"

"给你打下手?"田凤飞张嘴就拒绝,"你想得美!"

"打下手就打下手!"曲丽丽反应快,意识到生机,一把拽住田凤飞,插话制止她,故意激将道,"但凡你真的唱得比我们好,只要苏老爷点头同意,我就心甘情愿给你打下手!"不等傅采灵回答,曲丽丽忙把脸转向苏志耀,娇弱道:"苏老爷,这个姓傅的姑娘实在有些欺人太甚,我是不服气,想要跟她比一比,争个高低,您看可以吗?"

傅采灵不由多看了曲丽丽一眼,这姑娘心思活络,看着是在谄媚苏老爷,实际上却在给自己求生机,毕竟跟死比起来,打下手什么的都没关系。不管是她赢,还是傅采灵赢,都是保住性命了,简直不要太幸运。

田凤飞也反应过来了,忙附和道:"我相信苏老爷的判断,要是你真比我们唱得好,我们就给你打下手,以后听你差遣。"

苏志耀心里自然也清楚曲丽丽、田凤飞打的算盘。曲丽丽唱腔虽然不尽完美,但确实也挺别具风味的。这田凤飞刚才虽然有一点点失误,但也是个唱曲的人才。只要是有真本事的,苏家戏班多养两个人,也不过是多添两双筷子的事,苏志耀倒也没把门槛卡得太死。再说了,气氛都烘托到这儿了,还能看她们现场比一比,更增添几分乐趣,他何乐不为呢?所以苏志耀点点头,应了下来:"行,这件事准了。"

"谢谢苏老爷!"傅采灵正儿八经地鞠躬道谢。

"你赶紧唱吧。"曲丽丽神色焦灼地催了句。

"就是,别卖关子了,是骡子是马,赶紧拉出来遛遛!"田凤飞也跟着催促。

"赶紧的吧!"管家钟叔催她。

傅采灵一个人站在空旷的戏台上。苏家的戏台位置很好,看戏的人视线极佳,唱戏的人四周空气也很好,微风拂过,她烦躁的心渐渐稳了下来。《游园》里边杜丽娘是压抑的年轻女子,因此她的所有动作都要相对内敛,这就在表演上更考验人;而听曲者要从她的眼神中,看到明媚的春天,那百花争奇斗艳的庭院,还有翩翩飞舞的彩蝶。她吐气如丝,在明媚的阳光下婉转开唱:"原来姹紫嫣红开遍,似这般都付与断井颓垣。良辰美景奈何天,赏心乐事谁家院!"语调软绵,声音缭绕台上台下;伴随着飘逸又有力的舞步,仿佛见美人迎风抚柳;进退之间的甩袖,动作轻柔,像是少女踩在云间,荡漾出盈盈风采。"朝飞暮卷,云霞翠轩,雨丝风片,烟波画船。锦屏人忒看的这韶光贱!"众人目光紧锁着戏台,鸦雀无声,全都被引入了声腔的意境,连一向不屑的田凤飞跟曲丽丽二人都听得目瞪口呆,不得不说,傅采灵的唱腔,那是真的好!而且舞台上那腰,那袖,那轻灵的步伐,简直浑然一体,让人进入那游园的梦里。

这里不得不说说沈老班主对傅采灵用心良苦的培养。老班主不但总结过南北曲的演唱经验,讲究"转喉押调,字正腔圆",更是在昆腔的韵调上对她有着严格要求。傅采灵不但通晓宫商角徵羽,更是从小在呼吸吐纳上下了苦功夫,早早掌握了这五音与心肺肝肾脾的关系,能够灵活运用体内丹田之力来唱,发出来的声音具有韧劲跟穿透力,柔中带刚,细中见密。她咬字清晰,吐字有力,字头、字尾清清楚楚,声音抑扬顿挫,整个的行腔一气流转,清清楚楚传到每一个角落的听曲人的耳中。连一开始不咋上心的苏志耀也忍不住眯着眼睛,开始轻叩手指在桌面合拍,他能听出来傅采灵的唱腔极具功底,并且她的音色也很有特点,沉郁跟超逸兼而有之,有天上云端的轻柔飞扬,也有海底深藏的暗流激荡;她将这首曲子唱得极其清美,婉转处,眼神顾盼生姿,是恰如其分的娇羞与妩媚,将人物生生唱活了。

"好!"随着苏志耀的鼓掌叫好声,曲丽丽跟田凤飞的脸色瞬间就变了几变,心里悲喜交加:喜的是幸亏开场前傅采灵提了要求,保住了她们的性命;悲的是,傅采灵唱得太好了,她被留下了,同时意味着,她们以后就得听凭傅采灵差遣了。她们终究错失了苏家戏班班主这肥差。

傅采灵被安排进了苏家后花园的偏厢房。曲丽丽跟田凤飞跟在管家钟叔后面对视了几眼,欲言又止,最终还是没有告诉傅采灵这是陈双双住过的房间。当然,就算她们说了,人微言轻的,不会有什么改变的,苟活就好,别的啥都不要想了。

"傅姑娘,你现在虽然是苏家戏班班主,但是有些事我必须跟你交代一下。"管家钟叔临出门前再三叮嘱,"你可千万要记得,没有老爷的召唤,绝对不能在苏家随意走动,包括这后院;一旦发现,直接杖毙!"

"不是吧,不让随意出苏家也就算了,这府里也不能随便逛吗？"傅采灵的神色有些颓然，"这一天天被关着，那岂不是要闷死了？"苏家禁止任何人出去，整个戏班的人看来都是被严密看管着的，"丑兔"还没找到，她自己倒是身陷囹圄了。

"不能。"管家钟叔回得面无表情，"傅姑娘，希望你牢牢记住，你是为了讨口饭吃，给苏老爷解闷的，而不是来苏家游玩的。你自己若是作死，那么死了也别喊冤！"

"知道了，我会听话守规矩的。"傅采灵对管家钟叔俏皮地吐了下舌头，"那这个屋子的东西，我能动动吗？"

"你想怎么动？"管家钟叔倒没有拒绝，但是也不会允许傅采灵乱来。

傅采灵倒是对屋内的环境挺满意的：装饰大方，清一色的红木家具，最显眼的是那个雕花的梳妆台，上面整整齐齐摆着化装用品。隔间里首饰虽然不多，但是做工精致，看样子是相当值钱的。不过傅采灵可不贪图别人的东西，所以她对管家钟叔道："摆件什么的倒是不用大动，就是屋子里这些首饰不是我的，我都不想要。"

"你不想要？"管家钟叔的神色有点诧异，张嘴说了句，"这些材质可相当不错。"这些是苏成林苏大少爷为了讨好陈双双而置办的，价格不菲。

"不错是不错，我看得出来，都挺精致的，应该也挺贵的吧！"傅采灵乖顺地回管家钟叔的话，"但再好的东西，它不是我的，我不稀罕呀。"傅采灵虽然不忌讳住在别人待过的屋子里，但是别人的东西，她是绝对不想留着的。所以她直接道："管家大人，麻烦您给我收走吧。"

"好。"管家钟叔点头应下,"你今天唱得不错,苏老爷赏了套戏服,还特地安排了裁缝给你置办行头,你就在屋内等着吧,一会儿我带人来。"

"好的,谢谢管家大人。"傅采灵恭敬地弯身送他出去,这才长长地呼了口气,暗暗擦了擦手心里的汗。这进苏宅就过五关斩六将的,往后的日子,只怕是步步都要小心了,不然三两下就会把小命给丢了。她心里默念道:"陈大哥啊陈大哥,我欠你的恩情,也算是连本带利地还上了,但愿能够快点跟'丑兔'接上头。"那时,她也好想法子功成身退了。想到安全撤退,她忙快速将脸上的妆容卸去。她可不想招惹对她颇有兴趣的苏老爷、或是苏公子的垂青。

九

"傅小姐,这是苏老爷让我给您送的戏服。"熟悉而又清朗的声音在门口响起。傅采灵转过脸,视线对上薛白良的一瞬,惊喜道:"呀,薛白良,是你呀!快,赶快进来。"

"傅采灵?原来你就是傅小姐!"薛白良从错愕中回神,笑容满面地赞道,"真没想到,你戏唱得那么好!"

"你听我唱戏了?"傅采灵自从进苏家后,战战兢兢得大气也不敢喘,此刻遇上薛白良这个还算熟一点且对她人身安全没有威胁的人,不免热络起来,俏皮道,"你喜欢听戏吗?那你去过红旗曲社听过我唱戏吗?给我打过赏吗?"

"喜欢。"薛白良认真地点头,又忙不迭地摇头,"我没去过红旗曲社,也没听过你唱戏。"在傅采灵睁大了溜溜黑眸的打量中,他面色悄然泛红,讪讪道:"我平时没什么钱,所以没机会去听……"

"没事,我经常唱的,你以后听的机会也多的……"傅采灵发现他的窘迫,忙善解人意道,"只要你喜欢听就行,我随时都可以给你唱的呀……"

"咳咳……"管家钟叔板着脸进门,神情戒备地在傅采灵跟薛白良身上来来回回打了几个转,试探地问,"你们两个认识?"

"认识!""不认识!"傅采灵跟薛白良两人同时说出截然相反的答案来。

"认识?不认识?那么到底是认识还是不认识?"管家钟叔可不是好糊弄的人,语气不善的同时,眼神也冷了下来。

薛白良看得透彻,想要在苏家站稳脚跟的傅采灵,不宜跟苏家外任何陌生人有牵连,不然会给她带来麻烦,所以他否认了相识。可傅采灵这丫头实在,偏偏实话实说了。薛白良的脑袋转得飞快,正想着如何圆话,傅采灵那边也反应过来了——苏家防备森严,就是不想府里的人跟府外的人有任何牵连,假若知道她跟薛白良认识,说不定下回就不会再让薛白良进府了,那她真是连个说话的人都没有了。傅采灵知道是自己大意了,忙机警地解释道:"管家大人,这个事,您必须听我解释一下。"她眼神坦荡地看着钟叔:"这薛师傅是裁缝铺的,我们之前缝制衣服的时候,他送过来,我见过他呢,可惜他从没听过我唱戏,也不认识我。"见管家钟叔的神色稍缓,她又装出天真无邪的样子道:"管家大人,您知道,我们化装前、化装后的样子,区别可大了呢!"

管家钟叔并没有接话,不动声色地又将视线绕回薛白良的身上。能进苏家的人,他都核查过身份的。薛白良是薛家大老爷的私生子,一直被养在薛家裁缝铺,听说做人老实得很。他不太相信今天才见的傅采灵,而是相信薛白良多一些。

"刚才薛师傅夸我唱戏唱得好,我听了开心,就忍不住多问了几句。"傅采灵也不知道管家钟叔听进去了多少,好在她跟薛白良聊的话,也没什么不可见人的,就干脆如实地坦白道,"薛师傅喜欢听戏,又没有钱听戏,所以我就想着,我经常唱戏呀,他要喜欢,蹭戏听也行嘛!"说着她对管家钟叔一笑,让管家钟叔自己去判断了:"管家大人,我们这算不上认识,但是照过几次面,也不能说不认识吧?"

薛白良稳了稳心神,跟着低眉顺眼地回答:"是的。"然后他口气坦荡地解释:"我之前帮师傅送戏服去傅姑娘的红旗曲社,我们确实打过照面,但是真不算认识。"

管家钟叔见他们两个的样子挺老实,解释得也合情合理,也不打算深究。"我不管你们是认识,还是真不认识,我提醒你们,你们俩单独见面的机会仅此一次。下回若是被我发现,我不管你们认识不认识,一定会让你们彻底不认识。"丢下这样冷冷的警告,这事就算完结了。

"是。"傅采灵跟薛白良都老老实实地应下。

"那杵着干吗?"管家钟叔横眉冷目地呵斥道,"赶紧去给她量身,量完滚蛋!"

"是是是。"薛白良忙把戏服放在桌子上,拿出量衣尺,认认真真地给张开双臂配合他的傅采灵量了起来。量到凹凸有致的胸前时,他不自觉地面红耳赤,低着脑袋,大气也不敢喘。

傅采灵在管家钟叔灼灼的目光里,也显得有些不自在,视线都不知道该落在哪里,更不敢随便出声跟薛白良闲扯几句来缓解紧绷的神经。她只能硬着头皮、咬着唇,不断催眠自己——好了好了,马上就好了……

"钟叔,这是新来的?"苏成林双手环抱,吊儿郎当地走了进来。看到傅采灵的脸时,他忍不住惊叫了起来:"哎哟我的妈呀,脸上啥玩意儿,这么可怕!"

这话不但让傅采灵感到尴尬,薛白良、钟叔也都尴尬得不行,不知道该接什么话。

"长得丑不是你的错,但是出来吓人就是你的不是了。"苏成林撇撇嘴,"你吓我就算了,我胆子大,但是吓到我爹就不好了。"说完,他转头关照了句:"钟叔,她以后除了上台表演,就待在这个屋子里,哪都不许去。"

"好。"管家钟叔恭敬地应下。苏成林转身离开,朝曲丽丽屋子走去。

傅采灵低着脑袋,忍住破口大骂的冲动。这什么"二世祖",管家钟叔给她划定就后院这么小一丁点区域,他这一来,干脆"画屋为牢",就差直接宣布把傅采灵给圈禁了。

薛白良量好尺寸,管家钟叔对傅采灵严肃道:"记住苏少爷的话,没事不要出这门,不然出了什么事,后果自负。"然后面无表情地带着薛白良离开了。

傅采灵只当没听见,等到夜幕笼罩天地,趁着半夜三更,星星的微光暗弱，她机警地推门而出。没有了白日的喧嚣和嘈杂，整个苏府沉寂无声，静得连根针掉落的声音都能听得见。她屏息凝神，稳住怦怦直跳的心脏，悄悄地摸索出去，躲藏在檐廊、拐角、花窗等隐蔽的位置，用小刀刻下了记号。接下来，她要做的就是等"丑兔"主动来联络她了。她摸回后院时，余光扫见偏厢房的拐角处，一前一后闪出两道身影，跃出墙去。她忙半蹲着身子，大气也不敢喘，屏息凝神、竖着耳朵，听到墙外传来两声枪响。傅采灵顿时吓得连滚带爬地回到了自己房间。

伴着犬吠声，苏府立时就喧闹起来。但是还没等傅采灵听出什么名堂，整个苏府很快又静默了下来。

刚才发生了什么事？刚才又是什么人？傅采灵还没闹明白，门便被推开了。血腥味传到鼻尖的时候，傅采灵本想出手反抗，但是为了弄清楚事情，她便乖乖地收住了手。果然下一秒，她的脖子上被顶了一把刀，耳边传来压低嗓音的冰冷警告："不许出声！"

"嗯嗯。"傅采灵老老实实地点头，甚至闭着眼睛不去看他，"你放心好了，我不会出声的。"

"得罪了！"那人在傅采灵的后颈处一击，将她打晕了。

十

等傅采灵醒来的时候，是第二天日上三竿了，田凤飞边敲门，边语气不善道："班主，这都什么时辰了！你怎么还睡呀？"

"嗯，换了地方，昨天晚上没休息好，就多睡了会儿。"傅采灵若无其事地打着哈欠,来到门口,"反正今天也没什么事。"

"怎么没事呀!苏老爷刚让人传话来,说晚上要带我们出去给人唱戏!"田凤飞脆生生道。

"你们,不包括我吧?"傅采灵不动声色地揉了揉后颈。如果要带她的话,肯定会通知。

"嗯。"田凤飞踌躇着点点头,满脸疑惑道,"苏老爷说,先让我跟曲丽丽去。"

"那你们先去试试呗。"傅采灵倒没有多想什么,苏老爷既然这样安排,肯定有这样安排的道理。不过见田凤飞还杵在门口,她不由打趣道:"那你找我干吗?难道想跟我炫耀?"

"没有没有,我没有想炫耀。"田凤飞忙摆摆手,"你是苏家戏班的班主,你的戏唱得是公认的好,我才没资格炫耀呢。"

"这话虽然听着有点不太诚心,不过夸我,我是听出来了。"傅采灵笑眯眯道。

"我夸你是诚心的。"田凤飞表情认真,就差举手发誓了,"真的,你确实是唱得很好,我心服口服。"

"嗯。"傅采灵点点头,"服气就行了,你还有什么事吗?"原以为是来挑事的,没想到是来拍马屁示好的,傅采灵接受了。

"我找你呀,就是那个……"田凤飞戒备地朝四周看了两眼,压低了声音,"我找你是想问问你,你知道曲丽丽干吗去了吗?"

"我没见过她,我不知道她去哪里了。"傅采灵越发摸不着头脑,"田凤飞,有什么话,就直说了吧。你这样给我绕弯子,我听着很费劲。"

"我没有跟你绕弯子。我就是很纳闷,你是我们中唱戏唱得最好的,苏老爷为什么要带我跟曲丽丽出去表演呢?"田凤飞紧皱着双眉,目光中是毫不遮掩的忐忑,"这会儿,我还找不到曲丽丽,我心里有点慌。"

苏家步步是"坑"。目睹了陈双双那件事,又被苏大少给治了之后,田凤飞现在犹如惊弓之鸟。

傅采灵皱了皱眉,看田凤飞的惊恐不像是装的,出声安抚道:"你就一个唱戏的,你管主人家怎么安排。你只管唱好自己的戏就行了,别的不用猜、不用想,那不是你要操心的事。"

田凤飞点点头:"道理我懂,我就是忍不住慌,我怕我晚上唱不好。"

"那也没办法。"傅采灵猜测她是被吓出心理阴影了,但是爱莫能助,"你如果想要活着,想要好好地活着,那只能用心去唱戏。你只有把戏唱好了,才能在苏家安身立命。"

"我知道。"田凤飞小声地说,"这苏家的钱不好赚,但是谁能知道得要拿命来赚。"说完她重重地叹了口气。"昨天我看到有个丫鬟误入了北院那边的小楼,结果……"田凤飞做了一个抹脖子的动作,一脸惊魂未定,"就这样直接没了。"

这话扎到了傅采灵心里。她想还陈枫恩情,可是现在进了苏家,可能要还上她的命,不由感同身受地叹了口气:"现在也出不去,只能认命了。"心里却暗暗留意起来,准备今晚夜深人静时,去探一下北院的那个小楼。

"我现在只要一想到我可能会唱砸,可能会没命,我就双腿发软。我再想到我要不小心去了不该去的地方也会没命,我是一点想要好好活着的念头都没了。班主，你能不能帮我求求苏老爷，就让我在你身边跟你学唱戏。我把自己关在屋子里头，埋头学戏，我只求保住小命。"田凤飞说着，"扑通"一下，跪在了傅采灵面前，"班主，你戏唱得好，苏老爷喜欢，你说的话，他一定能听的。"

傅采灵伸手拉住了她，虽然知道她表演的成分居多，但是惊恐跟慌乱都是真的，不由讪讪道："你高看我了。在苏家，我也只是一个唱戏的，苏老爷喜欢听我唱戏，我能好好活着；但凡苏老爷听腻了，我的结果比你们好不到哪里去。"

"可是你昨晚……"田凤飞话说到一半，沉默了。她知道傅采灵说的也是事实。昨晚她看到有人进傅采灵屋子，话到嘴边，硬生生地吞了回去。她怕这次又弄巧成拙——把偷香窃玉的苏少爷给惹毛了。她要掌握更多证据，再来跟傅采灵谈判。

"昨晚怎么了？"一听这话，傅采灵的心里头慌了下，眸光警觉地盯着她。傅采灵心里对田凤飞知道多少没底，所以半真半假地诈了一下她："你看到什么就直说了吧！"

"我……"田凤飞踌躇了下，硬着头皮道，"我看到一个人进了你屋子。"田凤飞一直盯着傅采灵的屋子，盯到早上也没见人出来，倒是撞上了来传话的管家钟叔，被好一顿训斥。等唯唯诺诺应付完钟叔后，田凤飞发现曲丽丽不在，她转头就跑到傅采灵这儿来继续堵人。

"你没发烧吧？"傅采灵"扑哧"一声笑出声来，"从昨晚到现在，我屋子里有人没人，我会不知道？"她干脆一把拽住田凤飞，把她往屋子里带："喏，有人没人，你自己搜搜看吧。"

"我……"傅采灵的屋子干干净净,田凤飞知道自己莽撞了,磕磕巴巴找了个台阶道,"可能是我眼神不好,看错了吧。"

傅采灵顺着她的视线朝窗子扫过去,为证明清白,干脆大大方方地推开窗户,指给田凤飞看:"这窗外面还有这大池子,如果昨晚真有人进来了,没有翅膀根本就出不去。"心里却暗自猜测昨晚那个人就是利用某些工具,从这个地方跑出去的,那她以后是不是也能悄悄用这个法子来脱身呢?

"也是,"田凤飞认真查看了半晌,想找出点蛛丝马迹,不过黑衣人谨慎,什么都没有留下,她便讪讪道,"可能我看花眼了。"说着她又强行解释:"我最近担惊受怕的,别说眼神不好了,脑子也都不好了。"

说话间,曲丽丽神色慌张地走了进来,看到傅采灵跟田凤飞的时候,眼神闪烁了下,随即催了句:"田凤飞,苏老爷喊你过去问话。"

"喊我?"田凤飞有点诧异,紧蹙着眉头,神色戒备地问,"问什么话?"

"问什么话,你去了不就知道了?"曲丽丽目光阴郁地扫了一眼傅采灵,意有所指地丢了句,"放心吧,我们一个都不会落下的。"

田凤飞忐忑得不行,但是也只能硬着头皮去。傅采灵淡定地品了下曲丽丽的话,回想了下昨晚发生的事,心里虽然没有底,但是面上保持着一贯的镇定。在苏老爷找傅采灵问话的时候,她将直率的"人设"贯彻到底,甚至装作一脸八卦的样子反问:"苏老爷,听您的意思,府上昨晚发生了什么事了?"

苏志耀面不改色，眼神冷然地扫了一眼傅采灵，口气淡淡道："你说呢？"

"我说？我不知道啊。"傅采灵挠挠头，"我刚说了，昨晚很早就休息了，一直睡到今天上午田凤飞来敲门才醒。"

"你睡这么久？"苏志耀随口问。

"是啊。"傅采灵点点头，"不瞒您说，来苏家之前几天，我跟红旗曲社刚闹掰，感到前途惨淡，不知道何去何从，好几天没睡踏实了。昨天有幸留在苏家担任戏班班主，我这心里的石头总算落了地，加上钟叔一再关照，不能乱走，我就干脆踏踏实实睡个够。"

傅采灵的身份苏志耀核实过，自然也清楚她所说属实。苏志耀拧着眉没有接话，视线对上傅采灵坦荡的目光——她的解释似乎也合情合理，于是脸色稍缓。

傅采灵心里虽然忐忑，但她也不再多做解释，就这样跟苏志耀静默地对视着。

"爹，我给你介绍的人来了。"苏丹丹清脆的声音从门口响起，打断了苏志耀跟傅采灵的谈话。

"好了，你先下去吧。"苏志耀对傅采灵挥挥手，不再追问。

傅采灵低着头，跟苏丹丹带进来的季铭瑞擦身而过。傅采灵不经意间看了他一眼，心头升起一股似曾相识的感觉。但她也不敢抬头端详，若无其事地回了自己屋里。她的耳边还回荡着苏丹丹的话："爹，这就是我跟你说的大恩人——季铭瑞！他呀，不但见义勇为，而且身手了得，关键还不图回报。我为了找他，可真是差点把苏城翻了个底朝天……"

季铭瑞？这个名字傅采灵倒是头一回听说，但是他怎么让人感觉有点似曾相识，总觉得好像和这个人打过照面！傅采灵眉头紧蹙，一时半会儿却想不出来。不过她心头的感觉却越发强烈，这个人她一定在什么地方接触过。想了一天，傅采灵也没想出来。待到夜深人静，她悄悄摸出房间，动作灵敏地朝北面小院探去。拐过黑漆漆的院落，见苏志耀书房中的灯光显得尤为明亮，她停住了步子，耳尖地听到屋内传出苏老爷跟苏少爷刻意压低声音的交谈。苏成林踌躇道："爹，我有件事，不知道当讲不当讲。"

"咳！"苏老爷不满地轻咳一声，瞪他，"当讲就讲，不当讲就闭嘴！"

"爹，我听人说，昨晚摸进你书房的人，是个男人……"

苏成林的话还没说完，便被苏志耀冷声打断："你听谁说的？"

"爹，谁说的不重要，"苏成林避重就轻道，"我们的重点不是要排查溜进你书房盗取名单的人嘛！"要是被苏志耀知道，他大半夜跟曲丽丽偷欢厮混，只怕曲丽丽要步陈双双的后尘。

"谁说的不重要？你要袒护哪个？"自己儿子几斤几两，是什么货色，苏志耀心里清楚得很。他冷下脸道："名单被盗，事关全家生死，谁都有嫌疑，你再跟我遮遮掩掩，小心老子给你上家法。"

"爹，我知道这事的严重性，但是绝对不会是她的。"苏成林没办法，只得原原本本地把自己和曲丽丽那点破事说给苏志耀听。末了，他强调是曲丽丽发现书房有人潜入，所以他才会有半夜提着裤子抓贼的"丰功伟绩"。当然，遗憾的是这个贼人实在太狡猾，他没抓住。"爹，这个曲丽丽真不是和贼人一伙的，要认真论起来，还有功劳不是？"

"功劳？"苏志耀冷哼一声，"苏成林，你真是拎不清，跟不三不四的女人厮混，还敢跟老子请功？"

苏成林早料到苏志耀会是这个反应，所以他白天憋了一天什么都没说，任由苏志耀将府里新进的几位挨个查了个底朝天。但是曲丽丽后来跟他说，她回想起贼人的样子了，并且跟他做了一番详细描述。苏成林这才踌躇着，大晚上的找苏志耀告知实情："爹，按曲丽丽的描述，我找人画了人像，我们当务之急是把这贼人给抓到，免得他把名单给泄露出去呀。"

"名单"两个字，让傅采灵打了个激灵。她心里既紧张又激动，忙隐匿了身子，紧贴着墙角，竖着耳朵屏息凝神地继续偷听。

"爹，看在曲丽丽有功的分上，求你，放她一条生路成吗？"

"我看你早晚要死在女人肚皮上。"苏志耀恼怒地呵斥了句，虽没明说，但总算没开口要曲丽丽的命。

"爹，你不觉得这个贼人，跟那位客人长得有点神似吗？"苏成林舔了下嘴唇，"你看，这个眉眼，这个嘴角的轮廓，不说七八分，这五六分像是妥妥的……"

今天去北院小楼排查，若不是见那客人有气进、没气出的虚弱样，苏成林差点没让人把客人给逮起来。

苏志耀没有接话。他看画像第一眼就这么觉得了，但是他不会傻到怀疑躺着的要死不活的客人。首先，客人是拿着汪精卫手写信来的,是汪先生的人,他不需要窃取这份名单;其次,客人的伤是他信得过的医生治的,重伤,距离阎王爷收人,就一口气的事。所以这个贼人是做足了功课来的,窃取名单的同时,搅浑苏家的水,最后祸水东引,还能推到客人身上。

"爹,你说这件事,到底怎么回事嘛!"苏成林不耐烦地问。

"怎么回事?你的脑子被猪吃了?"苏志耀没好气地训道,"这贼人用了易容术,故意打扮成客人的样子,迷惑我们呢。"

"我知道。我是想说,这么精妙的布局,看来对方很有心计啊!"

苏志耀这下连话都懒得接了。

苏成林一脸凝重道:"爹,那你说,这人是哪一方派来的?"

"哪一方派来的,我暂时不知道。"苏志耀摸了摸下巴,"重庆、延安都有可能吧。"一方为了保护自己的同志,会想尽办法拿到名单去刺杀名单上的人,而另一方则会游说、策反吧。

"爹,那我们下一步怎么办?"苏成林神色焦灼起来,"名单在我们手里丢失了,汪先生那儿只怕不好交代。"

"这名单怎么就在我们手里丢失了?"苏志耀不动声色道,"若不是客人要求我们拿出来核对,我们藏得好好的呢。"

"对哦。"苏成林猛地一拍脑袋,"爹,你这么一说我突然想到了,客人手里那一份名单,他回来后就没有了!"说完,苏成林焦急地踱步,继续道:"爹,要是这两份名单都被这贼人拿了,那只要一核对,我们动过手脚的事,岂不是穿帮了?"原本,苏志耀不满汪精卫的客人来苏家耀武扬威,故意泄露动过手脚的假名单,并且还设计引诱客人核对名单,然后把丢失名单这件事让客人背锅。哪知道螳螂捕蝉，黄雀在后，这锅是有人背了，但是客人不但手里名单不见了，这人也快没了，苏志耀这下玩砸了。

"咳！"苏志耀一个冷眼看过去，苏成林忙伸手捂住自己的嘴巴，干巴巴地赔了个笑。"爹，我闭嘴……"苏成林叹了口气，话锋一转，"那我们接下来怎么办？"

"怎么办？"苏志耀眼神阴沉，"当然是找。"生怕苏成林办砸，他又特意关照道："追查昨天进府里的贼人，务必把丢失的名单给找回来。"

"客人那份呢？"苏成林问得小心翼翼，"我们管不管？"

苏志耀眯着眼睛思考半晌后道："贼人应该不知道真假。"如果知道客人手里也有名单，那贼人不会多此一举，假扮成客人的样子来苏家窃取名单，还故意搅事了。苏志耀原想说不用管，不过转念一想那可是真名单，不由得再次恼恨起这个成事不足，败事有余的客人，咬牙切齿道："管，怎么能不管？"随后他压低了声音，口气无奈道："暗地里查吧。"

"嗯。"

"让你二十四小时派人盯着他，这几天他都做什么事了？"苏志耀皱眉问。

"他呀，本事没有，事可不少，要不是现在要死不活地躺在那，我也摸不准他什么路数了！"苏成林说起这个，就满腹怨言，"他跟水火帮的雕三走得近，不是听曲就是看戏，要不然就是逛花楼。你说逛就逛了，男人嘛，都好这口，可他生怕自己命太长，到哪都惹事，这几天雕三可没少帮他擦屁股。"连带着苏成林暗地里也给他收拾了不少烂摊子。这不，苏成林就找苏丹丹那么一会儿没盯着，客人就被人放了冷枪。

要不是怕汪精卫责怪，苏成林可真想拍手叫个好。这家伙就是作死，活该！客人是苏成林救回来的，他的东西也都检查过，名单是在把他救回苏家之后才不见的。

"他跟什么人接触，都记录了吗？"苏志耀打断苏成林的抱怨，警惕道。

"记录了，喏，这是他的行程。"苏成林忙递过一个本子，"爹，我有点想不通，这不是汪先生的客人吗？怎么是个日本人？而且汪先生竟然连名单都给他，还要我们全力配合他，汪先生他这是啥意思啊？"

"汪先生的意思，是你能揣摩的？"苏志耀没好气地训斥，"不想死的话，管好自己的嘴！"

不远处轻微的"咔哒"一声响起，傅采灵心里暗叫不好，忙快速隐蔽地离开。下一秒，苏志耀举枪对着院子"啪啪"连开好几下。"喵呜"，误入院子的花狸猫被吓得蜷缩在墙根瑟瑟发抖，见苏成林靠近，忙蹬腿快速越墙离开。

苏成林环视一圈后并没有发现不妥，答："爹，是只野猫，跑了。"

"你先回屋去吧。"苏志耀挥挥手，心里疑虑重重。

傅采灵气喘吁吁地跑回自己屋，推门看到蒙脸的黑衣人正在推窗。她顿时纠结——喊还是不喊？

十一

那黑衣人因傅采灵的突然到来惊愕了一秒,马上眼神阴沉地朝她大步走去。

"你……你是谁?你……你想干什么?"傅采灵装作一副惊恐的样子,磕磕巴巴道,"你……你别过来。"她拔腿逃跑的同时不忘扯着嗓子大声叫起来:"救命啊,有坏人!"

这一嗓子,傅采灵知道,她把自己往后的退路给堵了。傅采灵原想找到"丑兔"接上头以后也用这个法子,找个合适的工具,通过水池悄悄离开苏家。但是这黑衣人连续两晚来这屋子,尤其今天还撞见了傅采灵夜出,他若是跑了还好,要是被抓住了,只怕傅采灵也洗不干净嫌疑。再加上刚才苏志耀书房院子里的意外动静,电光石火之间,她决定借此机会,让自己在苏志耀面前立功,取得信任。

那黑衣人见傅采灵喊叫,脚下更快地朝她袭去,手上的动作越发狠毒。傅采灵狼狈地在地上连滚带爬,躲了过去,听到管家带人匆匆赶来的声音,便没有再抵抗。她手臂上被扎了一刀,任由他把自己掐得直翻白眼。

"抓住他。"管家钟叔出声的同时,率先扑了上去,拉开了黑衣人的手,跟他打斗到了一起。家丁将黑衣人围堵起来,群攻他。

黑衣人的身手不赖,但寡不敌众,在车轮战的消耗中,渐渐落于下风。傅采灵见状,挣扎着起身,"咳咳咳"了好一阵才缓过气。那黑衣人被管家在手臂上扎了一刀,鲜血直流,又被几个人围住，越战越吃力。傅采灵心里一阵紧张，也说不清楚是害怕还是担忧。眼瞅着他要被钟叔拿下，结果他以迅雷不及掩耳之势冲进屋子，翻窗跃了出去。

管家钟叔探出身子，看到钩爪和绳索，脸色骤变，大喝："追，赶紧追！"

当天晚上，苏志耀跟苏成林对傅采灵的询问温和了许多。苏志耀问："你之前见过那个黑衣人吗？"

傅采灵认真地思考了几秒钟，摇摇头："苏老爷，我没见过。"她才不会傻乎乎多此一举地把昨晚的事说出来。

"你把刚才的情形再完整地说一遍，"苏志耀又换了个方式问，"一定要交代得详细点，不要遗漏任何细节。"

"好的，苏老爷。"傅采灵点点头，乖巧地开始回答，"我睡得迷迷糊糊的，感觉有点不对劲，睁开眼就看到有个黑衣人在推窗户。我就吓得连滚带爬，边跑边叫……"说到这儿，她顿了顿，惊魂未定似的说道："苏老爷，幸亏你们来得及时，要不然今晚我的小命可就危险了。"

"嗯。"苏志耀点点头，对傅采灵的说辞并没有产生任何怀疑。他转脸对钟叔吩咐道："你明天给傅姑娘赏条'小黄鱼'，再给她置办套新衣服，压压惊。"

"好嘞，老爷。"钟叔应下。

傅采灵连连鞠躬道谢："谢谢苏老爷！"

苏志耀环顾了一下四周，口气温和道："傅姑娘，这里交给钟叔清理一下，你今晚就先搬去跟田凤飞同住吧。"

"好的。"傅采灵乖巧地应声。

苏志耀挥挥手，傅采灵便识趣地退下。苏志耀又叫住她，补充了句："对了，你手臂上的伤，一会儿我让大夫过来给你处理下。"

傅采灵再次感谢不已。

"好了，没你什么事了，你回去休息吧。"

直到进了田凤飞的屋子，她才一屁股瘫坐在地上，捂着胸口大口大口地喘粗气。

院子里的动静，田凤飞早就竖着耳朵听得清清楚楚。她虽然被吓得不轻，但是这会儿见傅采灵这副惊魂未定的样子，还是讨好地给她端了杯水来："喏，先喝口水压压惊吧。"

傅采灵颤抖着手接过水杯，咕咚咕咚一饮而尽，深呼吸了好几口气，将空杯递还回去，脸色苍白地朝田凤飞挤了一抹笑，讪讪道："田凤飞，谢谢你呀。"

"不客气。"田凤飞接过杯子，见傅采灵依旧瘫坐在地上，不由善意地伸出手想去搀扶她，"地上凉，你先起来吧。"

"让我缓缓再说。"傅采灵婉拒了她的好意，依旧瘫坐的姿态，倚靠着门，神色稍显凝重，她在思考自己刚才的表现是不是得体跟符合逻辑。虽然是有惊无险，苏老爷看似相信了她的话，甚至还给了她大大的赏赐，但是依照陈枫他们分析的苏老爷的脾性，只怕他心里对傅采灵是有疑惑的；要不然偌大的苏府，下人的屋子多的是，为何安排她跟田凤飞挤一屋？

田凤飞相较于曲丽丽来说，心无城府。而正是这样的人，回头苏老爷要是问话，她可能会知无不言。但凡发现一点不对的苗头，只怕苏老爷都不会给傅采灵任何解释的机会。

傅采灵轻咬着唇,脑子转得飞快——自己被吓得腿软,要死不活的样子肯定是没毛病的;往后几天还应该装作被吓坏的样子才合情合理。可不能事情还没开始办,自己就成为苏老爷怀疑的对象,这出一点岔子,要的可都是自己的小命。

没一会儿大夫过来了,把腿软走不动路的傅采灵扶到桌子旁坐下,简单做了伤口处理、包扎。傅采灵苍白的脸,才算回了一点点血色。

"你这是被吓坏了吧?"田凤飞有心跟傅采灵示好,强装着若无其事的样子,安慰道,"没事了,没事了呀。"

"没事了?真没事了吗?"傅采灵总算是回过神的样子,配合地回道,"我真是快被吓死了。"

"你屋子今天怎么又进贼了?"田凤飞八卦地问。

"我怎么知道?"傅采灵无辜地撇撇嘴,怨念深重地说,"运气不好呗,差点把小命都交待了。"她拍拍胸脯,缓了口气,扶着桌子站起身,又踉跄地坐了回去,干脆使唤田凤飞道:"劳烦你再给我倒杯水呢。"

"你这使唤得倒是一点也不客气呀。"田凤飞嘴里抱怨了句。不过她心里却因为傅采灵的亲近变得欢喜起来,动作麻利地倒了杯水,递过去的同时不忘记关照一句:"喏,小心烫!"

"谢谢。"傅采灵再次喝完一杯水,才算提起精神来。她后知后觉地反应过来,田凤飞说她屋子"又进贼了"。傅采灵秀眉一拧,表情严肃地问:"田凤飞,你刚才说'又',我屋子又进贼了,什么意思?我屋子以前进过贼吗?"

这个疑点不糊弄过去,田凤飞只要如实一说,苏老爷宁可错杀也不肯放过，傅采灵绝对会"凉凉"。

田凤飞轻咬着唇，认真思考了会儿才接话："其实这事我早上就跟你说过了呀。"见傅采灵神色呆滞，她又耐着性子重复了一遍："我昨天晚上确实看到一个黑影进你屋子了，但是你说没有。我后来也没看到人出来。现在我琢磨，那个人昨晚就是翻窗跑出去的。"

"可是，我真的一点都不知道。"傅采灵干脆就装傻到底，还装作一副害怕的模样，"这也太可怕了吧！"

"可不是！"田凤飞倒是真相信傅采灵不知情，"你昨晚没发现也算是你命大。要不然，那人昨晚手上就沾血了，你的小命可真就不一定能保住！"傅采灵今天不要命似的喊，昨晚要是发现黑衣人的话，肯定也会喊的。

"什么？"傅采灵吓得瞠目结舌，磕磕巴巴道，"昨晚就……就沾血了？"

"是啊。"田凤飞点点头，环顾了一下四周，压低了声音道，"我也跟你说过了呀，我看到了，一个去北院的丫鬟，直接就被……"她做了一个抹脖子的动作，继续说道："我当时还以为是苏老爷安排的人。我还想，苏家真黑暗。结果竟然是贼人……"说到这儿，田凤飞又抱怨起来："当然，苏家也是真的黑暗，禁止我们外出。不过，苏府里里外外严防得堪称固若金汤，怎么还有贼人随意进出？真是一点都不安全。"

"你啊！"傅采灵神色颇为无奈地摇摇头，双眼直视田凤飞的眼睛，声色俱厉地告诫道，"这件事你跟我说就算了，以后无论谁问起，都不要提半个字。"

"为啥呀?"田凤飞抬起头,看着傅采灵不解地问道。

"有时候知道越多,越会被灭口,这道理你懂吧?"傅采灵撇撇嘴,"不管是苏家也好,还是黑衣贼人也罢,这是他们之间的恩怨。你一个唱戏的,掺和进去,不是嫌命长吗?只怕到时候死都不知道怎么死的。"

"也是哦。"田凤飞露出恍然大悟的表情。

傅采灵想不明白那黑衣人为啥连续两晚进苏家。不过今天被她这么一喊,之后这人来不来,用什么方式来——总归是不会再走她房间窗户这条道了,就不得而知了。这是福是祸也说不好,只能走一步算一步了。傅采灵见田凤飞给她收拾被褥,便主动道:"今晚我就打地铺吧。"

"别呀,打地铺多冷。"田凤飞倒是个热心肠的,"你跟我一起睡好了。"

"这……"傅采灵抬眸瞄了一眼床铺。她并不习惯跟别人合睡,但是矫情地拒绝田凤飞也不太合适。所以她踌躇了下,还是点点头道:"那好吧,给你添麻烦了。"

"不麻烦,不麻烦,一丁点都不麻烦。"田凤飞神色轻快道,"我也不怕说出来让你笑话,自从进了苏家,我整日提心吊胆的,压根儿就没踏实睡过。尤其今晚发生这种事,我心里怕得要死,你跟我挤挤,我心里多少能踏实点。"

这一晚,傅采灵辗转难眠。黑衣人虽然把面容遮得严严实实,她并没有看到他的长相,但是那双鹰眸一般的眼睛久久浮现在她的脑海里,警觉、冷冽,甚至带点凶狠。她有一种强烈的感觉,这个人,她一定是在哪里见过的,但偏偏就是想不起来。

神情冷峻,就像那个季铭瑞一样,明明感觉见过,却又记不起在哪里见过……

黑衣人?季铭瑞?

黑衣人有没有可能就是季铭瑞呢!

傅采灵的心里一个激灵,好像也不是没这个可能啊!但是转念一想,又不太可能,毕竟季铭瑞已经进入苏家了,他若是做点"偷鸡摸狗"的事,那大可以逃回自己的屋子里,为啥偏偏要往自己这屋子里来呢?

除非,这屋子里,有他必须要来的理由。那这个理由是什么呢?

傅采灵一时半会儿真想不通,她打算找机会再查看一下,省得漏了什么重要线索。

苏家的书房中,苏志耀跟苏成林表情凝重地相对坐着。

"爹,你说这个黑衣人到底是什么身份?"苏成林问。

"不好说。"苏志耀叹了口气。

"名单不是昨晚就被弄走了吗?胡姬也被灭了口,他今晚又来我们家,什么意思呀?"苏成林挠挠头,"还有啊,今晚让他跑了,你说他还会不会再回来呀?"

"他敢!"苏志耀挺直了腰板,横眉冷目,口气阴狠,"今天的事是个意外,他要再敢来,我一定把他大卸八块。"

"爹,您消消气,消消气。"苏成林见状,忙给苏志耀端了杯水,咬牙切齿地说道,"这家伙肯定看我们没声张,所以吃定我们是软柿子,好拿捏,这才把我们家当菜市场似的,来来回回地挑衅。爹,你放心,只要落我手里,我一定让他求生不得,求死不能，后悔活一遭。"

苏志耀沉吟片刻，猛一拍桌道："你明天去城防司令部，找胡司令调人手，把药房、酒馆、旅馆等重点区域筛查一轮，但凡遇见可疑的，都给老子抓了。"

"好嘞，爹，你放心，虽然这贼人今晚跑了，但是他也被钟叔给伤了。我们明天大范围抓捕，只要有伤的，管他是红的还是蓝的，我都一锅给炖了。"苏成林信誓旦旦道，"我绝对会让他为愚蠢的挑衅行为付出代价。"

"太张狂了！"苏志耀处于暴怒的边沿。

"可不是？"苏成林火上浇油地来了句，"要不逮着他，给他点颜色瞧瞧，他天天来我苏家逛花园呢！"

苏志耀冷哼一声道："事不过三，这家伙既然一而再地来家里挑衅，查！一查到底，就算翻遍苏城，我也一定要把这贼人给找出来。"

"爹，我办事，你放心，绝对妥妥的。"

苏志耀思索了会儿又道："对了，你明天让警察局也调派一些人手来，给苏家增设警戒。把胡司令跟顾局长一并邀到家里来，我有事跟他们说。"

"好的，爹。"苏成林点头应下。

"嗯，明天一早，你把田凤飞喊来。"苏志耀揉了揉眉心，神色疲倦道，"我再问问话。"

"田凤飞？爹，你搞错了吧，住那个屋子的女人叫傅采灵。"苏成林正色纠正。

苏志耀赏了他一个大白眼，他立马回神，压低了声音道：

"爹,你这是在怀疑那个姓傅的呀?"

"不是怀疑,就是直觉,不太相信她。"苏志耀口气淡淡道。

"爹,你既然不信这女人,还留她在府里干吗?"苏成林满脸不解,"你不是说过,宁愿错杀一千,也不能放过一个吗?"

"咳咳,我做事需要你教?"苏志耀眼神凌厉地扫过去。他是不会跟儿子解释的,他喜欢傅采灵的戏,只要这个人识好歹,安安心心给他唱戏,就留着她的命。

"不用不用,当然不用。"苏成林立马讪讪地赔上笑脸,"爹,您高兴就好。"他又抬脸瞅了瞅屋外,起身道:"爹,你看,时间也不早了,我有点困了,要不我先回屋去,养精蓄锐,明天好办事!"

"你小子跟那个曲丽丽给我保持点距离。"苏志耀挥挥手,让他出门的同时,不忘记丢句警告,"要被我发现点什么,你跟她都死定了!"

"爹,我知道,我明白。"苏成林忐忑地应下。他跟曲丽丽正新鲜着呢,所以今天下午悄悄把她挪到了自己院子里。苏成林发誓,真的是悄悄的,谁也不知道。可是现在听苏志耀的口气,苏成林短时间内还真不敢再找曲丽丽了,他琢磨着明天天一亮,赶紧把人给送回去。

当然,今天晚上还剩下不多的春宵,他要争分夺秒地把握了。"爹,我先走了。"苏成林脚底生风地跑了。

苏志耀气得捶了下桌子,咬牙切齿道:"这小子,好色的毛病真该找人治治了。"

这边屋内,田凤飞也翻来覆去地睡不着,干脆就拉着傅采灵闲聊:"傅班主,你是不是也睡不着呀?"

傅采灵嘟囔着应道:"是啊,睡不着,吓都吓得快死了,哪还睡得着?"

"我也睡不着,要不,你陪我聊会儿天呗……"

"你想聊啥呢?"傅采灵清楚,跟田凤飞聊天,多多少少能了解点苏家,所以干脆不睡了,坐起身打了个哈欠。

"其实我也不知道要聊啥,我就是单纯想找人说说话,随便说啥都行……"田凤飞也坐了起来。

"嗯,说吧,你想说什么,随便说,我听着呢……"傅采灵耐着性子哄她。

"我悄悄告诉你啊!"田凤飞压低了声音,小心翼翼地瞅了瞅屋内,见没啥异常,才神神道道道,"昨天那个贼人,杀人凶手,其实是个女的。"

"女的?"傅采灵彻底困意全无了。昨晚挟持傅采灵的,傅采灵确定是个男人,而且还跟今晚这个是同一个男人。所以田凤飞说的这个"女的",莫不是傅采灵自己?傅采灵顿时被田凤飞这个乌龙搞得哭笑不得,又若无其事地顺着问了一嘴:"那你看到她长什么样子了吗?"心里却忍不住吐槽起来——黑衣贼人你看不到,盯着我倒是积极。

"长什么样子倒是没看清楚,我当时在拐角的地方,绕弯跑过来的时候,那人已经不见了。"说到这儿,田凤飞表情有点讪讪,"我说句实话,你可别生气,其实我也没看清楚她到底有没有进你的屋子。"

"你没看清楚她进没进我屋子,那你还一再信誓旦旦地说

"你见着了？"傅采灵的表情凌厉起来，"田凤飞，你什么意思呀？你是想瞅准机会在我背后插刀吗？"说到这儿，傅采灵嘴里又抱怨了句："亏得我还救过你，没想到你是这种人。"幸好自己还算镇定，要不然被田凤飞忽悠得露出马脚，傅采灵铁定要气到呕血。

"对不起，我不是故意的。"田凤飞心虚地道歉，"我就想着，如果多说一点事，能在苏老爷那里博些好感，就能给自己多留条活路。"说着，她讨好地摇晃着傅采灵的手臂道："我知道错了，我以后一定不会胡说八道了，我保证。"

田凤飞此时此刻是真把傅采灵当好朋友了。毕竟从小到大，对她好的人并不多，这个刚认识不久的傅采灵倒是真心待她，救了她不说，还提醒她要珍惜小命。

"傅班主，你相信我好不好？我一定说到做到的。"田凤飞见傅采灵没搭话，干脆撒娇起来。

就算这人以后还会继续插刀，但是眼下傅采灵是不能跟她撕破脸的。于是傅采灵只能轻描淡写地把事情揭过去："算了，我也不是那么小气的人。这事过去了就算了，你可记着，以后你要再胡说八道，或者给我下绊子，暗地里插刀什么的话，那我对你可就不客气了。"

"我保证，我发誓，我以后绝对不会再胡说八道。"田凤飞满脸诚挚，信誓旦旦，"傅班主，以后我一定唯你的命是从，在苏家，我绝对听你的话。"

"那倒也没必要。在苏家，我们俩都是混口饭吃的苦命人，相互帮衬，能好好活着，能赚钱，就是最好的了……"傅采灵轻叹了口气。

"进苏家之前,我还挺有信心能够赚大钱的。可现在,赚钱我是不敢想了,能够活着就很好了。"田凤飞苦笑道。

"也是。"傅采灵应和了一声。

"不过有一点我没有诓骗你,昨天那个杀人凶手真的是个女的。"田凤飞再次强调,"我看到她头发散开了。"

"你啊,迟早会死于话多!"傅采灵这下重重叹了口气。

"我怎么就话多了?"田凤飞表情有点委屈,"我就是好心给你提个醒,这苏府里藏着一个女杀手,我们万事得小心些,要不然像北院那丫鬟一样,真是悄无声息就没了……"

这话傅采灵倒是认同,北院丫鬟被"咔嚓"的事,苏府里真是一丁点动静都没有。不过该提醒的事,傅采灵还是再次强调了一遍:"你的好心我接受了,但是必须要提醒你,今天说的这些话,都给我烂在肚子里。"她生怕田凤飞不长记性,又威吓道:"你说这话被苏老爷知道了,我们都是女的,依照他那性子,怀疑、调查都是轻的,要是屈打成招,你想想,你怕不怕?"

"我知道的,这件事我也只跟你一个人说,以后天王老子来问我,我也不会说的。"田凤飞认真地点头,"你放心吧,我没那么傻的。"

傅采灵嘴角抽了抽——老提醒别人傻,不太礼貌。

算了,多说无益,知道就好。

"对了,我听说红旗曲社有个……"

两人就这样有一搭没一搭地聊天,直到天色泛白,这才昏昏沉沉睡去。

傅采灵又开始做噩梦，梦里一个身穿黑衣的蒙面人举着枪朝她冲了过来，嘴里说道："傅采灵是吧，今天是你的死期！"那个人伸手掐过来，下一秒画面一转，苏志耀阴沉的脸又出现了，阴阳怪气道："傅采灵，你竟然敢吃里爬外，我杀了你。"苏志耀抬枪猛地扣动扳机，傅采灵胸口便多了一个血洞。"不，不要……"她捂着胸口惊叫起来，一脑门子的冷汗。

"你做噩梦了？"田凤飞推门进来，端过一杯水，关切地问道，"没事吧？"

"没事。"傅采灵摆摆手，敷衍了句，"昨晚真是吓坏了，都做噩梦了。"

"没事的，那个黑衣贼人很快就能落网了。"田凤飞宽慰道。

"嗯？"傅采灵抬眸。田凤飞一五一十地把一大早苏志耀让人带她去问话的事情给交代了。

原来田凤飞一早起来后，都来不及跟傅采灵打招呼，就被黑着俏脸进来的曲丽丽给喊去苏志耀的书房了。

田凤飞态度恭敬，小心翼翼，仔仔细细地向苏志耀汇报傅采灵昨晚的一系列反应。

"你说，她被吓坏了？一晚上都做噩梦，睡不好？"苏志耀轻描淡写地问道。

"是的，苏老爷。"田凤飞点点头，"傅班主昨天晚上是真的吓坏了，她刚进我屋子的那会儿，吓得腿脚发软，还是我跟大夫一起把她扶到桌子旁坐下的呢。"

"那她做噩梦时有没有说什么胡话？"苏志耀不动声色地再问。

"胡话？"田凤飞眨巴着眼睛，认真地思考了一下，"'不要过来''不要杀我'，这种算不算呀？"

苏志耀点点头："还有呢？"

"没有了呀，她一晚上都在瑟瑟发抖。"有了傅采灵先前的告诫，田凤飞这会儿机灵着呢，一句不该说的都没有说。

"她有没有其他反常的举动？"苏成林插了句嘴。

"反常举动？"田凤飞神色茫然地看了他一眼，摇摇头，果断地回道，"没有。"

"去吧。"苏志耀挥挥手，"我问你的话，不要跟别人说。"

"我知道。"田凤飞忙应下，躬身退出屋子。

屋内的苏志耀对苏成林吩咐："你去把胡司令跟顾局长的人都召集好，翻遍苏城每一寸土地，想尽一切办法把那贼人给挖出来。"

"爹，你就放心吧，我这就去。"

苏志耀皱眉看向管家钟叔："老钟，你怎么看？"

"这田凤飞是咋咋呼呼的性子，她是个藏不住话的。她所说的傅班主的反应倒也都合理。"钟叔认真地思索片刻，分析给苏志耀听，"昨晚那傅班主能够第一时间奋不顾身地喊叫，就说明，她跟贼人不是一伙的。因为受到惊吓，睡不着，连连做噩梦，也是正常的反应。"

"我也是这样觉得。"苏志耀点点头，"再说，前晚那个黑衣人，有目击者汇报，是个男人，所以这傅班主应该是能排除嫌疑的。"

"那这傅班主、田凤飞、曲丽丽三人算是没问题了？"钟叔是个圆滑的人,"还需要单独安排试探吗?"

苏志耀摆摆手:"先把贼人抓到再说。他几次三番进府,又是杀人,又是偷东西,真当我苏家是菜市场呢。"

"老爷,是我安排不周到,请求责罚。"钟叔立马下跪认错。苏家的安全是他负责的,结果连续两个晚上出纰漏,钟叔心里也是忐忑得不行。

"你,确实要责罚。"苏志耀皱眉道,"让你管家,你也不管着点成林?别以为我不知道他跟曲丽丽那点事。"

"是老奴的错。"钟叔心里吐槽:你让我管家,现在说是要我连带少爷一起管,等我真管了,你又得叨叨——连我儿子的事都管,到底你是老子还是我是老子?更别说苏成林本就是个管不住的主儿。

"算了算了,你先起来吧。"苏志耀叹了口气。按说戏子跟儿子不清不楚的,以他的雷霆手段,肯定是杀一儆百,就像对陈双双那样。

苏志耀对这个曲丽丽倒是没有下手,并不是不想,而是暂时不能动。曲丽丽那嗜赌成性的爹跟水火帮有点关系,他送曲丽丽进府的目的,说白了,就是水火帮那边的意思,想搭苏志耀这条船。

眼下局势不明,水火帮作为苏城太湖水域的大帮派,苏志耀若能收罗,肯定是不会嫌多的。

苏志耀不便对曲丽丽动手,就只能几次三番对苏成林严加管束了,要不就责备钟叔不管着点大少爷。

钟叔站起身,试探着问苏志耀:"老爷,那还是给她们每人安排一间屋子,还是放一起呢?"

这苏家招戏班班主本来就不是单纯招个班主的事,苏老爷心里谋划着别的打算呢。这三个姑娘,钟叔暗中观察下来,性格各异,但是各有所长。放在一起倒是能够相互制约跟监督,但是人多眼杂,而且让人感觉苏家小气,单独的屋子都不给人安排。

"一个院子,单独安排屋子吧。"

"好的,老爷。"钟叔点点头,按照苏老爷一个院子、单独屋子的意思,考虑周全了才开口,"那我把她们三人安排进西苑吧。"从西苑去苏老爷的书房要经过钟叔的中院,有什么风吹草动,钟叔定能够第一时间处理;离苏老爷的后院又一院之隔,苏老爷若是有啥想法,也便于行事。

"嗯,你去安排吧。"苏志耀点点头。他跟钟叔主仆多年,默契得很。

傅采灵、田凤飞、曲丽丽三人带着自己并不多的行李,当下搬进了西苑。这次曲丽丽仗着跟苏成林的关系,率先挑了一个向阳、靠东的房间,说:"这间我要了。"

"凭啥呀?"田凤飞不满地上前理论,"傅班主还没选呢,哪里轮得到你!"完全就是一副傅采灵小跟班的忠心模样。

傅采灵伸手将她拽住:"这住哪不都一样?戏唱好了,多赚钱才是王道。"

"嗯。"田凤飞点点头,拎着自己的包袱问傅采灵,"傅班主,你要选哪间?"

"我随便。"傅采灵无所谓地笑笑,"你想选哪间?选吧。"

傅采灵进了这个院子后,就感觉似乎有一道视线在暗中盯着自己。她不动声色地扫视了一圈,却没有发现可疑的人,不免心里有点发怵。难道自己暴露了?被人盯上了?换屋子就是为了让她尽快露出马脚?

傅采灵稳了稳心神,暗暗告诫自己,要沉住气,刚进苏家,这事情还没开始办呢,可千万不能露出马脚,当然也不能再像之前那样莽撞地夜探苏府了。

之前两次都是运气好,苏家盯着抓的是别人,但是谁知道她的好运气什么时候用完。不谨慎点,若是自己被抓住了,那别说给自己开脱,苏老爷肯定会把之前的账都算到她头上,这口锅背着,死十次都不够了。

十二

苏家险恶的环境让傅采灵觉得如履薄冰。她不敢轻举妄动,只能祈求自己留的记号能够让"丑兔"快点来找她,她好想办法快点结束这任务。傅采灵发誓,这辈子再也不想做这种提着脑袋报恩的事了。

可是一连几天,苏府里都风平浪静的。据小道消息,唯一的插曲就是有个姨太太脑子抽风要行刺苏志耀,结果苏志耀被苏丹丹推荐的保镖季铭瑞给救了。之后没几天,季铭瑞便平步青云,时刻跟在苏志耀身边了。

田凤飞几次拉着傅采灵悄悄八卦:"这季铭瑞好像是苏老爷一个故人之子,说是保镖,其实吧,苏老爷是想当作女婿培养的。"

"是吗？"傅采灵对这些并不太关心。她跟季铭瑞也没交集，之前她曾试探过一次，季铭瑞虽然伪装得很好，但是她还是看出了不一样的地方。傅采灵可以肯定，黑衣人就是季铭瑞。

季铭瑞对傅采灵也暗中盯了几天，见她做事乖巧，规规矩矩的，对其他人也都和和气气的，平日里就是跟田凤飞对戏，给苏志耀唱戏。他便对那一晚的事释然了。再说他进苏家是要找人的，没必要跟一个无关紧要的人浪费时间。

"当然。"田凤飞笑着点头，"这季少爷一表人才、风度翩翩，看着就是个能干大事的人，比那苏少爷简直不要好太多！"说到这儿，她忍不住吐槽起来："一个是天上的明月，一个是地上的烂泥，烂泥现在扶不上墙了，再不抓紧点培养个能干的，只怕这苏家早晚要凉……"

"你吃太饱了？这种话都敢说？"傅采灵带着几分意外。

苏成林先前明目张胆地欺负过田凤飞，所以田凤飞暗地里没少说他的坏话，不过像今天这样直白，还挺少见的。

"我有什么不敢说的？"田凤飞硬气地回了句。不过说完她就机警地四下瞅了一圈，压低了声音道："傅班主，我当你是好姐妹，才对你没保留，啥都说，但是你可记着，这话不能出去乱说，要不我可就吃不了兜着走了。"

"我才没有你这么大嘴巴呢。"

"话又说回来，这季少爷就是性格冷了点。"田凤飞一脸八卦，"我上次见苏小姐找他说话，苏小姐叽叽喳喳说了半天，他就敷衍地回了两三个字。也亏得苏小姐不计较，要不然，他哪能有机会被举荐给苏老爷呀。"

"你呀,背后别瞎议论,免得被苏小姐以为你对季保镖有啥想法。"田凤飞对季铭瑞的好感跟夸赞,真是毫无遮掩了。这人既然是苏小姐看上的,傅采灵还是有必要提醒一句,毕竟在这苏家,苏老爷、苏少爷、苏小姐,没有一个是善茬。

"对对对,我可不能胡说,要不被人告状,那我可真就吃不了,兜着走了。"田凤飞朝着曲丽丽屋子的方向暗自吐了吐舌头,"傅班主,我跟你说,你防备着点那个曲丽丽,她呀,不简单。"显然这两个人几次三番阴阳怪气地斗嘴,连表面的和平都快维持不住了。

"怎么个不简单?"傅采灵笑着问,"你倒是跟我说说呢!"

田凤飞压低了声音:"她是水火帮水堂主雕三爷的人,帮里都说她是雕三爷的小姨太太。"

"哦?是吗?"傅采灵诧异,试探着问了句,"雕三爷是苏城南开烟馆的那位吗?"

"对啊,你也认识雕三爷?"田凤飞点头,反问了一句。

"说不上认识吧。我先前戏班里的师姐,被雕三爷娶回去做八姨太了。"傅采灵轻描淡写地回了句。她先前只知道雕三爷在苏城里势力很大,黑白两道通吃,但真不知道,他竟然还是水火帮的水堂主。

太湖自古就有水匪出没。光绪年间,洪泽湖水患的灾民逃难至此,以拾荒、做泥人、磨剪刀等谋生,其中有些地痞、流氓以流动职业为掩护,专干偷鸡摸狗的勾当,逐渐形成了各个盗窃团伙。近年来,水火帮在太湖一带收罗这些盗窃团伙,打家劫舍。水火帮大都以亲友结伙,有严密的帮规和暗语,违者轻则挨打,重则处死,且一旦入伙,终身为匪。

田凤飞点点头,暗损了一句:"那我知道为啥雕三爷割爱把曲丽丽送进苏家来了。"接着她又幸灾乐祸道:"肯定是你师姐太厉害,曲丽丽斗不过,哈哈哈哈,我就说嘛,贱人还是得要贱人磨!"

傅采灵嘴角抽了抽,她秦师姐倒是也担得起这"贱人"的称号,毕竟她确实是个手段不错的人。不过终究是一个戏班的,傅采灵还是多少要给她留点面子的。

"我说得不对吗?"田凤飞傲气地说道,"如果她真讨雕三爷喜欢,还能进苏家来受委屈?"

很有道理,无法反驳。

"你啊!"傅采灵不知道该接什么话了。她懒得掺和曲丽丽跟田凤飞之间那点破事,事不关己,高高挂起。

"好了好了,不想说这个贱人的事了,没劲。"田凤飞见傅采灵兴致不高,便也识趣地止住了话题,话锋一转道,"我是没啥,不说就不说了。"田凤飞再次压低了声音:"只是傅班主,你真的要小心点!"

"又关我啥事?"傅采灵哭笑不得。

"我瞅着,苏小姐对这个季铭瑞确实是喜欢得很,但是,这季少爷对你倒是有点另眼相看,你可不得注意!"田凤飞煞有其事道,"我可是瞅到好几次他偷瞄你了!"

傅采灵心里一个"咯噔",面上严肃地呵斥:"别胡说八道!"季铭瑞偷瞄她,只怕也是注意到傅采灵了,难怪她先前有一种被人盯着的感觉。傅采灵暗自庆幸，亏得换到这边的院子后，她规规矩矩的，要不然真会被季铭瑞抓住把柄，好险！

既然大家进苏家都是有目的的，过去的就过去了，两个人井水不犯河水，傅采灵也不便去深究。现在傅采灵又知道季铭瑞还是苏志耀眼前的红人，那她以后看到他，肯定是要夹着尾巴绕道走的。

"我没胡说……"田凤飞想要辩解，被傅采灵狠狠一瞪，立马识趣地闭嘴了，"好嘛好嘛，我不说就是了。"

"苏少爷最近忙什么呢？"傅采灵若无其事地问了句。田凤飞长相乖巧，嘴巴甜，跟经常来送饭和帮忙洗衣服的马嫂打得火热，这苏家后院的小道消息摸得门儿清。傅采灵问她的同时，顺便把话题转移了："我先前听到曲丽丽好像跟他在吵架。"

苏府外，苏成林带着人马搞得苏城那叫一个人仰马翻。长得不顺眼的、他看着不舒服的，但凡他怀疑的人，一律先抓了再说，折腾得苏城百姓叫苦不迭，人心惶惶，怨声四起。

"苏少爷呀，白日里忙着抓贼，晚上忙着跟陈双双约会，曲丽丽当然坐不住，要跟他吵架了哇！"田凤飞幸灾乐祸道。

"陈双双？"傅采灵蹙眉，"就是你上次跟我说的，被苏老爷毒哑了送出去的那个？"见田凤飞点头，她又问了句："她跟苏少爷还联系着呢？"

"可不是。"田凤飞说到这儿，神色有些蔫巴，心里不是滋味，"这陈双双还真是个有手段的人，她都是个哑巴了，还能把苏少爷哄得团团转。不但如此，她……她竟然还被苏少爷光明正大地接回苏府了。"当初是她受了曲丽丽的蛊惑，将陈双双跟苏少爷的事情告发了，结果陈双双被弄残，她也没好到哪里去。可这曲丽丽倒是踩着她直接勾搭苏少爷了，这女人，贱！"

"接回苏府？"傅采灵越发感兴趣了，"你先前不是说，她是被苏老爷毒哑了送出去的吗？她被苏少爷接回来，就不怕再被灭口？"

"苏少爷敢接回来，肯定是苏老爷同意的呀。"田凤飞给了傅采灵一个"你真是白痴"的眼神，不忘记再损一句苏成林，"要没苏老爷点头，就苏少爷那屉包，他敢吗他！"

"好吧，好吧。"傅采灵敷衍了句，"那我不是好奇嘛，苏老爷先前不同意，怎么就突然同意了！"

田凤飞探过身子，几乎咬着傅采灵的耳朵，悄声道："据我从马嫂那边听来的消息，说这陈双双竟然是个日本大佐看上的人。她被抬出苏家的时候，正巧遇上大佐那边的日本人在寻她。日本人见她这么惨，能不找苏老爷的麻烦吗？这不，苏老爷连夜八抬大轿把人给请回来的。"

"还有这种事？"这下傅采灵是真的惊呆了，心里不免吐槽——巧得有点离谱。

"可不是！"田凤飞撇撇嘴，理所当然地说道，"我们就静观其变，看好戏好了。这曲丽丽反正没啥好结局的。"

"你跟她到底什么仇什么怨呐，你这么讨厌她？"傅采灵忍不住问了句。

"什么仇什么怨？她几次三番暗算我，以为我傻不知道呢。"田凤飞愤愤不平道，"我现在是看穿她了，她就是想拿我当炮灰，她好吃着我的人血馒头上位，哼，贱人！"

田凤飞能知道这么多小道消息，可不是单单跟马嫂关系好。陈双双进府后，就派人悄悄找田凤飞，狠狠报复了一番，然后又挑拨离间，警告她跟谁都不许说。田凤飞和曲丽丽关系本来就不咋样，这下瞬间就仇视她到你死我活的地步了。

这时，苏丹丹身边的丫鬟翠喜趾高气扬地走进院子，看着傅采灵，伸手指了指，问："你是傅采灵？"

"嗯，我是。"傅采灵点点头。

"小姐让你跟我走。"苏丹丹说完这话，转身便走。

傅采灵踌躇了一秒，在田凤飞担忧的眼神中，抬脚跟了上去。

苏丹丹神色戒备地盯着傅采灵看了半晌，原来还以为翠喜说的季铭瑞重点关注的戏子是什么国色天香的人物，见她长得一般，满脸斑斑点点、坑坑洼洼，便暗自松了口气，道："听说，你戏唱得很好，来给我唱唱看呢！"

"小姐想听什么戏呢？"傅采灵神色淡然地应话。

"随便什么都行。"苏丹丹的表情随意。她完全没有遗传苏老爷懂戏的天赋。她把傅采灵叫过来，总不能说自己心里有点嫉妒，想看看她长啥样子——其实啥事没有，就挥挥手让人走吧。

"苏小姐，"季铭瑞走过来，目不斜视地问，"你叫我来有什么事？"

"请你听曲呀。"苏丹丹看着他，声音都柔了几分，"这位傅采灵班主，可是我爹最近最宠爱的人了，天天喊去给他唱戏，我今天好不容易才叫过来呢。"说完，她转脸对着傅采灵道：

"傅班主,你说是吧?"

这句话的意思挺暧昧的,把傅采灵跟苏老爷之间的关系说得不清不楚。

但是傅采灵无法反驳,也不敢出声辩解,毕竟大户人家豢养的戏子,处境本来就说不清、道不明的。苏丹丹也是耍个小聪明,要彻底绝了季铭瑞跟傅采灵之间的任何可能。

"喂,跟你说话呢,你怎么不答应?"苏丹丹见傅采灵没有回她,不由得有些恼怒。

"不知道苏小姐想点什么戏?"傅采灵主动略过上面的话题,不动声色地问。

苏丹丹暗自观察季铭瑞的表情。季铭瑞却是眼观鼻,鼻观心,整个人淡定从容的姿态,让苏丹丹瞬间觉得自己有些小题大做。她便也不打算为难傅采灵,无所谓地挥挥手:"就唱你拿手的好了。"

傅采灵会唱的太多了,见苏小姐不内行,干脆直接跟她说:"要不然,我就给苏小姐唱一段《长生殿》吧。"

"《长生殿》是讲什么的?"苏丹丹不懂,正好找季铭瑞搭话,亲昵地喊道,"季哥哥,你知道吗?"

"苏小姐,我不懂戏曲。"季铭瑞依旧淡定,回得干脆。

"季铭瑞,我跟你说了多少次,不要喊我苏小姐,你今天第二次喊了。你再这样,我生气了。"苏丹丹俏脸一板,跺着脚说道。

"好,苏小姐。"季铭瑞一板一眼地应道。

"你!"苏丹丹气结,干脆对他一字一句地说道,"跟我念,丹——丹！"

季铭瑞沉默。

"季铭瑞！"苏丹丹恼了，连名带姓地吼了句，正色道，"丹——丹！"大有一副季铭瑞不开口，她就耗着的架势。

"丹——丹！"季铭瑞拗不过，跟着学了句，末了补充道，"苏小姐，可满意？"

"你！"苏丹丹气恼地指着他，"你就是故意气我的！"她深呼吸了一口气，这才转脸看着傅采灵道："你呢？你说说，这《长生殿》是讲什么的？"

"《长生殿》讲的是唐明皇李隆基与贵妃杨玉环间的爱情故事，"傅采灵依着师父教的知识，答道，"取材自唐代诗人白居易的长诗《长恨歌》和元代剧作家白朴的剧作《梧桐雨》。《长生殿》曾经两度易名，最早名为《沉香亭》，然后改为《舞霓裳》，最后才定名为《长生殿》。唐明皇与杨贵妃的爱情一直是人间传唱的佳话，虽然是以悲剧结尾，但是两者的爱情一直被人羡慕……"

"好了好了，打住！"苏丹丹听得脑壳直突突，"你别跟我介绍了，你就直接唱吧。"

"汉皇重色思倾国，御宇多年求不得。杨家有女初长成，养在深闺人未识。天生丽质难自弃，一朝选在君王侧。回眸一笑百媚生，六宫粉黛无颜色。春寒赐浴华清池，温泉水滑洗凝脂。侍儿扶起娇无力，始是新承恩泽时。云鬓花颜金步摇，芙蓉帐暖度春宵……"

昆曲之美，在唱腔，缠绵婉转，柔曼悠远，一唱三叹的水磨调,将曲中人物的悲欢离合尽数演绎;昆曲之美,在水袖飘飘,演绎者指尖绕柔,水袖飘舞,舒展之间,将大唐盛世的歌舞升平缓缓铺展于人前。

傅采灵并没有穿正儿八经的行头,但是清丽的嗓音、柔软的身段,将苏丹丹的眸光深深地吸引住了。很多唱词的意思,苏丹丹虽然听不太懂,但是她觉得好听,非常好听,难怪自家老爹要沉迷。这个看着平平无奇的人,却能够唱出如此天籁,让她不得不刮目相看。

季铭瑞虽然表情一如既往地冷淡,但是傅采灵的唱腔他还是听进了心里,只是强装作没什么的样子。

啪啪!傅采灵唱完一段,苏丹丹忍不住拍手鼓掌起来,意犹未尽道:"唱得不错,你能再来一段吗?"

傅采灵也不推辞,继续往下唱。悠扬、清丽的声音,让苏丹丹听得高兴,她给了傅采灵一堆赏赐,然后又央求她继续唱。傅采灵见苏丹丹性格挺单纯的,而且确实迷上了戏曲,这也是个能够亲近她的好机会,便又唱了自己拿手的《牡丹亭》,听得苏丹丹那叫一个如痴如醉。连续唱了一个多时辰后,傅采灵的嗓子干得快冒烟了,但是苏丹丹却依旧听得津津有味,问:"傅班主,你还能再唱吗?"

"苏小姐,今天恐怕不能了。"傅采灵轻咳了一下,"再唱的话,只怕我的嗓子要废掉了,以后再也不能唱了。"

嗓子是一个戏子安身立命的本钱,她可不能为了讨好苏丹丹,直接给唱废了。

"哦哦。"苏丹丹一听后果会这样严重,立马带着歉意道,

"不好意思啊,我第一次听到这么好听的戏曲,就忍不住要你一次次唱,是我考虑不周到。"说完,她转脸吩咐翠喜道:"你一会儿让厨房做点养护嗓子的汤汤水水,给傅班主送过去。"

"好的,小姐!"翠喜点头应下。

"傅班主,你能不能教我唱戏呀?"苏丹丹是个率性的人,她之前看不起家里的戏子,是因为那些人进府之后,不好好琢磨如何把戏唱好,就琢磨着怎么爬上苏老爷或者苏少爷的床。作为正房太太生的"嫡大小姐",她打心眼里鄙视戏子,也抗拒去听这咿咿呀呀的东西。可是今天傅采灵的专业唱腔把她征服了,她立马就行动起来——拜师。

"什么?"傅采灵的神色慌张起来,"苏小姐,您开什么玩笑!"戏子在那个时代的身份是卑贱的,如果不是为了求温饱,正经人家的女孩是不会想要学的。

"我没开玩笑,我是认真地想跟你学呀!"苏丹丹的脸色变得正经起来,"傅班主,你该不会是不愿意教吧?"

"教我肯定是愿意教的,但是苏小姐您要学唱戏这件事,我建议您还是问问苏老爷。"傅采灵嘴角挂着浅淡的笑,"如果苏老爷同意您学,那我一定会不吝啬地把我所有的本领都教给您。"

"好,一言为定!"苏丹丹爽快地回道。

"那我先回去了。"傅采灵回了屋子。至于苏丹丹要怎么去做通苏志耀的工作,允许她学唱昆曲,那就不在傅采灵所关心的范围了。

田凤飞忙关切地问:"苏小姐喊你过去,没啥事吧?"这人呐，就是不能随便在背后说人坏话，要不早晚被事主给察觉了。

"没事。"傅采灵端起水杯，真的太渴了。

"你干啥了？"田凤飞目瞪口呆地帮她递过水壶，问，"怎么就渴成这样？"

傅采灵润过嗓子，这才缓缓道："我给她唱了半天戏，我能不渴吗？"

"不是吧？她要你命呢！"

田凤飞的话还没说完，只见翠喜叩叩门，边跨进来边说："傅班主，这些是小姐给你的赏赐，我给你送来了，一会儿厨房炖的银耳莲子汤好了我再给你送过来呀。"

"好的，谢谢！"

"恭喜你呀，入了小姐的眼了，只怕小姐真要拜你当师父了。"翠喜热络地套着近乎。

"什么？小姐要跟傅班主学唱戏？"田凤飞激动得失声惊叫起来。

"嚷嚷啥！"翠喜对田凤飞可就没那么客气了，"我跟傅班主有话说，你先出去吧。"

翠喜是苏丹丹身边得势的丫鬟，田凤飞不敢得罪，唯唯诺诺地应道："好的，我先出去了，有事你们喊我呀！"

傅采灵不知道翠喜怎么突然就对她示好了。摸不清楚她的目的之前，傅采灵谨慎地保持了沉默，屋子里一下安静了下来。半响，翠喜才压低了声音道："傅班主，有人让我给你个东西。"她动作飞快，朝她手里塞了张纸，嘴里嚷嚷道："傅班主，你以后荣华富贵了，可别忘记我呀。"

傅采灵有些诧异地抬脸看了看翠喜，抿着嘴唇，握着纸条，心里"咯噔"一下，略微有些激动。莫非，翠喜就是自己苦苦等着的"丑兔"？但是不对呀，陈枫他们说，"丑兔"进苏府不到两个月，这翠喜可是陪着苏小姐三五年的老人了，她不是"丑兔"，"丑兔"也绝对不会以这样明目张胆的方式来跟自己见面的。那她是谁？她想干吗？

傅采灵想不出来翠喜的目的，五味杂陈的同时，也忍不住戒备起来。

"你不打开看看吗？"翠喜见她握着纸条一动不动，不由小声催促了句。

要看，也不会当着你的面看呐！

傅采灵撇撇嘴，一脸疑惑地问："这是谁给我的？"

"这是我在门口拿到的，"翠喜简单交代了一下，"是个叫沈长泽的人送过来的。他说自己是红旗曲社的人，求苏老爷让你们见一面。"说到这儿，翠喜的口气顿了顿，又一五一十地说："不过老爷没同意，他就当着老爷的面写了这个纸条，说要交给你。老爷看过，没啥问题，才允许我带给你的。"

"沈长泽？"傅采灵更纳闷了，皱着眉头问，"他除了给你纸条，还说什么了吗？"

翠喜摇了摇头，道："没有。"

既然苏志耀看过，还被允许带给傅采灵，那应该是能见光的。傅采灵不动声色地吸了口气，打开纸条看了一眼，就四个字：你弟病重！

"弟弟"这两个字，对傅采灵而言，是她过去的家里唯一能牵绊住她的柔软存在。她也曾告诫自己无数次,不能心软,不能再回去。她早在被丢入河里时候,就跟那个家一刀两断了,可是事实上,家里但凡遇到困难,只要去红旗曲社哭哭闹闹,求上一求,傅采灵总会忍不住心软,把自己赚的钱乖乖拿出去。毕竟儿时在家,弟弟对她最好,总是愿意把仅有的那些好吃的、好玩的,分享给她……

看到"你弟病重"这四个字,傅采灵顿时就无法平静了。她站起身,对翠喜丢了句:"我有事去找苏老爷,你自便吧。"头也不回地奔了出去。

弟弟从小营养不良,患有严重的哮喘,乡下并没有好的医疗条件。傅采灵上次给家里钱的时候,就跟母亲说过,让她带弟弟来城里医治,但是母亲一听高额的医疗费便狠心拒绝了。穷苦人家,温饱都顾不上,哪里舍得花钱看病?再说了,哮喘这种无法根治的病,花出去的钱,不就是打水漂吗?乡下人有病都是熬一熬,熬一熬就好了,就过去了。

这次,弟弟一定是旧病复发了!

十三

傅采灵找苏志耀说了弟弟病重的事,想告假出府,被苏志耀不留情面地拒绝了。傅采灵毅然提出,宁愿被毒哑,自请离府。苏丹丹铁了心要跟傅采灵学唱昆曲,在一旁帮她劝说,把苏志耀气得直拍桌子。客厅乱作一团时,一个家丁朝苏志耀拔枪就射。傅采灵被吓得脚底打滑,整个人失控冲出去,顿时手臂感到一阵刺痛。等反应过来，季铭瑞跟苏志耀同时拔枪，将偷袭者"啪啪啪"射成了马蜂窝。

"苏老爷，你没事吧？"季铭瑞尽职地问。

"我没事。"苏志耀神色淡淡地摆摆手，看向手臂被子弹打中而受伤的傅采灵，口气温和了几分，"你没事吧？"在他的角度看来，傅采灵是忠心护主，主动舍身为他挡子弹的。这一刻，苏志耀对傅采灵的好感直线上升。

"我没事。"虽然很疼，但傅采灵咬牙忍着摇摇头，低声下气地哀求，"苏老爷，我弟弟病重，我真的想要出府一趟去看看。"她哽咽难言，吸了口气，继续道："苏老爷，我求求您，求求您，成全我吧！"

苏志耀努力控制自己的情绪，耐着性子道："你受伤了，先把子弹取出来。"顿了一下，他又道："至于你弟，我会派人去照看，安排进医院的。"前提是傅采灵真的有病重的弟弟，她倘若经得起查，那么苏志耀会好好栽培她，让她大富大贵。

傅采灵张嘴，试图再求，苏志耀抬手阻止道："看在今天你舍身为我挡子弹的分上，等你伤好之后，我准你半天假。"

傅采灵知道胳膊拗不过大腿，只能忧心忡忡道："谢谢苏老爷安排，我弟，就拜托您了！"

"嗯，你先下去吧，一会儿我安排大夫给你做手术取子弹。"苏志耀说完，又转脸看着苏丹丹道，"你也赶紧走吧，这地方脏。"

等傅采灵、苏丹丹出了屋子，苏志耀才让季铭瑞、钟叔翻动尸体，并吩咐道："看看有什么线索。"

季铭瑞沉默了会儿，淡淡地说道："这人的手挺干净的，指腹也没有老茧，可见并没有长期摸枪的习惯，应该是个新手。"

"嗯。"苏志耀表示认同。他欣赏季铭瑞，就是因为他胆大心细，喜欢琢磨这些小细节。

"虽然他目标明确，针对苏老爷您，但是他从掏枪到出手，神色慌张，应该没有受过专业的训练……"季铭瑞冷静地回想了一下刚才的情况，缓缓道，"应该不是专业特工，我觉得可以从寻仇的方向去调查。"

管家钟叔默不作声地看了一眼季铭瑞，对苏志耀点点头："我觉得小季分析得挺有道理的，不像是重庆或延安的人。他们如果安排的话，一定会有比较周全的计划，至少不会派个新手单枪匹马来送死！"

季铭瑞心里暗骂，面上不动声色，主动道："苏老爷，这件事您交给我查吧，我一定尽快查清楚。"

"嗯。"苏志耀点点头。管家钟叔特意关照了句："可要查得仔细点。"

"放心吧。"季铭瑞点头应下。

傅采灵这边，苏丹丹倒是挺上心的，不但特意安排翠喜去请了大夫，更是关切地在一旁看着大夫给她做取弹手术。

傅采灵嘴里咬着布，虽然手臂打过麻药了，但是割开皮肉的时候，还是感到疼。尤其看着那镊子从自己肉里夹出子弹，傅采灵简直不寒而栗，浑身止不住地发抖起来。

"傅班主，你是不是很疼呀？"苏丹丹虽然用手捂着自己的眼睛，但是又睁得大大的，从指缝里看。见傅采灵满头大汗，她善意地掏出手绢帮她擦了擦,安抚道:"没事的,没事的,很快就好了啊!"

大夫给傅采灵仔细缝合伤口后对苏丹丹道:"苏小姐,为了缓解病人的疼痛,我再配一点止疼药。她这手臂不要沾水,过两天我再来换药。"

"好的!"苏丹丹吩咐翠喜,"你跟大夫去拿药。"转过脸来,她对傅采灵说:"你听到医生的交代了?不要沾水,好好休息,回头我再来看你。"

"谢谢苏小姐。"傅采灵虽然保持警惕,但是对苏丹丹的善意,还是非常感激的。

"老钟,你怎么看?"苏志耀从大夫进门给傅采灵诊治开始,就派人暗中观察。

管家钟叔思索片刻,缓缓道:"背景挺干净,有一技之长,挺有韧劲的,脑袋瓜也聪明,关键还忠心护主。"他口气顿了一下,夸赞的同时不忘记说缺点:"就是稍微有点屐,也不知道胆子大不大,敢不敢做事。"

"只要善待她弟弟,不愁她不用心做事。"苏志耀原本还不打算这么快培养傅采灵,但是既然这人有软肋能拿捏在自己手里,那么让她磨炼一下,有一技之长的人,必然能够成为自己有力的"大杀器"。

苏志耀是汪精卫的高级顾问,但是并没有跟在南京;相反,汪精卫安排他坐镇苏城,除了因为苏志耀本身的人脉关系,实际上这苏家还是上海跟南京的情报中转站——苏志耀是站长,负责人;钟叔是管家,副站长。先前苏家也招聘了不少有一技之长的戏子，都是被培养了送往各地收集情报的，而那些不成器的，都已被淘汰：知道得多的，必然是被灭口了；知道得不多的，毒哑了、弄残了送出府去。

苏志耀爱好戏曲不假，更深知大户、军阀都喜欢豢养戏子附庸风雅。他只不过投其所好。这些戏子甚至不需要冒险去接触核心情报，只要将去大户、军阀那里唱戏时的所见所闻给他传递一下，他通过琢磨细节，多半能得出八九不离十的形势走向，然后汇报给南京那边。哪怕他对形势判断失误，也没什么大问题，因为南京还有特别调查处核实真伪。

但是随着形势变得严峻，汪精卫意图跟日本联手，对日投降，这让苏家——苏志耀的一举一动，都被盯得死死的。苏志耀对傅采灵的培养就不单单局限在后院那么点地方了，他要增加难度，往特工方向去培训她。

"她弟弟的事，查得怎么样了？"苏志耀转身压低了声音问。

"红旗曲社那边确实有这么一个病号，戏班的班主沈长泽已经安排送去医院了。"管家钟叔低着头一板一眼地回，"派去她老家的人还没回来，等回来了，就能确定。"

"她老家哪里的？什么时候能回？"苏志耀问得急迫。

"她老家是苏城乡下的，在吴县镇湖那边。"钟叔掏出怀表看了看时间，"这一来一回估摸得三四个小时，晚饭之前应该能回得来。"

苏志耀点点头："行，等等消息吧。"

到了吃晚饭的时候，田凤飞端着饭盘刚进来，钟叔、苏志耀就跟着进来了，后面还跟着个心不甘、情不愿的曲丽丽。

傅采灵有点纳闷：这阵仗是干吗？但是面上她端着谄媚的笑，讨好地问："苏老爷，您怎么来了？"

"来看看你，顺便跟你说点事。"苏志耀的表情难得随和。

"看我？"傅采灵受宠若惊，"真是担不起！"

"你先吃饭，吃好了再说。"苏志耀待钟叔拉过来椅子，亲和地落座。

虽然肚子饿得咕咕叫，但傅采灵吞咽了下口水，视线艰难地从田凤飞端来的色香味俱全的鸡汤上移开，小心翼翼道："苏老爷，您有啥事就直接说了吧，我现在还不饿。"

苏志耀默不作声地盯着傅采灵看了半晌，她神色紧张但又强装镇定的样子让人挺顺眼的。而且她先前表现出来的灵动，表明她确实是个值得培养的苗子。当然，要是颜值能高一些，那就更好了。

"苏老爷，您有话就说吧。您这样盯着我看，我心里实在没底……"傅采灵面对苏志耀鹰一般犀利的眼神，实在有些招架不住。

"这几天我对你们三个进行了考察，觉得你们综合素质都不错。我想组建情报小分队，由你担任小队长……"

苏志耀不急不缓地说出来的每一个字，傅采灵都听懂了。但是听完之后，她又觉得自己好像完全听不懂。什么情报小分队？什么小队长？要去收集情报？……

傅采灵茫然地眨巴眨巴黑眸，憨厚地说道："苏老爷，是我在发烧，还是您发烧了啊？"说完还一本正经地伸手摸了摸自己的额头，嘀咕道："我不烫啊！"

苏志耀指着钟叔，笑着说："钟叔，你跟她好好解释一下。"

钟叔一板一眼地解释了一遍，末了说："苏老爷看好你们，对你们寄予很大的希望，要好好表现！"

"等等！"傅采灵总算理解了，"苏老爷，我算听明白了，您是想让我们利用所长，去做收集情报的工作对吧？"

苏志耀点点头："对。"

加入这个情报小分队能更大程度地获取苏志耀的信任，也能更进一步地接触到信息源，傅采灵心里高兴得不行，但是面上装出为难的样子，看向田凤飞跟曲丽丽："那个……你们也同意了？"

"当然。"田凤飞跟曲丽丽点点头。一个是心甘情愿入伙；另外一个是没得选，只能看在福利的分上，硬着头皮入伙。

拒绝是肯定不行的，同意太快也不正常，所以傅采灵思索了会儿又说："可是，我们除了唱戏，啥都不会。我们要是不小心把事情办砸了，那不是坏了苏老爷您的大事吗？"

"我会让钟叔严格培训你们的。"苏志耀并没有对傅采灵显得不耐烦；相反，他认为傅采灵没有在威逼利诱下直接胡乱点头答应，还能保持理智，冷静地问清楚，具备优秀特工该有的品质。

"哦！"傅采灵点点头，思考片刻又问，"苏老爷，办砸事的话，我们会死吗？"

"会。"苏志耀回得果断，"所以安葬费我给你们备着了！"

傅采灵、田凤飞、曲丽丽三人彼此对视了一眼，俏脸都吓得惨白。苏志耀话锋一转道："当然，你们自己想要好好活的话,那就用心点跟钟叔学。办好差事,荣华富贵,享之不尽!"

就这样,傅采灵、田凤飞、曲丽丽三人被定为名号"飞飞小分队"的女子特工队,专门进行情报收集、暗杀等活动。傅采灵代号"百灵",田凤飞代号"火凤",曲丽丽代号"彩蝶",三人开始接受钟叔为期一个月的技能特训。

十四

苏城的平江路弄堂口,傅采灵默不作声地坐在车里,心里既紧张又激动,悄然打量着一脸肃然、充当司机的钟叔,小声地问:"钟叔,她们两个去,成吗?"

钟叔眼神凌厉地瞪了她一眼,没吭声,傅采灵识相地闭嘴。

刺杀水火帮的火堂主秦振天,是傅采灵她们三个人接受的第一个考核任务。任务完成可出师;任务失败,就早死早超生。

秦振天原是军统上海站的一个小组负责人,站点被捣毁之后,他潜回苏城,在太湖遇上原火堂主金阿宝打劫。凭着手里的枪械,他把金阿宝给干掉了;之后使出浑身解数跟水火帮帮主金阿达建立起不错的私交,取代了金阿宝的位置,成了水火帮的火堂主。这个人手段残忍,先前就暗杀了不少地下党同志;后来成了湖匪,更是嚣张跋扈,欺压太湖周边村落的渔民,大家背地里都喊他"秦扒皮"。

这个人不管是侦查能力,还是行动能力,都是比较厉害的。苏志耀挑选刺杀他作为考核任务,一来,为了给水堂主雕三卖个好,帮他除掉对头,让他在水火帮的势力能更上一层楼,便于苏家和雕三深度、密切的合作；二来，越是这种棘手情况，越能体现出经过钟叔没日没夜特训过的三人的行动能力。

经过前期的观察跟分析，傅采灵制定了详细的刺杀方案，具体实施人是曲丽丽跟田凤飞：曲丽丽的拳脚功夫不错，格斗技术是三个人中最好的；田凤飞这人虽然"傻"，但是打得一手好枪，深得钟叔重视。由她们出马，成功的把握更大一些，傅采灵提出这样的分工，合情合理，也最合适，大家都没有什么异议。

曲丽丽带着田凤飞给秦振天送礼。这曲丽丽是水堂主雕三爷的人，多少跟火堂主有几分交情，去拜访他，给他送礼送美女，只怕秦振天要乐得合不拢嘴了。而趁秦振天高兴没有防备的时候，直接掏枪要他命，方法虽然粗暴，但是最简单。当然，这前提是田凤飞这位枪手临阵出枪不手抖。

至于傅采灵，她有心藏拙，不想太早暴露自己才是三人中格斗、枪法最强的那个。

钟叔除了监督她们，更肩负着帮忙善后的重责。之前训练的时候，钟叔虽然对她们有所了解，但是具体实战情况，他还是要亲眼看看才能够放心。毕竟以后这支队伍是核心队伍，也是苏志耀手里的底牌。

随着沦陷区的不断扩大，国共两党已经联手抗日。作为汪精卫的高级顾问，苏志耀自然不能看着汪精卫陷入被动而什么都不做，培训一些非专业但是有一技之长、能够很好地掩护自己身份的特工，通过潜伏获取情报是最出其不意的，也属于非常时期用的非常手段。

秦振天住在山塘街后的一条弄堂里，坐北朝南的一座三进三出的雕花大院，门头雕龙砌凤很是气派。院子里，曲径通幽，有山有水的苏式风格显得格外雅气。傅采灵询问过这宅子原仆人宅子内的布置，了解到这原是一处明清老宅，是胡姓丝织生意人的祖宅，但是被秦振天利用坑蒙拐骗的手段低价强买了过来。胡姓商人敢怒不敢言。商人妻子是个烈性女子，刀架在脖子上也不愿意搬，结果被秦振天的人直接给捅死了。胡姓商人拿刀反抗，结果一并被弄死了。最惨的还是他们家的孩子，才八岁大，亲眼看着父母惨死在自己眼前，就说了句长大后要报仇的狠话，结果秦振天说：斩草不除根，春风吹又生。这孩子也一并被弄死了。

老仆人说到动情处，鼻涕眼泪一把一把地落："太可怜了，我们家老爷、夫人可真都是好人。还有我们的小少爷，才那么小，结果，就被这畜生给……"

别说是傅采灵，就是田凤飞、曲丽丽也都直冒火，一个劲地说："一定要弄死这个姓秦的畜生，太不是人了！"

曲丽丽带着打扮得花枝招展的田凤飞，拎着礼盒上门拜访。管家认得曲丽丽是雕三的人。雕三的人前一晚砸了秦振天手底下的一个场子，管家只当雕三是派人来示好的，便毫无防备地将她们引进门。

客厅里，秦振天正跟几房姨太太戏耍，叽叽喳喳，欢声笑语的，好不热闹。见管家带着曲丽丽跟田凤飞进屋，他眼睛一亮，眉开眼笑道："哟，这不是雕三的小姨太太吗？怎么，雕三不敢见我，派你来给我赔礼道歉呀？"

"秦爷,那您看,这礼物怎么样?"曲丽丽脸上堆着谄媚的笑,侧过身,给田凤飞让出位置来。

"长得不错,来来,转个圈,看看身段如何?"秦振天笑得越发高兴了。

曲丽丽朝田凤飞不动声色地眨了一下眼睛,笑着对秦振天说:"秦爷,我觉得这身段吧,要脱干净了,才能看得仔细。要不,您把人直接带屋里去瞅瞅?"

"这么直接的吗?"秦振天稍显意外,搓搓手道,"不太合适吧!"

"秦爷,您矫情了不是?"曲丽丽掩嘴轻笑,"您要觉得不合适,我这就把人给领回去。"

"别别别……"秦振天见曲丽丽转身,忙一把拉住她,干笑两声道,"我一个人看不好意思,要不,你陪我进屋一起看呗?"

秦振天打的是一箭双雕的算盘,这用来给他赔礼道歉的美人他接受,但是并不妨碍他对雕三的小姨太太……

曲丽丽俏眉一挑,娇嗔了句:"秦爷,您这可就有点坏了……"不过她并没有拒绝,顺着话道:"那我就陪您一起瞅瞅呗,您要有啥不满意,跟我说呀……"

"走走走……"秦振天立马撇下一众对他直翻白眼表达不满的姨太太,拉上曲丽丽、田凤飞直奔后院的主卧。在他进屋,转身迫不及待想要一亲芳泽的时候,脖子便被曲丽丽掐住了,只听她娇笑道:"秦爷,我们玩点刺激的呀……"秦振天以为是情调,结果下一秒"啪啪"两声枪响,他目瞪口呆地看着自己胸口的两个窟窿,连声音都来不及发,就直挺挺地倒了下去。

田凤飞吹了吹枪口，对曲丽丽哼了哼，轻佻地说道："小姨太太，走吧，回了！"

"田凤飞，你是不是讨打？"曲丽丽听到这称呼，俏脸黑了下来，"你别以为你枪法好，钟叔把你当盘菜，你就真是个东西了！你要再喊一句，我撕了你的嘴！"

"哟呵，恼羞成怒呀？"田凤飞朝她挤眉弄眼地挑衅，"你喜欢当人家小姨太太，还不喜欢别人喊了呀？那多没意思……"

"砰砰……"

田凤飞的话还没说完，就听见隔壁巷子传出枪响。她立马止住话题，把枪往胸口一藏，装出惊恐的表情，大声惊叫起来："啊啊啊——"

"救命啊，杀人了！"曲丽丽虽然生气，但也知道这是傅采灵在接应她们，便附和着田凤飞把秦家的人给叫过来，指着秦振天的尸体，磕磕巴巴道，"刚才，刚才……有……有个杀手，杀手朝……朝秦爷他……开枪……"

管家上前一探秦振天的鼻息——都死透了，于是气急败坏地问："人呢？"

"跑……跑……跑了呀！"曲丽丽伸手朝着院墙指了一下，"刚……刚在那边……枪也响了。"

管家看着曲丽丽，踌躇了一下，咬牙道："报警！把这两人看住。其余的跟我追！"

曲丽丽跟田凤飞相互对视了一眼，一切都在傅采灵的计划内。如果管家敢对她们动粗，就拿雕三爷出来唬人；要是管家还算客气，那么下一步她们会去警察局配合调查，后脚苏老爷就会保她们出去,这件事就没啥可查地结案了,任务也就圆满完成了。

傅采灵开过空枪后,便沿着熟悉的巷子猛跑,迎头差点撞上拉货的板车。她想收住脚,整个人却不受控制地往前冲了上去。"糟糕!"她心里暗叫一声。

"喂,这边——"薛白良眼疾手快地拽住她,拉着她的手就往巷子口奔出去。一直拐过两个弄堂口,转过脸,看看身后并没有追兵,这才气喘吁吁地松开她,问:"你……你跑啥呢?"

"我……我……"傅采灵急中生智道,"刚不是你拉着我跑的吗?"

"呃……"薛白良愣了下才回神,"不对啊,我拉着你跑之前,你已经在跑了呀!"

"我在那边巷子口听到枪响,我胆小,肯定要跑呀!"傅采灵神色紧张,随即吐了吐舌头,抱怨道,"谁知道小日本又出啥幺蛾子!"

"哦!"薛白良点点头,刚张嘴,话还没来得及说出口,一辆日军的挎斗摩托车疾驰而至。车上是两名戴着袖章的日本宪兵,还载着一位戴着眼镜、长相斯文、好像挺眼熟的男士。等车停稳了,那个男士从挎斗里大步迈出,朝薛白良走过来,生硬地开口:"你在这儿干吗?"

傅采灵心里忐忑得不行,神色苍白地抿着唇,大气也不敢喘。

"给渡边先生送衣服。"薛白良一板一眼地回了句。

"渡边纯一?"

"是的。"薛白良点点头。

"他很喜欢你做的衣服。"男子不咸不淡地试探道,"听说你跟他关系还不错?"

薛白良口气平缓地回了句:"渡边先生让我替他跟您问个好,说下回邀请您去他那小聚下。"薛白良并没有否认他跟渡边纯一关系还不错这件事。他是日军少佐渡边纯一座上宾这件事,本来就是他故意要让薛家知道的,好让他们对自己母亲能够多一些敬重,多尽一份心。

"哦!"那男子神色稍缓,嘴角不由自主上扬,然后转身想要回车上,却无意间扫到了傅采灵,便"咦"了一声,停下脚步,盯着她看了半响。

傅采灵眨巴了几下黑眸,后知后觉地发现,这人跟薛白良长得好像,不由好奇地在他们两人之间来回打量。

"她是谁?"那男子指着傅采灵问。

"我朋友!"薛白良简单介绍了一句,"傅采灵!"

"朋友?女性朋友?"那男子打量得越发仔细了,看着傅采灵直接问,"你是干吗的?"

"我是唱戏的。"傅采灵回答道。

"唱戏的?"男子微睐了一下黑眸,刨根究底地问,"哪家戏院的?"

傅采灵不知道该不该说实话,踌躇间,薛白良将她往身后一护,警惕道:"薛大少,你吃饱了撑的,查户口呢?你这样追着人家姑娘问个不停,是什么意思?"不待那男子张口,薛白良话锋一转,语气不爽道:"您是想针对她呢,还是针对我呢?"

"我就随便问问，想关心一下你！"薛大少的口气竟带着几分无奈，"你有必要这样敏感吗？"

"我谢谢您了！您贵人事多，我们就不耽误您时间了，回见。"不等那男子挽留，薛白良便一把拽住傅采灵的手，拉着她转身就跑。

又跑过好几条弄堂，傅采灵体力不支，扶着墙朝薛白良摆手求饶："不行了……我，我……我跑不动了……"

"那缓缓！"薛白良气喘如牛。

"那人……是谁啊？"傅采灵缓过气，好奇地问道，"你跟他都姓薛，是本家吗？"

"嗯。"薛白良点点头，"算本家。"他不想承认薛仁良是他同父异母的哥哥。当然，人家薛仁良也从没把他当弟弟看待过。要不是薛白良无意间救了心脏不适的渡边纯一的闺女美亚子，获得他的感激跟青睐，只怕薛仁良这个日本人的狗腿子，连正眼都懒得瞧薛白良一下。不过，薛白良也不稀罕薛家人的正眼，毕竟他从小就没和母亲沾过薛家什么光；相反，他因为是薛家的血脉，吃了很多的苦头。

江南自古以蚕丝为业，驰名海内外。苏城丝绸在康熙、乾隆年间达到全盛，薛家祖辈那时就创造了"锦绣天下，唯有薛绣占首"的辉煌。后来随着时代变迁，薛家子孙辈经营不善，家道中落，人丁也不兴旺，薛家虽然顶着"丝绸世家"的称号，但实际早就不如其他后起之秀了。薛白良母亲原本是薛府管家的女儿，从小绣得一手好刺绣，薛老太太满意得很，就给薛白良的爹跟娘指了娃娃亲。但是薛老爷看上了良家的权势，为了攀附良家，薛白良爹就娶了良家的大小姐，也就是薛仁良的母亲。缘分断了就断了，薛白良母亲倒是没有不依不饶，但薛老太太不甘心，在良夫人怀孕的时候，薛老太太跟管家用计，让薛白良的爹娘生米做成了熟饭。那年代，三妻四妾是常事，对薛白良爹来说，多一个老婆，左拥右抱，坐享齐人之福，美得不行。而薛白良母亲吃了哑巴亏，也没有别的路选，只能哭哭啼啼地咽下委屈，做了薛白良爹的二房，生下了薛白良。

良夫人可不是什么善茬，这亏她才不吃，她将薛白良母亲视为眼中钉、肉中刺，平日里打打骂骂那都是小事。薛老太太一死，她就设计，找人贩子把薛白良给拐了，这让薛白良母亲彻底慌了神。她在良夫人门前跪了足足三天，并且保证只要把薛白良给找回来，她就带着薛白良搬出薛家，绝对不会跟薛仁良争夺薛家的财产。

良夫人目的达成，假惺惺把薛白良找回来的时候，他已经被打得遍体鳞伤、奄奄一息了。薛白良母亲请求良夫人找医生医治薛白良，良夫人同意了，但有个条件，那就是薛白良母亲跟薛白良从此要在薛家卖身为奴，再也不能以姨太太、小少爷的身份自居。

薛白良母亲含泪答应，从此薛白良就成了薛家不受待见的私生子。薛白良爹早就吸鸦片成瘾，意志涣散，后来良夫人当了家，她把先前憋着的怒气，全数冲着薛白良母子撒，母子俩缺衣少食再正常不过。若不是顾及薛白良母亲手上那门刺绣技艺能为薛家撑着门面，她只怕都懒得养这两个人。

薛白良母亲心里也清楚，当初不管她是不是不情愿，或者是不是被设计的,她在良夫人怀孕的时候跟薛白良爹在一起,总归是往她心里扎刀子,她确实是伤人在先,以至于后面这些苦,都是前因种下的果,她认了。但薛白良如果想要在薛家过得好,或者逃脱薛家这牢笼,那么一定要有一技之长,有安身立命的本钱才好。薛白良母亲将自己的手艺尽数传给他之外,又给薛白良找了裁缝铺的师傅教他制衣技术。

苏城的丝绸织造业经改革换代,越发受人喜欢,知名的品牌一个一个如雨后春笋一般冒出。但是薛家却颓败得更厉害了,尤其到薛仁良接手家族的产业后,他一心扑在讨好日本人上,借着他们的势力,时不时在丝绸行业协会耀武扬威。大家面上虽然不敢呵斥,但是背地里早就把薛家祖宗十八代都问候了个遍。

薛白良恨薛家,恨良夫人,恨他爹,也恨这个从小喊他"小贱贱"的薛仁良。但是在薛白良母亲病重咳血,需要薛家掏钱医治的时候,他还是不得不低头,去求他们……当然,如果没有薛白良无意间救了美亚子,获得渡边纯一的感激跟青睐的话,只怕薛白良跟他母亲在薛家大门前跪成石狮子,薛家也是不会愿意掏一分钱出来的。

"喂!"傅采灵见薛白良神色恍惚,不由伸手在他眼前晃了下,"你发什么呆呢?"

"没……没什么!"这些一言难尽的家事,薛白良是不会跟傅采灵说的。他每每想起,心里虽都有怨有恨,但是最终化作一声叹息,无奈接受命运的不公。但凡有机会,他一定会冲破薛家的束缚,冲破薛家这该死的牢笼。

"那没什么喊你半天都不回我,我还以为你中邪了呢!"傅采灵小声嘟囔了句。

"不是,我是……我是……"薛白良想找借口解释,目光落在了傅采灵脸上,惊诧道,"你的脸……好像……"认真思索,但真找不到合适的词来说,她脸上原本坑坑洼洼的斑斑点点没了,现在的皮肤白里透红,整个人看着干干净净、清清爽爽的,很漂亮。难怪薛仁良刚才对傅采灵问个不停,只怕是见色起意。

"我的脸怎么了?还是我的脸呀!"说到这个,傅采灵有点泄气。苏志耀可能也觉得傅采灵这张脸有碍执行任务,便特意花了高价请西医进行医治。傅采灵有意见也不能提,只能乖乖接受西医的治疗,先查了一套血常规,然后又排除各项过敏因素。西医说了,绝对能够治得好;要治不好,那肯定是因为不配合。苏志耀当时一记"眼神杀"就瞪向傅采灵:"乖乖给我治好。要治不好,干脆就把你的脸划个稀巴烂!"

是的,作为女子特工队的成员,总是要有点特色的。傅采灵在枪法、拳脚上都表现得很一般,那要么以美色作为武器,要么就"丑绝人寰"好了。傅采灵能怎么办?她没得选,只能好好治。要说这治疗,无非就是用一下抗敏药物,傅采灵断了先前师父配的那药,自然就恢复正常相貌了。

傅采灵记得苏志耀第一眼看到的时候,眼睛一亮,由衷地赞赏道:"这脸,才像是女人的脸!"说着他满脸得意地对傅采灵道:"怎么样?感谢老爷我吧?要不是我,你就一直是一个被人鄙夷的丑八怪!"

"是啊,我真谢谢您咧!"傅采灵硬着头皮感激他,心里一万个不愿意。在这乱世，有颜值的女人，多半更容易给自己招来麻烦。她从来都是靠实力吃饭的人，才不稀罕颜值这"必杀器"。

"爹呀，你还别说，这妞五官长得精致，眼睛是眼睛，鼻子是鼻子……啧啧！"苏成林咂巴了下嘴，色眯眯道，"真像是一个剥了壳的鸡蛋，光滑得看着就想揉揉、捏捏……"

傅采灵忍不住暗暗翻了个白眼，她真的很想怼他：苏少爷，您要不会说话，那您可以闭嘴了，您这说的都是什么没文化的词？说出来真是笑死个人了。

"闭嘴。"知道自家儿子什么德行的苏志耀阴沉着脸打断他，"我警告你，这几个人我留着有大用，你可别动什么歪心思，不然别怪我翻脸，不认你这个亲儿子。"傅采灵她们现在是苏志耀的底牌，他可不能让这败家儿子给"祸祸"了！

"爹！我就随便说说嘛，这几个是你的人，我才不会、也不敢动什么心思呢。"苏成林笑着表忠心，反正当面说一套、背后做一套的事，他平时就没少干。

"你的脸是你的脸，我就是觉得，你变好看了。"薛白良这才算找到自己的舌头，认真地强调了一遍，"你现在超级好看的！"

"真的呀？"傅采灵摸摸自己的脸，笑得灿烂，"你真觉得我超级好看的吗？"

这话倒把薛白良问羞涩了，他面色带着点窘迫，但还是认真点点头，憨憨地说道："好看呢！"

"傻子！"薛白良的样子成功把傅采灵给逗笑了，她随口又搭了句话,"对了,上次给我量身材做戏服,现在做得怎么样了呀?"

"本来这几天能做好,但是渡边先生这边要得急,就先赶他的了。"薛白良带着歉意道,"你的戏服上还有些刺绣的活计没做完,我回去就加班加点帮你做。"生怕傅采灵着急要,他又强调了一遍:"你放心,我一定尽快赶出来。"说完竖了五个手指:"五天。"又觉得好像太久,忙改口:"三天,我保证三天之内给你做好。"

"没事没事。"傅采灵见他当真,倒是有些不好意思地摆摆手,"我就随口问一下,我也不着急要,你慢慢做好了!"

薛白良暗中松了一口气,讪讪道:"哦,那我也尽快做好给你就是!"

"傅班主,你在干吗呢?"钟叔把汽车停了下来,摇下车窗,神色不耐烦地催促,"还不快上车?"

"我要回苏府了,回见!"傅采灵挥挥手,弯身进车。她视线跟面色阴沉的钟叔对上,无辜地眨巴眨巴眼,先一步出声:"田凤飞跟曲丽丽还顺利吗?"

钟叔赏了个冷漠的眼神给她,一副爱搭不理的姿态,让傅采灵心里有点忐忑。她压低了声音道:"难道,她们失手了?"随即她蹙眉不安地说道:"她们要失手可就不妙了,钟叔,你说她们会不会供出苏老爷呀?我们要不要做个应急的准备呀?"她焦灼得直挠头:"哎呀,钟叔,我现在心里慌得不行,怎么办?你说,我们该怎么办才好?"

"她们没事。"钟叔终于受不了傅采灵的聒噪,"按计划去警察局问话了。"

"哦。"傅采灵这才长长舒口气,拍着胸脯道,"没事就好,没事就好!"

按照计划执行的话,苏志耀布置的第一次任务,总算是能圆满完成了。

"她们没事,但你——"钟叔的话意味深长,"你跟薛白良的事,只怕要好好交代一下了!"

"我跟薛白良?"傅采灵一副茫然的表情,腹诽:什么跟什么呀?钟叔真是想多了!她跟薛白良的关系,就跟小葱拌豆腐似的,一清二白,随便他怀疑,随便他查。于是傅采灵坦荡道:"我们什么事也没有啊!"

钟叔丢了一个"不信"的眼神给傅采灵:"呵呵!"

"我跟薛白良真的啥事也没有,我对天发誓,我如果说谎,就天打雷劈,不得好死!"傅采灵举手盟誓,接着把自己刚才遇到日本宪兵队,薛白良解围救她的事添油加醋地说了一遍,"钟叔,今天要不是薛白良救了我,只怕我要落在日本人手里了。那我才叫悲催!"

"你说的是实话?"钟叔不动声色地问。

"当然,必须是实话啊!"傅采灵把头点得跟小鸡啄米似的。她现在是摸准了,跟钟叔说话也好,跟苏志耀说话也罢,都得说实话,因为只有实话,才经得起盘问;当然这实话也不是百分百的实话,该有所保留的,那还是要给自己保留的。

傅采灵回到苏府的时候,田凤飞跟曲丽丽也在苏成林保释后,从警察局回来了。苏志耀对她们三个人配合完成的任务结果非常满意,难得心情极好地赏了一堆珠宝首饰,口气和蔼道:"你们明天跟我去渡边少佐家参加他女儿的生日宴。他太太特别喜欢听昆曲,你们选个代表出来唱,其余两个,我有别的任务布置。"

"要唱曲,肯定是傅班主最拿手了。"田凤飞急于在苏志耀面前表现自己,又想对傅采灵示好,所以积极推荐她。

苏志耀瞅了一眼曲丽丽,她立马乖巧地表态:"我听苏老爷安排就是!"

"你呢?你怎么说?"苏志耀倒不是真的想问她们的意见,而是借此试探,看看这三人现在的关系以及相处模式。

"我也都可以!"傅采灵一贯选择听从安排,不做那个出头的人,"苏老爷怎么安排,我就怎么来!"

"那行!"苏志耀点点头,指了指田凤飞道,"那就你唱曲,曲丽丽跟傅采灵我另有安排!"

"为啥呀?"田凤飞明显有点不情愿,撒娇道,"苏老爷,我可是枪法最好的那个人哦!"

"我的安排,需要和你解释吗?"苏志耀的脸色沉了下来,口气肃然道,"你是不是忘记自己几斤几两了?"

"对不起,老爷,是我没规矩了!"田凤飞忙讪讪地认错,恭敬地保证,"我保证下回绝不再犯。"

十五

第二天,盛装打扮的傅采灵和曲丽丽跟着苏成林来到渡边少佐的别院。苏成林跟门口的宪兵队长井上寒暄了几句,井上的视线便落在了傅采灵的脸上,惊喜道:"苏少爷,这位是?"

"我带来给渡边夫人表演昆曲的。"苏成林笑回。

"表演昆曲的,不是已经进去了吗?"井上表情疑惑。

"给大家表演的我爹带着已经进去了,这是单独给渡边夫人表演的。"苏成林脸上挂着谄媚的笑。

井上这才看向傅采灵、曲丽丽手里拿着的袋子,好奇地伸过手便拿起来看,问:"这是表演的戏服?这刺绣纹样,可真是精美呀!"

"是的,这是纯手工苏绣戏服!"傅采灵笑眯眯地从井上手里将戏服拿了回来,"井上先生可千万要小心点拿,这纹样的丝线勾了可就不精美了。"

"哦哦。"井上忙松开手,看到曲丽丽的头面,又好奇地朝它伸手。曲丽丽脸色微变,下意识地将头面护到身后,神色惶恐地看向苏成林。

"这,又是看不得?"井上顺着曲丽丽的视线看向苏成林,有点不开心了,口气生硬道,"苏少爷,我是看的资格都没有吗?"

"怎么会呢!"苏成林忙赔了个笑,"能够入井上先生的眼,这东西,这人,都是沾了您贵气的。这下人不懂事,是我的错,我没调教好,我这就带回去好好管教!"说着对曲丽丽暗使了个眼色,口气恶狠狠地骂了句:"没眼力见的玩意儿,还不给井上先生道歉?"

"井上先生,对……对不起!"曲丽丽低眉顺眼地道歉。

"拿给我看看。"井上跟这头面较上劲了,干脆指着命令,

"打开！"

"嗯……"曲丽丽心里慌得不行。这头面里面藏了一个小型相机，若是此时打开，那她就是长了一百张嘴，也解释不清楚了。要是再连累苏志耀，只怕死十个自己都不够。

"嗯什么嗯？我让你赶紧打开！"曲丽丽的表现，让井上瞬间变得敏感起来。他的脸色沉了下来，手也开始摸向自己兜里的枪——在他眼里，曲丽丽的举动非常可疑。

苏成林一副想出声，但是又不敢的怂货样，看得曲丽丽心里真是又恼怒，又委屈。

"你嗯什么嗯啊？被吓傻了吗？"傅采灵见状——苏成林是不会出来帮忙了——不得不硬着头皮横过身，挡住了井上的视线，抓着微型相机的同时，将头面大大方方地端在胸前，笑眯眯地给井上观摩。她还不忘记解释一句："井上先生，她没见过世面，难得遇上您这样的大人物，现在吓得人都是蒙的。您大人有大量，可千万别跟她一般见识！"

井上默不作声地打量着头面，傅采灵又干脆问道："井上先生，您要是有兴趣，我要不要给您试戴一下？"

傅采灵的举动，倒是打消了井上的疑心。"不不不。"井上摆摆手，不敢想象自己要戴了这玩意儿，会像个什么鬼样子。他理了理自己的军帽，终于放行："你们收拾下，进去吧。"

傅采灵跟曲丽丽对视了一眼，腹诽：关键时刻，苏成林果然是靠不住，还得靠自己机智才行。进了渡边家的院子，曲丽丽神色明显有些紧张，压低了声音道："傅班主，刚才谢谢你呀。"这句道谢是真心的。

院子里喧闹声不止，看上去一派"歌舞升平"，除了日本人，中间明明就有不少中国面孔，他们赔着笑脸，低声下气，让傅采灵心里好一阵说不清楚的烦闷。就是这些"维持地方治安"的滥官酷吏，为了讨好日本人，不但大肆搜刮百姓粮食供日军使用，还吃着同胞的人血馒头上位，个个都是不得好死的大汉奸。

"看什么呢？"曲丽丽见她出神，不动声色地用手肘顶了顶她。

"没什么。"傅采灵摇摇头，跟曲丽丽绕过主厅，被一路往后院厢房带。一会儿，她们两个要教渡边夫人吟唱几句简单的昆曲。

是的，渡边夫人可不单单是喜欢听昆曲，她还想学，学了还准备表演一下。也不知道她是不是有基础。昆曲想要速成，实在太难了，曲丽丽是教不了她的，也不会教，只能靠傅采灵了。

"我有点慌。"曲丽丽是第一次进入日军少佐的宅院，院子里都是挎着步枪的日本宪兵，她心里不免忐忑，"傅班主，你说，我们行不行？"

"行不行都得做。"傅采灵不动声色地反问，"难道你还有别的选择？"

"没。"曲丽丽摇头叹息。

"你一会儿负责拖住她，时间帮我争取得越多越好！"傅采灵又凑在曲丽丽的耳边耳语了一番。

"我晓得了。"曲丽丽点点头，小声道，"你动作可得利索点，千万不要出事。"教渡边夫人唱昆曲，比起傅采灵一会儿去探渡边纯一的书房,那就显得轻松许多了,曲丽丽知好赖,不免对傅采灵表示关切。

依照苏志耀先前给的地图,傅采灵很轻松地摸到了渡边纯一的书房。傅采灵高度集中精神,她动作麻利地戴上手套,翻开文件资料,不管三七二十一对着资料猛地一顿拍。苏志耀只是想大概了解日军的动向,至于真正有价值的情报,他也没指望傅采灵她们能够一击即中。

时间一分一秒地过去,傅采灵拍得胶卷都没了,这才收起相机,将文件资料复原。她的视线在日军要在常熟增兵的信息处停留了许久——日寇欲壑难填,这可不是好事!傅采灵表情凝重地咬着唇,放回资料,悄然打开窗户,翩然跃了出去。忽然由远及近地传来日本人的呼喊声,她心里暗叫了一声"糟糕",下一秒便听到密集的枪声。她眉头紧皱,想要找个安全的角落猫着,结果迎头撞上一名行色匆匆的男子。对视了一眼,傅采灵看到他左腿中枪,裤脚满是湿漉漉的鲜血。在他下意识拔枪之前,傅采灵动作更快一步,伸手钳住他,口气冷静道:"跟我走。"

那人犹豫了一秒,不知道傅采灵是敌是友,更不知道该不该相信她。

傅采灵口气不耐烦道:"愣着干吗?赶紧的!"危机迫在眉睫,他顾不得多想,跟着傅采灵快跑几步,到了墙角。傅采灵蹲下给他垫脚,并催促道:"快,翻过去!"

一个大男人踩着一个姑娘翻墙,这让他再次踌躇起来:"我……"

"我回头找机会来问你要。"傅采灵说话的同时,将手里的照相机朝他递过去,又催促道,"别扭捏了,赶紧翻过去!"

那男子点点头,悄然攥紧了拳头,低声道:"要找我的话,到薛氏裁缝铺。"然后睬着傅采灵,翻墙跃了出去。

"救命啊——"傅采灵扯着嗓子惊恐地喊叫起来。

日本宪兵匆匆奔了过来,齐刷刷把枪对着她举了起来。

"不要杀我,不要杀我——"傅采灵一副被吓得惊魂未定的样子,"我不知道,我什么都不知道……"

"怎么回事?"薛白良出声的同时,人朝着傅采灵走了过来。他不动声色地将她搀扶起来,对随后赶来的宪兵队长井上道:"井上队长,这是我朋友,看样子受到惊吓了,能不能让您的人先把枪给收了?"

井上并没有直接让日本宪兵收枪,而是问:"怎么回事?"

"队长,我们刚在抓捕一个潜进院子的中国人,他偷了东西往这个方向来了……"

士兵的话还没说完,井上的枪直接对着傅采灵,嘴里却对薛白良道:"薛先生不好意思,看来我们需要好好向你这位朋友问话。"这女人形迹可疑,那么他必须例行盘问。

"问话是应该的。"薛白良知道日本人的德性,笑着道,"就算井上先生不想问,我也得让渡边先生好好盘问一番才好。"说完这话,他又对井上道:"可是你看我这朋友,她已经被吓得快疯了。你这么多枪指着,要真把她吓疯了,那可真是啥都问不出来了……"

井上表情犹疑,他开始端详傅采灵——进门的时候就盘问过这个女人,似乎是有那么点印象的。井上还私下核实过,她确实也是受邀给渡边夫人唱昆曲的,按说是没什么问题的。但眼下院子里出了贼,这女人又很可疑,他不得不警惕:"先把枪收起来,我好好问一下。"

"我不是小偷,我刚才……是被人劫持过来的。"傅采灵磕磕巴巴解释道,"我是教渡边夫人唱昆曲的……我……刚换好衣服,就……被一个蒙面的男人劫持过来了,他拿枪顶着我,我害怕……"

"砰!砰!"又响起两声枪响,另外一名男子狼狈地奔进院子。他胸口、脑袋都被射穿,人直挺挺地倒了下来,脑袋血肉模糊。

"刺客!他是来刺杀渡边先生的。"管家匆匆地跑来说。

井上对着尸体又恼怒地打了几枪,四周瞬间静默了下来,血蜿蜒着流了一地。傅采灵干呕了好一阵子,心里别提有多难受了。

"薛先生,你朋友我们还是要带回去问个话。"井上面无表情道。

"我陪着一起吧!"薛白良伸手拍了拍傅采灵的后背,关切道,"你没事吧?"

"我没事。"傅采灵虚弱地摇摇头。只要相机不在手里,日本人就算怀疑,也没证据;再加上她并没有任何可疑的地方,所以只要咬死了自己是被劫持的受害者,就能蒙混过关。

渡边纯一戴着副金丝眼镜,穿着剪裁得体的礼服,装作一副和善可亲的样子:"你是薛白良的朋友,也算是我的朋友,你放心,只要你实话实说,我一定不会为难你的!"

傅采灵强作镇定地回答:"渡边先生,我说的句句属实,我真的是听从夫人的建议才去换衣服的。谁知换好衣服出来,我就遇到了坏人,是他拿枪把我劫持到那边的。"

渡边夫人点点头,做了证:"是的,是我让她去换衣服的。"

渡边纯一眯眼,思索半晌后,口气淡淡地又问:"那坏人呢?"

"跑了呀。"傅采灵回得干脆,"他原本以为我是什么重要的人质,结果发现我是个没用的戏子,就觉得我是累赘,直接扔下我跑了。"

"把过程给我再仔细讲一遍。"渡边纯一笑眯眯道。

傅采灵大脑急速运转,重复了一遍,她的语速很慢,每说一句,心里其实都过了一遍,想想是不是有什么破绽。

"渡边先生,这姑娘是我朋友,我用人格保证,她跟刺客绝对不是一伙的。"薛白良表情认真地做担保。

"我真不是刺客,我发誓。我要说谎,我就天打雷劈,不得好死!"傅采灵连发誓都用上了,"我真的是无辜的受害者呀!"

渡边纯一双眼微微一眯,听得认真,确实也没发现什么破绽,就谨慎道:"惠子,你找人搜她身。"

曲丽丽的心一下子提到了嗓子眼,但是不敢吭声,见傅采灵倒是神色淡然,不由在心里给自己打气:淡定一些,千万不能露出马脚。

"好的。"渡边夫人对傅采灵跟曲丽丽的印象很好,所以客气地将傅采灵引至一旁,吩咐手下的女佣对她进行细致的搜身。然后她将结果告诉渡边纯一："没有发现异常。"

渡边纯一轻舒了一口气，拍了拍薛白良的肩膀，一脸温和道："薛白良，既然这位傅姑娘是你的朋友，那你就先带她下去吃点东西，压压惊吧。"

薛白良暗中松了一口气，躬身对渡边纯一致谢："渡边先生，那就谢谢了。"

"不客气，不客气！"渡边纯一对薛白良很是客气地摆摆手。

傅采灵很有眼力见儿地跟着道谢："谢谢渡边先生。"

曲丽丽跟苏成林两个人相互对视了一眼，又若无其事地移开目光，听渡边纯一的管家在那招呼着："刚才的事，只是个小小的意外。音乐响起来，大家继续！"

薛白良牵着傅采灵一路沉默无语地走到渡边家放置食物的厅堂，对傅采灵道："折腾这么久，肚子饿了吧？去拿点东西吃吧！"

"你跟这个渡边先生关系很好？"傅采灵试探着开口。

"也不算很好吧。"薛白良口气淡然地摇摇头，"就一般关系！"

"哦。"傅采灵点点头，也不深究。她刚想问他，一会儿要不要回薛氏裁缝铺，薛仁良打扮得人五人六地走了过来，摸了一把梳得光亮的二八分头，口气亲昵地对薛白良道："白良，你躲在这儿呀，可让我好找！"

薛白良微挑了下眉，不动声色道："薛大少找我什么事？"

"什么薛大少！"薛仁良的口气带着几分不快，纠正道，"你得叫我一声大哥！"

薛白良没有搭话。薛仁良有些下不来台,他的视线看向傅采灵,故作熟络地打招呼:"哎哟,这不是傅姑娘吗?"

傅采灵眉梢微挑,点头打了个招呼:"薛大少好!"

"你怎么也叫我薛大少呀!"薛仁良嘟囔了句。但是傅采灵跟薛白良都没接话,三人僵持着,气氛沉闷起来。

傅采灵还以为冷场了他就会尴尬离去,谁知道薛仁良又凑过身子,压低了声音对薛白良道:"美亚子小姐找你半天了,好像还挺急的,要不,你过去看看?"

薛白良默不作声地看了他一眼。

渡边美亚子身边的日本侍女气喘吁吁地跑过来对薛白良道:"薛先生,您在这儿,可让我好找。"

"怎么了?"薛白良问。

侍女很有礼貌地躬身邀请:"美亚子小姐的礼服有点问题,想请您过去帮忙!"

今天本来就是渡边美亚子的生日宴,这礼服可是重头戏。礼服若是出问题了,那可不是一般的问题。

"好的。"薛白良点点头,然后转脸对傅采灵意味深长地关照道,"这是渡边先生的家,你可千万不要再乱跑了。如果再遇到什么坏人,直接大声喊就是。"说完,他又看了一眼薛仁良:"薛大少,你也是,千万不要在渡边先生家惹事,要不然我可保不住你。"

"嗯。"傅采灵乖乖点头,朝他丢了个"你放心"的眼神,摆摆手催促,"你赶紧去吧。"

眼瞅着薛白良走远了,薛仁良脸上挂着贼兮兮的笑意道:

"傅姑娘，上次我问你，你是哪家戏院的，你都没跟我说呢！下回有机会，我去给你捧场呀！"

"多谢薛大少抬爱！"傅采灵不卑不亢地拒绝道，"不过捧场的话，暂时应该不需要！"

"怎么就不需要？我……"薛仁良对上傅采灵突然变冷的目光，有些语无伦次，"我可是……一个忠实的戏迷！"

"我是苏老爷府上的人，你若真想听，尽管去苏家！"傅采灵一板一眼道。

"苏家？是哪个苏家？"薛仁良警觉地问，见傅采灵丢了一个"就是你想的那个苏家"的眼神，顿时吓得脸色煞白，讪讪道，"那是我小瞧傅姑娘了……"他看到傅采灵嘴角那一抹嘲讽的笑，顿时心里郁闷得不行，压低了声音道："傅姑娘这么厉害的人，不知道攀的是苏老爷，还是苏少爷的高枝呢？"

傅采灵没吭声，黝黑秀气的眼睛倏地一瞪，俏脸阴沉下来，盯着薛仁良。

"傅姑娘，你既然已经攀了苏家的高枝，那你何必跟我家白良还勾勾搭搭牵扯不清呢？"薛仁良的口气带着鄙夷，猥琐道，"傅姑娘，你若是想着多多益善，那你觉得我薛大少怎么样？我不介意也成为傅姑娘的裙下之臣。"

"薛大少，请自重！"若不是在日本人的地盘有所顾忌，多一事不如少一事，此时此刻傅采灵真的很想狂扇薛仁良几巴掌，打得他满地找牙。

"自重？我一向自重啊！"薛仁良说着，伸手就朝傅采灵的脸蛋摸了上去，"瞧瞧你这细皮嫩肉，摸着滑不溜秋的，可真让人心痒……"

傅采灵一把钳住薛仁良的手,强忍着要摔他出去的冲动,对他一字一句道:"薛大少,凡事适可而止!"

"怎么?欲迎还拒呀?"薛仁良摸着傅采灵的手,见她敢怒不敢言的样子,更是色胆包天地亲了上去,"我跟你实话说了吧,薛家现在是老子说了算。我高兴才逗一逗薛白良那傻子;我要不高兴,他就滚出去喝西北风吧!"

"是吗?"薛白良开口的同时,猛地将薛仁良的手硬拗下去,"我耳朵不太好,麻烦薛大少把刚才的话再说一遍!"

"疼疼疼!"薛仁良叫唤起来,求饶道,"白良,你松手,快……快点松手!"

薛白良松开手,脸色愤怒道:"薛大少,你要没什么事,就赶紧回去吧,在这儿丢人现眼可不好。"

"你……"薛仁良被气得直哆嗦,但是在日本人的地盘,他也敢怒不敢言,憋屈道,"行,你厉害,我这就回去……"

这段插曲很快被渡边纯一知晓,所以当薛白良带着受惊的傅采灵告辞的时候,他还送了份礼物给傅采灵压惊。

"还生气呢?"薛白良带着傅采灵出了渡边纯一的府邸。当再也看不到守在门口的日本宪兵,他才轻吁了口气道:"我替薛仁良给你道歉。"

傅采灵嘟着嘴,气鼓鼓道:"你道歉有什么用?我又不是生你的气!"

"那你生谁的气,我们找谁报仇去!"

傅采灵笑嘻嘻道:"把薛仁良套进麻袋,打一顿,你敢不敢?"

"说吧,你想什么时候打?"薛白良问得认真,"我一定给你把他套进麻袋,准备好棍子。"

"真的?"

"当然!"薛白良点点头,压低了声音道,"我不止一次把他套进麻袋打过他,这事,我有经验。"

"扑哧"一声,傅采灵没忍住笑出声来,眨巴着闪亮的眸子,笑道:"真的呀?你不止一次给他套过麻袋呀?"

"这当然是真的。"薛白良见傅采灵笑了,眉宇跟着舒展,"不过这事不能告诉别人,毕竟,这种事不太光彩!"

"有啥不光彩的!薛仁良那人,就欠揍,欠教训!"傅采灵义愤填膺道。

"是的,特别欠揍。"薛白良附和着,俊朗的脸上扬起笑来,温润地问道,"你现在不生气了吧?"

"不生气了。"傅采灵摆摆手。她就算生气,也不会冲着薛白良的。

"那我跟你说点正经事。"薛白良轻咳了一下,口气变得严肃起来,"虽然你救人是件好事,但是像你那般鲁莽,真不可取!"说到这儿,他心有余悸道:"傅姑娘,做事之前,可得三思!"

傅采灵神色陡然一紧,很费力地扯出一丝笑容,装傻道:"薛白良,你在说什么?我怎么完全听不懂!"

"我看到刺客踩着你翻墙跑了。"薛白良口气平和道。

傅采灵蓦地一阵心慌,狡辩道:"什么刺客?什么乱七八糟的?薛白良,你看花眼了吧!"

薛白良把目光落在傅采灵身上。"就算我看花眼了吧!"他话锋一转,"但你可知道刚才多惊险?"他只要稍微晚一步,按照日本人的德性,早就不问青红皂白把人逮了,他们多的是办法把人屈打成招。

"也没啥吧……"傅采灵想要避重就轻地敷衍过去。

"没啥?傅采灵,你是真傻还是装傻?"薛白良口气又严厉了几分,"在日本人手里,有几个能全须全尾出来的?"

傅采灵眉头一蹙,逞强地回了句:"那也总不能见死不救!"

"所以,你是承认你救人了?"薛白良眸光犀利地看着她。

傅采灵知道辩不过,干脆光明正大承认道:"都是同胞,我是无法做到见死不救的。"在这个多灾多难的年代,任何一个有良心的人都不会对刺杀日本人的同胞不管不顾的。

"救人也是要分场合跟看情况的!"薛白良不认同地摇摇头。

"当时的情况,如果我不救,他就死定了!"傅采灵的口气带着不悦,"薛白良,你刚才帮我,救我,我很感激,但是别的话,就不要多说了!"

"傅采灵,我说这些话也是为你好!"薛白良不依不饶,语重心长道,"傅采灵,你不要跟那些激进的抗……"话还没说完,看到一辆轿车突然左拐朝他们失控地疾驰而来,他忙一把将傅采灵拖入怀里,想避开,却不料撞上另外一辆人力车。巨大的冲击力,让他们两个人完全收势不住地摔倒在地。"哐哐",傅采灵被撞得七荤八素,嘴里一股子血腥味,疼得"哎哟,哎哟"直叫唤。

薛白良勉强直起身,将傅采灵从地上拽起来,这才看向那辆肇事车:车头撞凹了,司机生死不明。他稳了稳心神,上前拉开车门,将浑身是血、吓得发抖的司机拽了出来。

"我……我……"那司机话都说不利索了,磕磕巴巴道,"对……对不起,我……我刹车失灵了……"

薛白良看了一眼现场,除了司机见血外,没有其他人员伤亡,便出声问他:"你有没有事?"

"我……我没事。"司机胡乱地摇头,抹了一把满脸的血,讪讪道,"我就磕破了点皮,我没事,我一点事都没有……"

"那你走吧。"薛白良挥挥手,那司机忙千恩万谢地一脚油门离开。

"你没事吧?"薛白良看着傅采灵问。

傅采灵揉着腰,轻轻摇了摇头,寻思着刚才薛白良想说的话,大概是让她别跟激进的抗日分子扯上关系吧!

"你去渡边家,真的只是教渡边夫人唱昆曲吗?"

街道上行人匆匆,吆喝声此起彼伏。傅采灵神色有点僵硬,硬着头皮点点头:"就是教渡边夫人唱昆曲。"她生怕薛白良不信,又解释道:"她说,过几天有个横田大佐要来,他夫人特别喜欢昆曲。渡边夫人学昆曲,也是为了投其所好。"

薛白良没有说话,沉默地看着她,半晌道:"渡边先生,他不能死!"——至少,暂时不能死。

片刻的沉默。"渡边不能死?"傅采灵蹙眉看向薛白良,愤怒道,"日军对我们狂轰滥炸,对我们的百姓烧杀抢掠无恶不作!渡边不能死,那我们苏城百姓就应该死?!"

人声鼎沸,爱国青年队伍正在街上举着旗游行,愤怒声讨侵略者:"打倒日本帝国主义!坚决不当亡国奴……"

薛白良张了张嘴,说:"我不是这个意思……"他下面想解释的话,被"啪啪"的枪声跟杂乱的脚步声噬得干干净净。

宪兵队、警察局、城防司令部齐刷刷出动,叫嚣着到处抓人,吓得百姓慌不择路,乱作一团。薛白良眼疾手快,拽着傅采灵转身迅速躲进一旁的弄堂里。枪声不绝于耳,缓过神的傅采灵冷冷地甩开薛白良的手,怄气道:"我自己有手有脚,我会跑!"

薛白良有点闹不明白傅采灵为什么突然使性,茫然地问:"你怎么了?"

傅采灵远远看着好几个大学生被五花大绑着游街,神色有些恍惚。其中就有刚才领头喊不愿意做亡国奴的小青年,他稚嫩的脸上,挂着决绝的倔强。

生怕傅采灵脑袋发热冲出去,薛白良拽着她,劝阻道:"傅采灵,你可别犯傻,你救不了他们的。"

"我知道自己几斤几两!"傅采灵勾了勾嘴。虽然有一腔热血,但是胳膊拗不过大腿的道理她还是懂的。她细不可闻地叹了口气,不动声色地甩开薛白良,口气淡淡道:"我不会出去的。"

"那就好。"

"松手!"傅采灵口气肃然。

薛白良愣怔了会儿后默默松开手,看着傅采灵突然冷淡的面孔,有些不知所措,讪讪地搭话:"你现在要回苏家吗?我送你回去呀?"

"不用了,我想自己一个人静静。"傅采灵对薛白良有些说不出来的失望。堂堂男子汉，在国难当头的时候，竟去维护一个日本少佐，还说他不能死，这让傅采灵不舒服。再联想到日本人对薛白良那和善的态度，薛白良只是一个裁缝铺的裁缝，何德何能？除非是在日本人面前表现、立功了。一想到薛白良可能给日本人做事，傅采灵心里更难受了。

薛白良被拒绝了，也不勉强，担忧道："这条街今天有点乱。你要想一个人静静的话，往山塘街那边去吧，那边安全一些。"

傅采灵眼神复杂地看了他一眼，并没有接话，选择跟薛白良背道而行。她对薛白良，从最开始的感激到这一刻说不清楚的失望与介怀，她也不知道自己怎么了，就是心里沉甸甸的，难受得有些透不过气。

道不同，不相为谋。在傅采灵的心里，这一刻，她决定跟薛白良划清界限，免得下次再为这种救人的事争执，气得自己肝疼。

十六

萧瑟冷冽的寒风吹在傅采灵的俏脸上，她沿街走了会儿，心慢慢静了下来。她抬眸看了一眼渐沉的天色，深呼吸了一口气，收敛起自己的情绪，打算去薛氏裁缝铺。她得找那个人要回微型相机，不然回苏家，她没有办法向苏志耀交代。

至于薛白良，如果一会儿再遇到他，傅采灵想，就狠狠心，只当两个人从没有相识过。

傅采灵快步穿过两条小弄堂，没一会儿便来到了门前挂着

"薛氏裁缝铺"招牌的店铺面前。她没有丝毫犹豫,抬脚便跨进了铺子,只见里面陈列着各式各样的旗袍、洋装。看店的年轻伙计一见到她,便眉开眼笑地赶紧凑过来招呼:"小姐,欢迎欢迎,您是要买成衣,还是量身定做呢?"

"我是……"傅采灵的话说到这儿顿住了。因为她想说来找人的,但是那个人姓啥名啥,她说不出来。

年轻的伙计倒是没有催促,满脸堆笑地等着她往下说。

"我是来找人的!"傅采灵轻声道。

"找人?什么人呀?"年轻伙计礼貌客套地问。

"我其实也不知道他是什么人!"傅采灵踌躇再三,打算实话实说,"我甚至都不知道他叫什么。他让我来薛氏裁缝铺找他,我就来了!"

年轻伙计的眉头皱了下,挠挠头:"小姐,要不这样吧,您给我形容一下他的相貌特征,我来对对号?"

傅采灵简单说了一下那个人的特征,年轻伙计歪着脑袋想了想。"您说的这个人的年纪跟相貌,跟我们店里两个人对得上。一个是我们的裁缝薛白良,另外一个是伙计陈景志。"说到这儿,年轻伙计口气顿了顿,"不过今天这两个人都没有在店里呀。"

"哦,那人是薛白良啊!"傅采灵故意装作恍然大悟的样子,"他还说我订的戏服要找姓陈的伙计拿,这姓陈的伙计不在的话,我怎么办呀?我还挺着急的。"

"姑娘,您到底是要找薛白良还是陈景志呀?"年轻伙计被傅采灵绕晕了。

"薛白良让我来找姓陈的伙计拿戏服。"傅采灵故意绕了一个弯,并没直接点名找陈景志,也算小心谨慎了,"那个陈景志不在店里的话,去了哪里?"拿薛白良做了个幌子,傅采灵找陈景志就理所当然了,就算事后苏家的人来盘查,她也是有了应对的说辞。至于薛白良,傅采灵相信,他不会拆自己的台。

年轻伙计还在捋逻辑:这姑娘是听了薛白良的话,来找陈景志的?

傅采灵见那年轻伙计表情犹疑,便又快言快语道:"我找他挺急的,拜托你告诉我,我这会儿应该去哪里找他?"

年轻伙计见傅采灵把话都说到这份上了,便赶紧回道:"要找陈景志倒是也好找的,今天他休息,应该是在后街租住的房子里。"

傅采灵问清楚了地址,对年轻伙计道过谢后就直奔陈景志的租房去。

年轻伙计目送傅采灵急匆匆地离去,眼神透着忍不住的羡慕,嘴里小声嘟囔了句:"这陈景志今天怎么回事了,一会儿这个人找,一会儿那个人找,现在这么漂亮的姑娘找,真是羡煞人了。"

后街是一片住宅区,这个时间点,几乎不见任何人影。傅采灵按照年轻伙计给的门牌号找到一户院门前,她稳了稳自己因疾走而加速的心跳,抬手在门上轻轻地敲了两下;没人应声,门却"吱嘎"一声开了。傅采灵看着静悄悄的院子,感觉自己心跳再次加速,她抬脚跨了进去,嘴里喊了一声:"陈景志,你在吗?"没有人应声。傅采灵在第一扇门前停住,再次用力敲敲门:"陈景志,你在不在?"还是没有人回答。她的掌心也因为紧张而出汗,她不死心地再次用力叩门:"陈景志,你在吗?有人在吗?"没有回应,但是屋内响起"咕咚"一声,是物体倒地声。

明明有人却不应声?这是什么意思?气氛显得有些诡异。

傅采灵深呼吸了一口气,告诉自己要淡定,然后眼神朝四周扫了一圈,小心翼翼地推开了门,撞着胆子走进了这间光线不太好的屋子。一股浓重的血腥味钻进了她的鼻子,她蹙着眉头在屋内快速找了一圈,终于在门背后看到依靠着墙瘫坐在地上垂死挣扎的血人:他的胸口中枪,一个血窟窿中鲜血不断地涌出,脸上也是一片血肉模糊。傅采灵惊得汗毛都倒竖了,但是她强忍着恐惧,快步奔过去,毫不犹豫地将那没有死透的人搀扶起来,焦灼地问道:"陈景志?发生什么事了?"

陈景志扯着她的衣摆,艰难地想要出声,嘴唇动了动,张口却鲜血直冒。

"你不要急,有什么话,慢慢说!"傅采灵不敢给他止血,而且心里清楚,这人是活不了了。她只能努力凑近他的嘴边,听他艰难地吐字:"以华治华……日军在常熟增兵……找找江抗……"他呼吸困难,声音越来越微弱,断断续续说完这段话,头一歪,手无力地垂下,便彻底断了气。

傅采灵将他的身体放平。"以华治华"这个词,她听陈枫说过。日本侵略者首先在政治上采取"以华治华"的阴险手段,网罗了一批汉奸,扶持傀儡政权,在各地推行保甲制度,设保长、甲长,建立基层伪政权,奴化百姓。而在常熟增兵的事,她在渡边纯一的书房里拍资料的时候，看到过一眼，也能对得上。可是那个"江抗"是什么？

"江抗"听着像是一个人名，可是苏城这么大，陈景志有地方找，这个"江抗"去哪找？他是干吗的？傅采灵顿时愁眉苦脸起来。陈景志对她是信任的，才会把他冒死得来的消息告诉她，且又是临终遗言。于情于理，傅采灵都必须要帮忙完成，找到"江抗"。叹了口气，她默默地退出了这间屋子，可是下一秒，几把枪便明晃晃地对着她，一个小人得志的声音响起："不许动，把手举起来！"

傅采灵头皮一麻，心里暗叫了句"糟糕"，配合地举起手，缓缓地转过身子。看到薛仁良的一瞬间，她的眼睛微眯了一下，只见他谄媚地对几个特务打扮的人点头哈腰道："纪队长，看到了吗？这女人刚进去找那个抗日分子收集情报了。"

那个被叫作纪队长的男人眼神犀利地盯着傅采灵，见她神色惊恐，身体僵直，一副被吓得魂不附体的样子，冷喝了一声："不要乱动，老子的子弹可不长眼！"

"傅姑娘，听到没有，千万别乱动，要不然就要被'砰'的一声崩了哦！"薛仁良满脸得意地威胁道。他不敢拿薛白良怎么样，但是能弄死这傅采灵，也算是出气了。他的眼睛色眯眯地看着傅采灵，摸了摸下巴，心里打着如意算盘。

傅采灵努力忽视薛仁良那毒蛇一般盯着她的恶心眼神，平和地看着纪队长，这一看，还真被她看出了几分惊喜。"纪队长，纪宏达是吗？"虽然他现在的穿着打扮跟先前的书生气有着天壤之别，但是傅采灵是绝对不会认错的，这个人就是秦师姐先前谈婚论嫁的对象——穷书生纪宏达。他在秦师姐被雕三爷娶作姨太太后,来过红旗曲社几次,大闹着找人。被沈长泽找人打出去的时候,傅采灵仗义执言,帮他解过围,还曾给过他钱,让他看病。虽然傅采灵不确定这几分薄面今日是不是能派上用处,但是眼下她也没有更好的办法,只能先攀交情,见机行事。

纪宏达听到傅采灵连名带姓地叫他,不由得皱眉"咦"了一声,道:"我看着你怎么有点眼熟呀!"

"纪队长,眼熟,那她肯定是坏人,在咱们那边挂过号了!"薛仁良跳出来,拍马屁道,"她还连名带姓地喊你,简直胆大包天。"

傅采灵俏脸一黑,提高了声音道:"纪队长,你可别听他胡说八道!"不等薛仁良张口,傅采灵又提示对方道:"纪队长,你看我眼熟很正常,因为我们也算半个熟人呀!"傅采灵从一开始的惊慌失措中回神,看着纪宏达道:"你先前可是经常来红旗曲社听我唱戏的呢!"她绝口不提纪宏达被秦师姐甩后的狼狈,只说先前的花好月圆。

"红旗曲社?"听到这个名字,纪队长有一瞬间的愣怔。看着傅采灵这张似曾相识,但又变得好看太多的俏脸,他试探着问:"你姓傅,是红旗曲社的傅采灵?"自己曾经的狼狈历历在目——胳膊拗不过大腿,他只能眼睁睁地看着雕三爷抢走了秦师姐。他去红旗曲社找沈长泽讨说法,却被暴力驱赶。如果当时不是这个叫傅采灵的给他解围,只怕他早就被打个半死了。哦对了,他受伤没钱看病,傅采灵还给了他钱。纪宏达后来遇上日本人,给他们指了道,获得赏识,被日军任命为第一支队小分队的小队长。他盯着这个叫陈景志的抗日分子很久了,就等着逮住他向日本人邀功。哪知道今天来的时候,这陈景志跟疯了似的,直接就跟他们的人交火了。他当时只能下命令开枪打死他,从他身上搜出了一台相机。纪宏达本来要收队离开,却听到有人敲门,立马带着薛仁良等几个人躲了起来……然后就是傅采灵进门,他们瓮中捉鳖。

"纪队长好记性,当真还记得我呢!"傅采灵笑得眉眼弯弯,脆生生地应道,"我是傅采灵。"

"你怎么来这儿了?"虽然纪宏达念着傅采灵的恩情,但是如果她跟抗日分子扯上关系,那么纪宏达一定毫不留情地抓她去日本宪兵队邀功。

这是给她机会解释,傅采灵识相地一股脑道来:"我在薛氏裁缝铺订了一套戏服,可是等了好几天都不见送上门。我刚才去裁缝铺想找裁缝师傅问,结果那边的伙计说,裁缝师傅不在。我想起来裁缝师傅说,让我找姓陈的伙计,裁缝铺伙计就告诉我说,这个姓陈的伙计在这边。我就找过来想问问,我的戏服到底怎么回事。"说到这儿,傅采灵的语气变得磕巴起来:"可是……我来了之后,敲门没人应声。我见门开着,就进来……看看……"她紧张地咬了咬唇,惊慌地说道:"可我哪里知道,这屋子里会有死人呀!"她装作心有余悸:"真的好可怕呀!"

"你认识这个陈景志吗?"纪宏达不动声色地问。

傅采灵忙不迭摇头,急切地否认:"我不认识,我之前从来都没见过这个人!"

"纪队长,她撒谎。她进屋后并没有马上出来,一定是跟他交接情报了!"薛仁良可不能错过弄死傅采灵的机会,拱火道,"纪队长,你可千万别被这个女人给骗了!"

"纪队长,我说的话句句属实。你要是不相信,可以马上派人去薛氏裁缝铺打听一下,我真的不认识这个陈景志!"傅采灵神色坦荡道。

"你马上去薛氏裁缝铺问。"纪宏达伸手指了一个特务,吩咐道。那人转身便跑。

"你为什么进去了没有马上出来?"纪宏达的枪对着傅采灵,表情严肃地警告,"你如果撒谎,我的枪可不认你傅采灵!"

"我……我倒是想出来!"傅采灵哆哆嗦嗦道,"可是我腿软了!"深吸了口气,她鼓足勇气道:"我吓得根本不会走路,都跌到死人身上了……我好不容易才站起来的。"她身上有血迹,这么一说,倒是免去了解释。

纪宏达没出声,盯着她看了半响。薛仁良按捺不住了,嚷道:"纪队长,她撒谎!她刚跑出来的时候,腿脚看着可利索了,哪里有站不起来的样子!"

"我那是缓过劲了!"傅采灵没好气地白了他一眼,转脸对纪宏达道,"纪队长,不知道您方不方便借一步说话?"

"你有什么就直接说吧!"纪宏达摆出一副公事公办的姿态。

"纪队长,我着急来拿戏服,是因为我东家的需求。"傅采灵不想跟这些人扯来扯去,干脆抬出苏家,"我也不瞒您,我现在不在红旗曲社了。我是苏家戏班的班主,苏家对外出时间有限制，我一会儿还得赶回去。"说到这儿，她摆出一副可怜巴巴的姿态："纪队长，看在相识一场的分上，您能不能高抬贵手？就算过去的薄面不值钱，现在我人在苏家，但凡您查出我有任何可疑的地方，随时来苏家逮我可好？"

"苏家？"纪宏达神色缓了几分，"是那个苏家吗？"

傅采灵点点头，干脆道："苏老爷的脾气，想必您也听过！"

这时去裁缝铺询问的人满头大汗地跑了回来，报告说："纪队长，我问过了，事情就是她说的那样，她从裁缝铺过来找这个姓陈的，她都不认识这个人。"

"既然这样，那你走吧！"纪宏达对傅采灵挥挥手。

"纪队长，这女人肯定有问题。"薛仁良不死心地嘟囔，"她出现的时间实在太巧合了……"

"你也说了是巧合，那我也是倒霉才出现在这里的呀！"傅采灵气鼓鼓地瞪了他一眼，"薛仁良，你个癞蛤蟆，我就瞧不上你了，你少做这些恶心腌臜的事来泼我脏水！"

纪宏达也不满地瞪了一眼薛仁良，呵斥道："够了，闭嘴！"

"纪队长，谢谢！我还赶着回苏家，我就先走了。"傅采灵边说边退。她不敢转身就跑，尽力保持若无其事的样子，缓缓退出这几支枪的包围圈，心里盘算着，出了院门，一定要撒开腿快跑。

"纪队长，我真觉得这女人有问题……"

"滚蛋！"纪宏达恼了，一脚狠狠踹了过去，"要不是看在薛白良的分上，老子能收你？滚滚滚！"

薛白良，他不就是一个裁缝铺的裁缝吗？怎么连这个特务都跟他扯上关系，给他面子了？傅采灵百思不得其解，打算一会儿回苏家后，找机会打听一下。她步履匆匆，光顾着跑出包围圈，倒是没注意从另一侧弄堂里奔出来的人影，"哎哟"一声，两个人撞了个正着。她下意识地伸手一抓，抓住对方的衣袖，稳住了身子，抬脸对上蒙面的他，那双眼睛似曾相识。傅采灵手比脑子更快，扯开他的黑面罩，张口道："季铭瑞！"

十七

季铭瑞表情微愣，下一秒反手拉起傅采灵，拽着她往弄堂里跑。

"喂，你跑啥呀……"傅采灵被拽得跌跌撞撞、气喘吁吁，"慢……慢一点啊……"傅采灵自认自己体能不错，但是在季铭瑞面前，这男女体能的差距就显现出来了。季铭瑞带着她跑了四五条街，直到一条听不到外界喧嚣声的小弄堂里，才松开她的手。这时，傅采灵的脖子上便架了一把泛着寒光的匕首。

傅采灵跑得上气不接下气，也顾不得扒拉开匕首，大口大口喘了半天，沉静地出声："季铭瑞，你这是什么意思呀？"她吞咽了下口水，讪讪道："我们虽说没什么交情，但是好歹都在苏家讨口饭吃，你这样不友好，不太合适吧？"

季铭瑞的神色恢复清冷，口气淡淡地问："你怎么在这儿？"

"我怎么在这儿？"傅采灵似乎听了个笑话，没好气地哼哼道，"我怎么在这儿？还不是被你拉过来的！"

"傅采灵，你别给我装傻！我说你怎么在那条弄堂里！"季铭瑞可比薛白良难应付多了,他直白道,"你去找陈景志干吗?"

季铭瑞这边的人盯着陈景志也很久了。今天他看到陈景志跟纪宏达的人起了冲突,他不方便插手,只能眼睁睁看着纪宏达的人开枪打死了陈景志。季铭瑞目睹了整个过程,所以他对傅采灵的出现,也是抱着极大的怀疑。

傅采灵心里"咯噔"一下,这季铭瑞好像知道得不少,她想要糊弄过去可能不太容易。但是说实话肯定不行,她只能拿薛白良出来继续"挡箭"了。"先前苏老爷让薛白良给我做几套戏服,今天在渡边先生家,正好跟薛师傅遇到。他跟我说戏服好了,等他这几天得空给我送来。我琢磨着我回苏家路过裁缝铺这里,自取更快一些,所以跟薛师傅说了,他让我来裁缝铺找姓陈的伙计拿。"傅采灵看着架在脖子上的匕首,继续道,"季铭瑞,能把刀放下来再说吗?你这样,我有点担心,万一你没拿稳,我这脖子可细嫩得很……"

季铭瑞没有把匕首拿开,相反又压紧了两分:"傅采灵,你也知道自己的脖子脆弱得很,那你最好跟我说实话!"

"我说的句句是实话。"傅采灵微蹙了一下眉,没好气道,"你要不相信,可以去找薛师傅问,也可以去裁缝铺问,我真的不认识这个叫陈景志的伙计!"

"那你进去后,跟他说上话了吗?"季铭瑞又换了个问题。

"我跟鬼说话吗?我进去的时候,他都死透了!"这一刻傅采灵万分庆幸,她跟陈景志说话时压低了声音,所以不管纪宏达的人也好,季铭瑞也罢,都不知道她在里面跟陈景志交接的情报。所以傅采灵只要死不承认,就死无对证。

季铭瑞微微拧了下眉,不动声色地将匕首从傅采灵的脖子上移开,冷冷地告诫:"你说的这些,我会去核实,如果被我发现你撒谎,有半个字的假话,我一定会跟苏老爷说的。"

"你放心,就算你不说,我自己也会去跟苏老爷交代的。"傅采灵神色平静地说道。她今天从渡边纯一府邸里出来,没直接回苏家,也没有跟曲丽丽、苏成林在一起,这期间的行程跟事情是一定要向苏志耀交代清楚的。

季铭瑞没有说什么,眼神冷淡地看着她。

"好了,现在你是跟我一起回苏家,还是你另外有事呢?"傅采灵忽视他逼视的眸光,尽量装作若无其事的样子,不紧不慢地出声问了句。

季铭瑞若有所思地盯着她看了一会儿,没有应声。

"季铭瑞,我提个小建议啊。"傅采灵硬着头皮道,"我觉得我们还是一起回苏家吧,回头苏老爷要问起来,我们两个还能相互做个证!"

"不用了。"季铭瑞摇摇头,"你说你的,我说我的,我们今天压根儿就没见过。"说完转身便走。

季铭瑞本来就是个有秘密的人,这下傅采灵肯定,只怕季铭瑞的身份没那么简单,他还有很多苏志耀不知道的秘密。那以后面对季铭瑞这个人,要多一个心眼,更小心行事才好。

季铭瑞绕了一段路,进了一家不起眼的宅子,那个给他报信的人悄声问:"要不要把那个姑娘给绑过来问问话?她是最后接触陈景志的人。"

"暂时不需要。"季铭瑞抬手制止,"那人是苏志耀府里的,我会想办法盯的。"

"啊？苏家的呀！"报信的人神色有些紧张,"那你跟她打照面了,你会不会有危险？"

"不会。"季铭瑞回得干脆,"你继续盯着纪宏达,我感觉他拿走的相机里有东西,想办法弄过来。"

"嗯,已经派人盯着了。"

"北风,你自己注意安全！"季铭瑞眼看着日头西斜,又吩咐了句,"总之你们几个办事机灵点,记得隐蔽,安全第一。"

季东风,季南风,季西风,季北风,这四个人是孤儿,从小被季家姥爷收养,陪着季铭瑞一起长大。季家遭逢剧变后,他们四兄弟都舍命陪季铭瑞从军,成了他的下属。后来季铭瑞打入军统后,他们也一起进了小组,配合他完成潜伏任务。

"放心吧,季大哥！"季北风憨厚地笑笑,"倒是你,你在苏家可一定要小心！"

"我有数。"季铭瑞跟他道别,"我先回了。"

他步履匆匆地赶回苏家,在苏志耀书房门口撞上交代完情况的傅采灵。

傅采灵对苏志耀解释时,一口咬死自己喜欢戏服,在渡边家也是因换戏服起了风波。所以从渡边府邸出来后,她是顺路才想着去薛氏裁缝铺自取戏服,哪知道去找那个裁缝铺伙计的时候,他已经被杀了。被纪宏达盘问的事她也一并交代了。

傅采灵表情很自然,大大咧咧道:"苏老爷,我后来就直接回苏家了,情况就是这些,您可以安排钟叔去核实。"

苏志耀没证据,傅采灵的话也没有不合逻辑的地方,所以苏志耀信不信,得看他让钟叔核实后的结果了。

"你说相机在渡边家就丢了?"苏志耀的神色阴沉,口气不善,"那我要你何用?"

"苏老爷,您听我解释!"傅采灵心中大惊,这是想灭口的节奏啊!她赶忙清了下嗓子。"渡边家今天混入了刺客,我被劫持的时候,相机就被那贼人顺手牵走了。"说到这儿,她心有余悸道,"苏老爷,虽然说这话有点狡辩的嫌疑,但是确实亏得那刺客偷走了相机;要不然我被搜身,相机被搜出来的话,那不但任务失败,我估计也得交待在那了。"

曲丽丽跟苏成林先回的苏府,她把渡边家的事早汇报过一遍,这会儿听傅采灵这么说,生怕苏志耀责怪她们任务失败,连忙跳出来给傅采灵打圆场:"是的,是的。渡边先生让人搜身的时候,我捏了一把汗,生怕被搜出东西,我们一个都跑不了……"

苏志耀看向傅采灵,示意她继续说。傅采灵忙急中生智道:"苏老爷,相机是被偷了,但是我看到的情报,倒是记了不少下来!"她指了指自己的脑袋,说:"我不敢说过目不忘,但是重点也能记个八九不离十。"

"哦?"苏志耀的嘴角微微勾起,正色问道,"你能将重点记个八九不离十?"倒是小瞧了这戏子,还有这才能呢!

"嗯!"傅采灵点点头,"大概内容可以记得,如果是精细的数据,那就差一点!"

苏志耀毫不犹豫道:"那你把记得的都写下来。"

傅采灵不敢推辞,提起笔就刷刷地写了,当然隐瞒了一些关键信息……不过在苏志耀看来，总比什么都没有强。再说了，这次是第一次窃取情报实战，其实他本身就没有抱太大的希望。傅采灵这过目不忘的本事，倒是意外的收获。

苏志耀看完傅采灵写的，摸着下巴若有所思，跟钟叔交换了下眼神，才缓缓道："你今天受惊了，先下去休息吧。"

"谢谢苏老爷。"傅采灵暗自松了口气，偷偷擦了擦因为紧张而满是汗水的手掌心。自己这个过目不忘的特长，应该能保自己一命。

季铭瑞进来的时候，跟傅采灵擦肩而过。两个人都目不斜视，果真是一副不曾见过的样子。

傅采灵前脚刚进屋，苏丹丹后脚便跟了进来，咋咋呼呼道："傅采灵，你什么情况呀！不是说好了要教我唱昆曲的吗？结果我等你到现在，你忙得人影都不见！"她自顾自地倒了杯茶，润了润嗓子道："你今天倒是给我一句痛快话，你到底愿不愿意教我？"

"我愿意呀。"傅采灵忙耐着性子哄她，"能教苏小姐，我自然是求之不得！"说着，她的眉头蹙了蹙，声音透着无奈道："只是苏小姐您也知道，在苏家，我们都是身不由己的。"

"身不由己？"苏丹丹微微勾起嘴角，没好气地哼了哼，"什么意思啊？"

"苏小姐，我的意思是，关于教您唱昆曲的事，还有时间上的安排，得苏老爷说了算！"傅采灵一板一眼道，"如果我没记错的话，上次您去找苏老爷谈这事，好像是谈崩了？"

"上次是上次呀，这次是这次。我今天可是找我爹问过了，他说,只要你愿意教,我愿意学,他就不管了!"苏丹丹满脸兴奋道,"要不是我爹点头,我今天也不敢来找你呀!"

"苏老爷同意您学昆曲了?"傅采灵神色带着点意外,"跟我学?真的假的?"

"当然是真的!"苏丹丹见傅采灵一副完全不敢置信的样子,口气有些不高兴,"若是不信,你去问我爹好了!"

"苏小姐说是真的,那自然是真的。"傅采灵俏脸上赔了个笑,不动声色地问,"不知道苏小姐在时间上有没有问过苏老爷,做好安排?"

"有啊!"苏丹丹点点头,"你从明天开始,每天早上起来后,九点之前来我院了找我;到晚上六点,吃好晚饭你再回这边。"

"明天开始?"傅采灵小心翼翼地确认,"每天都到您院子找您,教您唱昆曲?"

"对。"苏丹丹简单地解释,"我爹说了,把你借给我一个月时间,你不用管家里戏班的事,只管教我就行了!"

"是吗?"傅采灵笑得有些不太自然,心思百转——苏志耀这是什么意思?他是不信任自己了,但是又没有证据,所以选择了冷处理?还是想考验自己,等自己露出破绽?

"是啊。"苏丹丹看着傅采灵的表情,心无城府道,"怎么?你表情看着有点勉强。"

"没有啊!"傅采灵忙否认,"我怎么会勉强呢?就是这消息有点突然,我惊喜得有点不知所措罢了。"

"对,我也觉得有点突然跟惊喜。我本来准备的说辞,一句话都没用上,我爹就摆摆手说……"苏丹丹笑眯眯地学着苏志耀的口气道,"你真想学,就去学吧,让傅采灵好好教,我把她借给你一个月时间。你要学不好,以后再也不许提这事。"

"呵呵。"傅采灵配合地笑出声来,"苏小姐,您学苏老爷说话,这么惟妙惟肖,可见,您是有天赋的。放心吧,您一定能学得好的。"

苏丹丹被夸,忍不住笑弯了眼眉,信誓旦旦道:"那是!我肯定能学好!"

管家钟叔在苏丹丹回院子之后来找傅采灵,不动声色地问:"你去裁缝铺找的那个叫陈景志的伙计,是延安那边的人,你知道吗?"

"啊?"傅采灵一脸愕然地看着钟叔,忙摇头否认,"我不知道啊!"见钟叔没有接话,傅采灵忙又道:"钟叔,我根本就不认识这个陈景志,我也是去了裁缝铺,他们让我找过去的。我要知道他是延安那边的人,打死我也不会去找他的。"说到这儿,她小声嘟囔道:"这种给人递刀子的事,我才不会干呢!"

钟叔神色不明,淡淡丢了句:"最近这段时间,你就好好教小姐唱昆曲吧。"

傅采灵在苏家一直就挺尴尬的。原想着借接触情报的机会,好好表现自己,尽量获得最大限度的自由,能够尽快完成陈枫交代的任务,可现在这安排,让傅采灵有点乱了方寸。在薛氏裁缝铺接头是接不上了。陈枫当初也没留个其他碰面的地方。如果去古宅找他就太过打眼了。但是眼下的情况,"丑兔"还没找到,而其他重要情报得赶紧传递出去,尤其是找这个"江抗"——要不然日军增兵,受苦受难的还是百姓。

怎么办呢？傅采灵愁眉苦脸，她实在太被动了，得赶紧再想点别的招才行。

十八

第二天，苏丹丹生怕傅采灵忘记教她唱昆曲的事，一大早便让翠喜过来敲门催她了："傅班主，小姐今天可是特意起了个大早，你赶紧收拾下就过去吧！"

"哎，马上就好。"傅采灵隔着门大声回。

"傅班主，你真要去教苏小姐唱昆曲呀？"田凤飞一脸的不情不愿，小声嘟囔，"那我咋办呀？"

"你当然是该干吗就干吗咯！"傅采灵回答得有点敷衍。

"要我跟曲丽丽搭档，我不开心！"田凤飞嘟着嘴，口气充满怨念，"也不知道苏老爷到底怎么想的，长眼睛的都能看出来，我跟那个姓曲的，八字不合啊！"

"你不想死太快的话，最好闭上嘴。"傅采灵淡淡地告诫她，"还有，不管你愿意不愿意，我们几个已经是被捆绑在一起了，大家好，才是真的好，别动不动跟曲丽丽过不去。还有，陈双双那边，你见她就绕开点……"

这个陈双双可是苏家比较特殊的存在，先前跟曲丽丽、田凤飞有私仇，回来之后，没少给这两人添堵。曲丽丽跟田凤飞现在要不是还得到苏志耀的青睐，只怕两人最好的结局也是落个被毒哑的下场……

"我知道了。我也就跟你抱怨两声，出了这个屋子，我嘴巴一定锁得死死的。"田凤飞立马做了个封嘴的动作,"你就放心好了。"

傅采灵撇撇嘴,不想介入这三个女人之间的事,尤其她自己现在前途不明,绝对是多一事不如少一事。她轻描淡写地丢了句:"反正你自己好自为之。"然后跟翠喜快步去苏丹丹的院子里,开始昆曲授课之路。

机会是自己主动争取来的。傅采灵盘算,在苏丹丹这里争取能出门吧!

傅采灵虽然没教过徒弟,但是自己也是一步一个脚印踩出来的,她依照着沈班主当初教她的法子,稍做了改动,对苏丹丹从实践跟理论两方面进行教导:实践是从形体、练嗓等基本功抓起,理论则是从昆曲的诞生、发展等方面给她讲述昆曲的传承。"昆曲可是我国传统戏曲中最古老的剧种之一,是我国传统文化,特别是戏曲艺术中的珍品,被称为'百戏之祖'。"

"昆曲又名昆腔、昆山腔。昆山腔早在元末明初之际便产生于江苏昆山一带,它与起源于浙江的海盐腔、余姚腔和起源于江西的弋阳腔,被称为明代四大声腔,同属南戏,或者说南曲系统。昆曲是明朝中叶至清代中叶戏曲中影响最大的剧种,很多剧种都是在昆曲的基础上发展起来的。昆曲也有'中国戏曲之母'的雅称,到现在有差不多五百年的历史了……"

苏丹丹听得津津有味,问道:"傅班主,有南曲的话,是不是还有北曲?那你说说这个南曲和北曲有什么不同呀?"

"南曲和北曲是以地域划分的各种曲调的统称。南曲与北曲合流,使昆曲的音乐得以丰富和发展,这无疑是一大进步。

南曲和北曲有三大共同点：一、曲体结构，二、唱词形式，三、伴奏乐器……"傅采灵又分别给她讲述了这里的细节，说到兴起的时候，她会清吟几句，让苏丹丹能够更为直观地感受到南曲、北曲的不同之处。

"你好厉害哦！"苏丹丹双眼满是毫不遮掩的崇拜，由衷地鼓掌赞扬，"你唱得真是好听。"

"苏小姐，昆曲表演的最大特点是抒情性。只要动作细腻，能够合拍，做到唱做并重，您也一定会唱得很好听的！"傅采灵笑着说。

"傅班主，你以后别叫我苏小姐了。我都是你的学生了，叫我苏丹丹吧。"

"我既然喊你苏丹丹，那你也别叫我傅班主了，喊我傅采灵就是。"傅采灵说完跟苏丹丹相视一笑，彼此都觉得连名带姓地叫，既显得尊重，又拉近了距离。

之后几天，田凤飞又来找傅采灵吐槽，她们被苏志耀安排去祥符寺巷90号特工站进行集训，如果表现优异，要被送往上海那个76号特务机构。田凤飞一脸的苦色，哀怨地说道："我就想唱个曲，赚点小钱。可现在每天醒过来，我都要摸摸自己的脖子跟脑袋，生怕什么时候脑袋搬了家都不知道！"

曲丽丽推门进来，受了苏志耀的指派，对傅采灵做了一番不着痕迹的试探。傅采灵不咸不淡地应付，从她那套出了"江抗"的消息。原来"江抗"不是人名，而是一个组织。"江抗"指挥部设在嵩山地区，以梅村一带为基地，发挥主动、灵活的游击战特点，以伏击、突袭、夜战等战术手段，在运动中打击日寇和汪伪军。

要将日伪增兵的消息立刻传递给"江抗",不然只怕苏城的百姓又要遭大殃。只有出了苏家,她才能再想别的办法。

"傅采灵,你说,我这样学得像不像呀?"经过几天刻苦认真的学习,苏丹丹确实学得有模有样。

"挺好的,才几天就能学成这样,你很有天赋了。"

苏丹丹虽然性格刁蛮,但是对待学习还是相当认真的。她看傅采灵那不盈一握的腰肢,吟唱起来的时候,整个动作简直行云流水,就是一场让人移不开眼的视觉盛宴;再看自己的时候,总觉得差点什么。"傅采灵,我觉得,你的表演是有感情、有灵魂的,能够让我沉浸其中,可是我唱的时候,我就觉得,没啥表演的感情……"

"这个嘛……"傅采灵踌躇了一下道,"我是从小就在舞台上表演练出来的。你可能没有观众的互动,或者没有旗鼓相当的对手配合,所以临场经验差一些吧。"

"那不行,我得找地方去试试!"苏丹丹正色道。

"去戏台那边?"傅采灵提议。

"不要不要。"苏丹丹摆手拒绝。苏志耀这些个姨太太没一个好货色,知道她跟傅采灵学昆曲,暗地里冷嘲热讽,就差当着苏丹丹的面指指点点了。苏丹丹没唱好之前,绝对不给她们看笑话。

傅采灵心知肚明,也不说破。

"傅采灵,你能不能找个地方,让我去练练手呀?"

"你开什么玩笑!"傅采灵嘴角撇了撇,心里却暗喜,总算是到这一步了,不枉费她先前的引导。不过傅采灵的面上却露出惊恐的表情,忙把头摇得跟拨浪鼓似的:"我要带你出去练手,被你爹知道了,还不把我的皮给扒了!不行,这个绝对不行的。"

她并没有明确说没有地方,这让苏丹丹眼睛"刷"地一亮,拽着她的手开始软磨硬泡:"不要被我爹知道就是了!我求你了,好不好嘛!"

"不行,真的不行,被苏老爷知道了,你大不了被他训斥一顿,我真的会被弄死的!"

"既然是我求你的,要是出了事,我给你担着!"苏丹丹拍着胸脯保证,"我保证你一根汗毛都不会少,更不会被我爹弄死!"说到这儿,她假意威胁了句:"你要再推三阻四的话,信不信我现在就直接弄死你?"

"好吧好吧,我怕了你!"傅采灵装作被缠得没办法,举手投降,"我们去红旗曲社吧,我那些师兄弟姐妹都可以陪练的。"

"好的好的!"苏丹丹笑着带傅采灵跟翠喜出了苏府大门。直到进了红旗曲社的门,傅采灵都没回过神,因为在苏家门口的时候,正巧撞见管家钟叔出去。钟叔看到苏丹丹跟傅采灵,和颜悦色地问了句:"小姐,你们要出门吗?"

苏丹丹清脆地回:"是呀,我带傅班主出去转转,顺便给她置办两身行头。"

钟叔的目光扫了傅采灵一眼,她心里一紧,生怕他下一句说:"小姐,傅班主没有苏老爷的允许,是不能随便出府的。"可没想到他口气和善道:"小姐,你们去哪儿?需要我捎你们一程吗?"

"谢谢钟叔,但是不需要啦!"苏丹丹朝他明媚一笑,伸手指了指正在等候的黄包车,"喏,我们坐黄包车就行了。"

"好的。"钟叔点点头,关心地说了一句,"小姐,为了你的安全,多带两个保镖。"

"带着呢,带着呢。"苏丹丹上次被绑架后,现在出门都是带着两个保镖的。钟叔既然这么说了,她就又多带了两个人,俏皮道:"钟叔,这下你放心了吧?"反正练手时保镖会在门外,不影响她什么,更不敢胡说八道,要不以苏丹丹的脾气,可不得要他们好看。

"傅采灵,你想啥呢?"苏丹丹见她愣神,伸手在她眼前晃了晃,"我听到有人在唱昆曲,能先进去听听吗?"

"当然可以啊!"傅采灵笑着将苏丹丹请了进去,安排她坐下后,对迎上来的小厮直接吩咐道,"小豆子,你让沈长泽过来这边找我。"

"傅师姐?"小厮的表情带着惊喜,忙不迭地点头,"好咧,我马上去找沈班主过来。"

戏台上唱的是讲述相国之女与平民书生夜会的《西厢记·听琴》:在张生因老夫人赖婚而极度苦闷之际,红娘主动献计,约他当小姐花园月夜烧香之时隔墙操琴,借着琴音传递情愫。张生闻听此计,转悲为喜,急忙回去准备,盼望月夜早些到来,期待莺莺小姐能够体会自己的一片相思悲愁。

"你唱戏唱得好,还别说,你这些师弟师妹唱得也不错!"苏丹丹津津有味地听了半晌后道,"氛围果然是挺重要的。"

"是吧?"傅采灵浅笑敷衍了句。这就是典型的外行看热闹,内行看门道了。自从师父走后,除了傅采灵,其他人唱戏都很一般,尤其在没有唱功的沈长泽的带领下,红旗曲社的实力下滑很大。不过既然苏丹丹觉得热闹,觉得好,傅采灵是不会傻乎乎去拆台的。她需要苏丹丹多带她出来走动走动,好让陈枫他们能够及时联系自己。

"什么时候来了这么俊俏的花姑娘?"

一个穿着日本和服的男子端着酒杯,满身酒气,跌跌撞撞地朝傅采灵、苏丹丹这一桌走来,指着正对他的苏丹丹,打着酒嗝道:"你长得不太行,我今天就凑合一下吧……"

苏丹丹的俏脸瞬间变色。傅采灵眼疾手快地摁住她,对她示意,不要跟这个喝多的日本人计较。

那日本人眼神迷离地看着苏丹丹,摇头晃脑:"你……过来陪我……陪我再喝几杯。"

苏丹丹知道傅采灵的意思,不想在这儿惹事,免得回头老爹找自己唠叨个没完——要是不让她学昆曲,那她就欲哭无泪了。所以苏丹丹口气淡淡地道:"这位先生,你喝醉了。"

"喝醉?我没喝醉。"日本人打着酒嗝,"我还能喝!"说着手就伸过来,想要捏苏丹丹的下巴,她侧身避开。

"混蛋!你竟然敢躲?你个婊子!"那日本人扑了个空,恼羞成怒道,"知道我是谁吗?"

傅采灵听到这话,愤怒无比,垂在身侧的手暗暗握拳,考虑了一番:在这种情况下出手,苏志耀回头再生气,也得念在她护卫苏小姐有功劳的分上,饶过自己。

"我管你是谁,你喝醉了就给我滚回自己座位上去。"苏丹丹忍无可忍道,"这里是听昆曲的地方,你可别搞错了,你个日本猪头。"

"混蛋!听昆曲的地方又怎么了?我让你喝,你就得给我喝!"那日本人说着,便把手里的酒杯朝苏丹丹嘴边硬塞过去。

傅采灵见状,再也按捺不住了,一把夺过日本人手里的酒杯朝地上一砸:"喝你个鬼啊喝!"

"你找死!"那日本人叫嚣着,迷离的眼睛看到傅采灵的时候,"刷"地亮了,"你好看,真好看呀!"

"好看吧?"傅采灵勾唇一笑,下一秒一拳就砸了过去。还没等她出第二拳,季铭瑞的身影快如闪电地出现,直接将他踢飞出去好几米,只听"嘭"的重物落地声,那个日本人重重地砸在了戏台台柱上。他挣扎着起身,从裤兜里掏出枪,晃晃悠悠地指着季铭瑞,面目狰狞道:"你……混蛋,竟然敢打我?"

"打你又怎么了?"季铭瑞迎着枪口面不改色地走过去,一把摁住他的手,"你开枪打我试试!"

"你以为我……"那日本人的话还没说完,便被季铭瑞夺了枪。季铭瑞钳住他的颈脖,俯下身,低声道:"你开枪试试呢?"

那日本人的脸色瞬间大变,恐慌道:"你知道我是谁吗?你竟然敢这样对我?"

"我不知道你是谁,也不想知道。告诉你,这是我们中国人的地方,敢在这儿惹事,绝对不会放过你!"季铭瑞神色坦荡道,"你既然打不过我,识趣的话就给我滚。"

"就是,这里不欢迎你,滚!"苏丹丹忙应和季铭瑞。

"滚滚滚！"傅采灵跟着嚷嚷起来。日本人见气氛不对，知道自己遇上硬茬了，心里一千万个不甘心，也只能灰溜溜地捂着脸跑了。

人群中不知道谁欢呼起来："把日本鬼子赶出去咯！好棒！"

大家不约而同地边鼓掌，边开始喊："把日本鬼子赶出去咯！好棒！"

"好棒，季哥哥好棒啊！"苏丹丹扯着嗓子跟着喊起来，满脸兴奋。这就是她喜欢的男人，一次次救她于危难中，简直就是上天派给她的守护神。

季铭瑞见状，顿时眉头拧成了麻花。大家的欢喜之情可以理解，但是可不能任由事情失控。目前在苏城，日本人还是惹不起的。他忙摆摆手谦虚道："没什么的，大家散了吧！"

可激昂的人群压根儿就收不住情绪，大家的口号越喊越响亮。季铭瑞不动声色地拽了下傅采灵，用唇语道："再这样下去，只怕要出事。"现在大家抗日的情绪，一点就燃，一燃就爆，爆了就会死人，死很多无辜的人……

傅采灵心里一个激灵。红旗曲社今天赶走一个日本人，沈长泽总归能想办法赔礼道歉把事情解决的。但是如果把日本人得罪透了，只怕整个红旗曲社都要完，最可怜的莫过于那些要讨口饭吃的师弟师妹们。傅采灵不想因为自己，害了大家伙，所以忙上台稳住情绪激昂的人群："大家静静，请大家静静！我有个消息要告诉大家。"等人群静下来，傅采灵这才面带微笑道："我傅采灵回来了！如果大家不嫌弃，接下来三天，我愿意为大家免费唱三场大戏，大家想听吗？"

"免费的,不要钱的啊?"人群中有人扯着嗓子问。

"对,免费的,不要钱!"

"真的不要钱吗?"

"当然!"傅采灵肯定地点点头。

"想啊,免费的谁不想听呀?"

"就是,我们大家伙可盼到你回来了!"

"你回来就好,我明天一定第一个来捧场!"

"我也是!""我也是!"大家七嘴八舌地表态,局面总算被控制住了。

"小豆子,你去喊人继续唱起来!"傅采灵见风波平息了,忙吩咐小厮,"我回头列个熟人名单给你,你辛苦跑个腿,去把我回来唱三天的事宣传一下……"等小豆子点头,傅采灵这才笑着招呼大家:"曲儿听起来,大家吃好、喝好呀!"

"傅采灵,你在这儿的人气相当可以啊!"苏丹丹笑着赞了句,"很受欢迎嘛!"

"是啊。"傅采灵不谦虚地点点头,笑着接了句,"很多熟客都喜欢听我唱昆曲的。"她为大家唱自己喜欢的昆曲,也是很高兴的。

"那你为什么后来不在这儿唱了,要去我家应聘呀?"苏丹丹问得很直接。季铭瑞面上若无其事,暗地里不动声色地竖起耳朵。

"这个嘛,苏小姐想听真话还是假话?"傅采灵俏皮一笑。

"当然是真话。"苏丹丹瞥了傅采灵一眼道。

"真话是……"傅采灵的口气顿了顿,伸手指了指沈长泽,声音弱了几分,"真相这不来了!"

苏丹丹顺着傅采灵的视线看去,沈长泽眼神复杂地看着傅采灵,盯着她看了半晌,似乎内心很是踌躇。见傅采灵笑吟吟地看着他,他才缓步走过来,口气不善道:"傅采灵,你什么意思?你当我这红旗曲社是菜市场吗?你想来就来,想走就走?"不等傅采灵出声,他有些气急败坏地说道:"你还免费来唱三天,我允许了吗?"

"刚才的情形,你别说没看到!"傅采灵口气清冷,带着点无奈,"我若不出来平息,你是打算让日本人带人直接把红旗曲社给平了吗?"

沈长泽拧着眉头,虽然知道傅采灵说的是事实,但看到傅采灵一副气定神闲的样子,顿时气不打一处来,冷厉地瞪了她一眼,道:"你都不是我们红旗曲社的人了,你哪有什么资格来我的场地免费唱三天?"说到这儿,他心里底气也足了,干脆道:"我不同意,也不需要,你从哪儿来,滚哪儿去!"

苏丹丹一脸惊诧的模样,明白了傅采灵原来是跟这个班主闹翻了,才来苏家讨口饭吃的。她心里同情傅采灵,且傅采灵现在是她苏家的人,她得给她撑腰。所以苏丹丹伸手指着沈长泽指责道:"你这人太不识好歹了吧?傅采灵刚帮你解了围,你不感激她就算了,竟然还想赶她走?狼心狗肺啊你!"

"你……"沈长泽被她指着鼻子这么一骂,瞬间气得脸都黑了,"你谁啊?"

"我是谁不重要,但是傅采灵要在这儿免费唱三天,你同意也好,不同意也罢,她就得唱足三天。不然,我要你好看!"苏丹丹威胁道。

"哎哟……"

"沈长泽,你最好闭嘴!你眼前这位苏小姐可不是你能惹得起的人。"傅采灵在沈长泽想破口骂人的时候,快一步打断了他。

沈长泽脑袋转得快,立马明白这苏小姐是来自苏家,脸色变了变,暗暗咬了咬牙道:"原来是苏小姐,是我不长眼了。今天苏小姐想要吃啥喝啥,全算我沈某人头上。"见苏丹丹淡漠,他又憋着不爽,谄媚道:"傅采灵想要来唱,就随便她唱,三天,五天,不不,十天都可以的……"

傅采灵见他这副样子不由得心里暗爽,但是不能真把沈长泽给逼得没台阶下。所以她忙哄着苏丹丹打了个圆场:"苏丹丹,我们今天是出来寻开心的,可千万不要因为这些事闹不开心。"说着扫了一眼沈长泽,不着痕迹地暗示道:"再说,沈班主也是个识趣的人,你看,他什么都依你了,你想怎么来,就怎么来呗!"

苏丹丹立刻懂了,端着架子给了个台阶道:"既然你这么识趣,算了,我就不跟你一般见识了。"转过脸,她同情地看着傅采灵道:"傅采灵,你之前一定被这个人欺负惨了!"

沈长泽嘴角抽了抽,想辩解,但是看看傅采灵跟苏丹丹那副亲热的姿态,又默默地吞咽下了黄连——天地良心,他可真没欺负过傅采灵,唯一动过一次色心,还差点没被傅采灵给打残废了。

"傅采灵,你放心吧,以后有我罩着你,谁都不能欺负你!"

苏丹丹信誓旦旦道。

"嗯,谢谢!"傅采灵笑得明媚。

沈长泽吸了口气,不打算在这儿自讨没趣了:"苏小姐您没什么事吩咐的话,我先下去了。"

"去吧去吧。"苏丹丹摆摆手,转脸讨好季铭瑞道,"季哥哥,今天真是谢谢你了。"

"不用谢。"季铭瑞一板一眼地回道,"苏老爷关照我来保护你们,这是我的职责。"

傅采灵心里愕然:苏志耀派季铭瑞来,是什么意思?只怕不是好的信号!但是傅采灵不动声色,犹疑地看着苏丹丹道:"苏小姐……"

"刚还苏丹丹、苏丹丹地叫我,这会儿叫苏小姐,你是跟我见外呢,还是跟我季哥哥见外?"苏丹丹没好气地调侃道,"你们两个呀,一个德行。我可跟你们说,下回谁不长记性,不喊我丹丹,我一定要惩罚他把我名字抄个一万遍。不开玩笑哦,我说到做到。"

"好吧好吧,我错了。"傅采灵笑着认错,委婉道,"沈长泽这边是因为苏丹丹小姐的面子,答应借我地盘,让我来唱三天,但是……"说到这儿,傅采灵的神色为难起来,试探道:"但是,苏老爷那边,不知道能不能同意……"不等苏丹丹应声,她先是一副打退堂鼓的姿态:"我拿着苏家的工钱,再出来唱,好像有点不太合适。要不我们明天不要来了!"

"你开什么玩笑!"苏丹丹口气严厉了几分,"君子一言,驷马难追。你这信誓旦旦地说了给大家免费唱三天的,你要反悔的话，那不是打自己的脸吗？打你的脸，不就是打我们苏家的脸吗？不行不行，绝对不能言而无信！"说到这儿，她语气缓和了些："我爹那边你就放一百个心吧，我会帮你搞定的。"

季铭瑞淡淡地瞥了一眼傅采灵，这招以退为进真是漂亮。接下来，傅采灵神采飞扬地跟戏班里的师弟师妹们打招呼，将苏丹丹当朋友一样介绍给他们认识，最后让小豆子的姐姐金翠翠带着苏丹丹唱了几段。苏丹丹在季铭瑞面前好好表现了一番，高兴得很："季哥哥，你觉得我刚才唱得好不好？"

"挺好的。"季铭瑞表情淡淡的，随口说了句，"就是这戏服看着有点陈旧，配不上你。"

"是吗？"苏丹丹低头看了眼戏服，果真越看越不顺眼，便神色讪讪地看着傅采灵问，"你们这戏班就没好点的戏服吗？"

"没有。"傅采灵摇摇头，心里却琢磨，季铭瑞这话只怕是要把话题引向薛氏裁缝铺了。果然，下一秒就听他说："先前我听傅班主说，薛氏裁缝铺做的戏服特别好，她喜欢得差点把命都丢了。丹丹，你可以让傅班主带你去做两套新戏服嘛！"

"真的假的？"苏丹丹蹙了蹙眉头。她对傅采灵因喜爱戏服而差点丢性命的事并不关注，但对季铭瑞关注傅采灵这件事，心里警觉起来，目光在季铭瑞跟傅采灵身上缓缓打量。她喜欢季铭瑞，可不希望季铭瑞对傅采灵关注太多，哪怕傅采灵现在是她名义上教唱昆曲的师父。

傅采灵倒是神色坦荡，道："作为一个唱昆曲的人，除了唱腔要好，这戏服也是必不可少的，我喜欢很正常嘛！"说着，她看向季铭瑞，口气淡了几分，道："至于季保镖说的，我喜欢得差点丢了性命,那就是夸大其词了!"

季铭瑞点到即止,没有跟傅采灵继续"你来我往"。反正来日方长,他迟早能抓住傅采灵的"尾巴",看看她到底是哪方面的人,潜伏在苏家的目的是什么,她手里又掌握了哪些情报。

"薛氏裁缝铺做的戏服,真的很好吗?"苏丹丹是个急性子,在傅采灵点头后,便一头热地让傅采灵跟季铭瑞陪她去裁缝铺定制戏服。

十九

依旧是上次见过的小厮,他看到苏丹丹带着傅采灵、季铭瑞进来时,热情地过来打招呼:"小姐,是要买成品服饰,还是需要定制?"

"你们这儿那位叫薛白良的师傅在吗?"苏丹丹问得直接,"我找他做戏服。"

"薛白良啊?"小厮的表情有些不太自然,讪讪地解释道,"薛白良可能最近挺忙的,没法子接活儿,要不,给您换个师傅?"生怕苏丹丹拒绝,他卖力推荐起来:"我们这儿新来的陈师傅,手艺也特别好!"

"不要,我就要薛白良。"苏丹丹毫不犹豫地拒绝,催促道,"你去给我把他找出来。"

小厮口气无奈道:"这位姑娘,我……我人微言轻的,现在请不动这薛白良呀!"

"请不动?"苏丹丹柳眉倒竖,口气不善道,"他不就是一个小裁缝吗？还能摆架子，请不动？"

"他是一个裁缝，"小厮点点头，扯扯嘴角，"可他现在也不单单是个裁缝，肯不肯做，得看他心情。"

"什么跟什么？"苏丹丹被小厮的话绕得有点头晕，但是听出薛白良不愿意做戏服的意思，顿时气恼道，"找他做戏服，给他生意，还得看他心情？"她伸手指着自己，怒斥道："你知道我是谁吗？信不信我找人拆了你们裁缝铺？"

薛家的事，小厮本不愿意说，但被苏丹丹这么一恐吓，不得不愁眉苦脸地开口："这位姑娘，我不知道您是谁，但是薛白良他现在是我们薛家二少爷，我这下人，使唤不动他呀⋯⋯"薛白良自从抱上了那日本少佐的"大腿"，就跟踩了风火轮似的，青云直上，现在连薛家大少爷见他都要恭恭敬敬。加上薛白良对薛家的态度很是微妙，这不，他好几天没来裁缝铺了，掌柜的根本不敢去问，而是默默地又招了一名裁缝师傅。

陈枫迈着稳重的步伐，托着一件衣服，从里间走出来问："这位姑娘，要不试试我的手艺？"

傅采灵诧异地瞪大了眼睛。但生怕暴露，傅采灵立马就收住眼神，看向他手里的衣服，道："这衣服可真好看！"

"可不？"陈枫笑着接话，介绍道，"这是从沪上新进的款式，那边时髦的太太、小姐都爱穿这个。"

"你喜欢就买了吧！"苏丹丹看了一眼，并不对自己胃口，大方道，"我结账。"

"好咧！"傅采灵笑得明媚，"谢谢你丹丹。"

"不客气。"苏丹丹笑着摆摆手，然后转过脸问陈枫，"你让我试试你的手艺,那你也会做戏服?"

陈枫礼貌地回苏丹丹:"这位贵人,我虽然不敢说能比薛白良做得好,但是很巧,他先前是跟我学的手艺。"

"对对对,这陈师傅是薛白良正儿八经的师父。"小厮连连点头应和。

"你真是薛白良的师父?"苏丹丹将信将疑,"那你做戏服的水平,是不是比他高?"

"应该差不多吧!"

陈枫没说好,也没说不好,这倒是让苏丹丹瞧着挺顺眼的,她当下就道:"你既然是薛白良的师父,那就先试做一套吧!"

"好的,小姐请跟我进来量尺寸。"

傅采灵目送着陈枫跟苏丹丹进了里间,心里犹如惊涛骇浪一般,但面上却若无其事,跟小厮闲聊:"薛白良薛师傅以后是不是都不会做戏服了呀?"

"这个说不好。"小厮摇摇头,"可能心情好的时候会做吧!"

"那这陈师傅的手艺怎么样?真的好吗?"傅采灵试探道,"我认识他那么久,还不知道,他竟是薛白良的师父呢!"

"啊?"小厮惊诧地张大了嘴,"姑娘,您认识陈师傅呀?"

"算得上认识吧。"傅采灵笑嘻嘻道,"你们陈师傅可还是我的戏迷呢!"

"是吗?这我倒是不太清楚呢。"小厮憨厚地摸摸脑袋,溜须拍马是他的专长,"那姑娘的戏一定唱得非常好。"

"你呀,可别瞎夸我,你都没听过我开腔哩。"傅采灵道,"等你以后听过再夸吧。"然后她又狐假虎威地警告道:"这个陈师傅的手艺可是真好？你可别糊弄我们小姐呀！我们小姐的脾气可不太好。"

"陈师傅做戏服的手艺，那是绝对没问题的！"小厮竖着大拇指赞了句，话锋一转，委婉地说道，"他就是苏绣功底比薛师傅差了点。"说到这儿，他又笑着打圆场："我们薛师傅的苏绣功底，那是自小由名师指导过的，不一样的……"

"这就好。"傅采灵点点头，努力忽视季铭瑞打量她的目光，大大咧咧地说道，"听你把陈师傅夸得这么好，回头我也试试他的手艺。"

"要得，要得。"小厮乐得笑开了花，"客官，你们坐着稍等一下，我给你们泡壶茶！"

"你跟薛白良挺熟？"季铭瑞看着傅采灵，"上次听说也是来找他的吧！"

"算熟吧。"傅采灵脸色不变，笑道，"来来回回见过几次面，他给我做了几身戏服，手艺是真不错！"她回得坦诚，倒是让季铭瑞卡壳，一时不知道再说什么。

"苏老爷让你保护小姐，还是监视我呀？"傅采灵又若无其事地问了一嘴。

这种事，心知肚明不就行了？季铭瑞真没料想到傅采灵会这样直白地问，倒也没否认，丢了句："你猜！"

"我可不敢乱猜。"傅采灵娇笑，心知已证实了自己的猜测，便点到即止，岔开话题道，"我这万一想多了，把不该猜的给猜着了，那我的小命，可就真危险了！"

"想多了倒是没什么，就怕做多了！"季铭瑞试探道，"那些不该做的,如果做了,那才是真要命呢!"

"你这话是说我呢,还是说你自己呀?"傅采灵娇俏地一笑,怼了回去,"不该做的事,比如半夜爬墙呀,我可一丁点也不敢做,毕竟我不像季保镖,有老爷、小姐撑腰……"

"看来,你知道得不少呀!"季铭瑞皮笑肉不笑道。

"不不,我不知道,我什么都不知道!"傅采灵笑着摇摇头,"我也就瞎说说而已,季保镖可千万不要往心里去。"

季铭瑞瞥了一眼傅采灵:"瞎说说?"

"嗯嗯。"傅采灵点头,语调一转,压低了声音道,"不过我有一句话倒是实话,而且我想说。"

"说说看!"

"苏老爷被盗的那份名单是假的,是他用来坑人的。"傅采灵说完,捂着嘴笑了笑,"希望不会有什么倒霉鬼,被他给坑了。"傅采灵也是看在季铭瑞在红旗曲社的表现,以及那句"这是我们中国人的地方"的分上,不想看到不管是以什么目的进苏家的中国同胞被坑,所以才多嘴友情提醒了一句。当然,傅采灵也料定了季铭瑞不敢在苏志耀那边多嘴,说她知道什么事。毕竟要说把柄,傅采灵也握着不少季铭瑞隐瞒苏志耀的事,要真到了对峙那一步,只怕季铭瑞的麻烦不会比她少。

"你说什么?"季铭瑞的面色虽依旧波澜不惊,但是焦灼的眼神还是出卖了他。

"我什么都没说呀。"傅采灵摇摇头,仿佛刚才说话的不是她,她也不会承认说过这种话,笑着反问,"你听到什么了?"

"祸从口出这个道理,我想你懂。"

"懂,那必须懂。"傅采灵笑着,指了指自己的嘴巴,"那些该说的,不该说的,到我这嘴里了,就什么都没有了,我也不会说。"

"那你可得好好记着。"季铭瑞的口气缓和了几分。名单是真是假,他还得核实一番;此时心里不免庆幸,意外拿到名单后并没直接给上级,不然真有可能被苏志耀这个老狐狸给坑了。

两人没有再开口,等苏丹丹量好尺寸出来,傅采灵厚着脸皮道:"丹丹,我没啥别的爱好,就喜欢昆曲跟戏服。这陈师傅的手艺,我还没见识过,不知道我能不能也做一套戏服?"说到这儿,生怕苏丹丹拒绝,她忙表态:"我自己花钱做。"

"你呀!"苏丹丹伸手点了下她的额头,哭笑不得道,"做做做,小姐我还差你一套衣服的钱吗?"她转脸对陈枫道:"陈师傅,麻烦你给她量一下。"

"好咧。"陈枫将傅采灵请进屋内。两人心照不宣地交换了一个眼神,陈枫声音清脆地说道:"麻烦这位姑娘抬头挺胸,我给你量一下尺寸。另外,你有什么特殊的要求,回头请一并写下。"

陈枫给她量身时,傅采灵问:"刚才我听人说,你刺绣水平比薛白良差一些,那我要定制刺绣的戏服,你可还行?"她手里飞快地写下"丑兔没有,急找江抗"。

"我还凑合吧,不行就找人帮帮忙。小姐,你是要全身刺绣,还是就点缀一些刺绣?"陈枫在纸上写下"你找江抗做什么"。

"有人要我递消息,日本将增兵",傅采灵简要写了句,然后问道:"哪个更好看一点呀?"

"交给我。"陈枫皱着眉头点点头,将纸吞咽了下去后。嘴上他应道:"都挺好看的吧!看个人需求,就是全身刺绣时间长一点;点缀的话,相对耗时短一些。"他还特意解释道:"苏绣都是手工一针一线缝制的,不管是全身刺绣还是点缀,都特别耗费工时。"

"好吧,先试一套点缀的,回头你做好了差人送去苏家。"傅采灵边说边大大方方地走出去。

苏丹丹拉着傅采灵又一起去逛了会儿街,买了不少小吃后回苏家。进门的时候正好遇到田凤飞跟曲丽丽回来,她们恭敬地跟苏丹丹打了个招呼。傅采灵鼻子灵敏,闻到一股血腥味,但没吭声。苏丹丹用力吸了吸,直白地问道:"你们两个干吗去了?怎么一身血腥味?"

二十

田凤飞心虚得忙四下闻了闻,曲丽丽倒是面不改色,道:"小姐,我们月信来了。"然后拉着田凤飞告退,道:"小姐,我们先下去,免得冲撞您。"

"来月信,血腥味这么重吗?"苏丹丹随口问傅采灵。

傅采灵扯了扯嘴角,敷衍了句:"可能吧。"然后她指了指站在一旁尴尬的季铭瑞,道:"丹丹,这话题,当着季保镖的面说,不太合适呀!"

苏丹丹立刻涨红了脸,后知后觉地惊叫了一声,捂着脸,羞赧地奔进屋。

傅采灵无奈地摇了摇头，视线对上若有所思的季铭瑞的视线，调侃了句："怎么，季保镖对女孩那事也感兴趣吗？"

季铭瑞给了她一个白眼，淡漠地越过她。傅采灵无所谓地耸肩笑笑，然后一脸关切地去找田凤飞。进屋见田凤飞正在处理手臂上的伤，傅采灵不由惊讶道："怎么回事啊？你怎么受伤了？别动，我来帮你。"

田凤飞倒也没打算避开傅采灵，说了一声"谢谢"，然后任由她小心仔细地包扎手臂的伤口，欲言又止。

傅采灵也不急着探消息，又问："除了这里，你身上还有哪里受伤了？"就手臂上这点伤，田凤飞的表情不至于那么痛苦。

田凤飞咬唇看着傅采灵，沉默了一会儿，扯开衣服，道："我这肋上还被刮到了。"

"呀，你这伤口挺深的，要不要找大夫缝一下？"傅采灵蹙眉道，"要是感染了，那就麻烦了。"

"一会儿再说吧。"田凤飞忍痛抽出一张纸，拜托傅采灵，"你帮我先把这东西抄一份。"

"这啥呀？"傅采灵问话的同时，手上动作麻利地拆开那张染血的纸，一眼扫到几个人名，神色陡然一紧。她心里立时警觉起来，但面上装傻，道："为啥还要再抄一份？"

"我也不知道是啥。我是背着曲丽丽顺手从日本人身上搜出来的。"田凤飞压低了声音道。"这东西不能交给苏老爷，但是留在我手里不太保险。我回头要丢给曲丽丽去处理。"说到这儿，她看了一眼傅采灵，"多备一份，指不定关键时刻能保我小命。"

傅采灵不动声色地将名单在心里默背了下来，这才缓缓道:"有可能保命,也有可能是不该留的东西,要命哦。"她要抄写了,回头出事,她也绝对跑不了。如果傅采灵的直觉没错的话,这份名单就是苏家那个客人要的真名单。

田凤飞俏脸瞬间白了,也明白傅采灵是好心提醒,磕磕巴巴地问:"那我怎么办?"

傅采灵将纸重新叠好:"你就当没打开过,什么都不知道,丢给曲丽丽让她去处理。"

"对对,这东西烫手,我当没见过,啥也不知道最好。"田凤飞立马将纸揣进怀里,"傅班主,谢谢你!"

"不必跟我客气。"傅采灵客套了一声,好奇地问,"这东西为什么不能直接交给苏老爷?你跟她今天的活动,难道不是苏老爷安排的?"

"我们今天的任务是苏老爷安排的,"田凤飞踌躇了下道,"但是执行过程中出了点意外。"

"哦。"傅采灵点点头,并没有着急问出了什么意外。

田凤飞咬咬唇,一股脑儿道:"今天我真是上了曲丽丽的当,她说发小给她消息,'江抗'跟地方游击队联系密切,最近对他们做了大量的争取工作,且约定了在阳澄湖那边商谈收编事宜。苏老爷让我跟她去探探底,勘察一番,结果遇上日军带人下乡骚扰,把我们两个当花娘。我们怎么解释都不听,搬出苏老爷也不顶用,于是起了冲突。我跟曲丽丽没办法,只好先下手把人给干掉了!"说到这儿,田凤飞重重地叹了口气:"这事,我信任你才说的,你可千万不能告诉任何人。"

"你们干掉了日本人?"傅采灵惊诧得合不上嘴,"你们也太勇猛了!"

"也不全是日本人,"田凤飞摇摇头,"就一个小队长跟护卫是,其他的都是狗汉奸。"

傅采灵嘴角微微抽动,其实挺想回她一句:你现在在祥符寺巷90号,若是表现优异去了上海76号的话,只怕你比那些汉奸更"汉奸"啊!不过傅采灵面上还是关切地问道:"死这么多人,你跟曲丽丽怎么善后,你想过没?"

"这倒问题不大。"田凤飞神色缓了几分,"原本我跟曲丽丽也愁那些尸体的善后问题,想绑了石头直接给丢湖里的,结果遇到一队'救国军',我们就演了场戏,哄他们说,日本人喝醉了,可以轻松消灭他们得战功。他们看到日军,也没辨死的活的,就拿枪横扫一通,最后还扔了两枚手榴弹,给炸了个稀巴烂……"

还能这样毁尸灭迹?傅采灵半晌才回神,说:"既然这样,多一事不如少一事,这东西也别给曲丽丽了,你吃了,烂在肚子里。"

"啊?"田凤飞愣住,不过转念一想傅采灵说得确实有道理,便闭着眼,神色痛苦地将那份名单给吃了。"呕——"她吐了吐舌头,"太难吃了。"

"记住,这件事烂在肚子里!"傅采灵郑重地关照,然后又问,"对了,你们身上的伤,苏老爷那好交代吗?"

"好交代的。"说到这儿,田凤飞又愤愤不平起来,"我本来也不会伤这么重的,都怪曲丽丽那个贱人,非得逞强跟日本人搏斗,误伤了我。要按我的想法,'砰砰砰'就完事了!"

·193·

知道田凤飞多半说的是气话，傅采灵也懒得当真，敷衍着点点头："你们也总算是有惊无险。"

"嗯，还算运气好。"

傅采灵跟田凤飞又胡乱地扯了几句。晚上苏志耀回府，田凤飞跟曲丽丽去找他汇报情况。傅采灵踟躇再三，还是换了一套不起眼的衣衫，屏息凝神，蹑手蹑脚地摸去苏志耀的书房，在一侧不起眼的窗前，她蹲在窗户下面，将耳朵贴在墙上，专注地听起了墙脚。

"'江抗'最近气势挺猛的，前两天在无锡东北隅的黄土塘，与下乡的日军发生战斗。'江抗'在武器装备较差的情况下，经过半天激战，击毙了日军三十余名。"钟叔说到这儿，脸色有些阴沉。这两日苏城的报纸上登满了"江抗"东进首战大捷的消息，苏志耀挨了上头的骂，让顾局长跟胡司令在城里抓可疑的人，结果这两个狼狈为奸、见钱眼开的玩意儿，人倒是抓了一堆，但要么是清白人家的平头百姓，要么就是与城中的富贵人家沾亲带故的。现在好了，牢里放不下，而苏家这边来了一拨又一拨说情要求放人的。苏志耀不管这等小事，管家钟叔可烦得是连厕所都没时间上。

苏志耀沉着脸，坐在那一言不发，表情有些凝重，没吭声。钟叔硬着头皮继续说："老爷，这次日本人还死了一名大佐，只怕不会善罢甘休。"说到这儿，他看向曲丽丽跟田凤飞，问："你们说的那个程斌蝶带出的消息，靠谱吗？"

"靠谱不靠谱我不知道，"田凤飞耸肩摇头道，"他和曲丽丽是青梅竹马。"

曲丽丽恼怒地瞪了眼田凤飞,转身对苏志耀恭敬地回话:"苏老爷,程斌蝶的消息应该是靠谱的。'江抗'确实跟游击队关系紧密,针对各支游击队的不同情况,因队而异,准备进行不同形式的收编,而且我们今天也特意去跟踪了他之前的上线,摸了摸情况。"

"怎么说?"苏志耀微微眯了下眼问。

"他们对程斌蝶被捕的消息,好像还不知道。"曲丽丽回。

"还不知道?"苏志耀朝钟叔确认了一眼,嘴角总算放松了几分,"这倒是个好消息。"

钟叔跟苏志耀交换了下眼神,点点头:"可以给我们做做文章。"

"嗯。"曲丽丽附和着点头。

"你别光'嗯',你倒是说说看,我们能怎么做文章呢?"苏志耀问曲丽丽,也是给她表现的机会。

曲丽丽倒也不藏拙,斟酌了一下道:"程斌蝶说,他们最近确实做了大量收编工作,还准备将锡北失去组织联系的共产党员和爱国青年组织的游击队直接编入'江抗'主力,随主力部队行动。"曲丽丽抬脸看着苏志耀,边说边观察他的反应。"程斌蝶被捕的消息他们不知道,那就让程斌蝶继续接洽游击队负责人进行工作,我们撒网,到时候不管是抓到游击队的,还是'江抗'的,在汪先生面前,都是功劳一件。"见苏志耀并没有打断的意思,她继续说道,"如果能钓出重要的角色,或者获取重要的信息,那这个功劳可就大了。"

"想法确实不错。"苏志耀口气淡淡道,"有具体的实施计划吗?"

"这个,我倒是还没想好……"曲丽丽生怕苏志耀对自己不满,忙解释了一句,"我得跟程斌蝶先谈谈,看他是不是愿意全力配合!"

"他还能不配合?"苏志耀嘴角扯出嘲讽,"若是'江抗'知道他已经松口吐消息出来,按照姓叶的那位的脾气,只怕会安排人手来清理门户了。"

曲丽丽忙附和道:"苏老爷说得是。他说他要改过自新、重新做人的,他肯定会好好配合的。"

"行吧,那你跟他好好商量一下。"苏志耀看上去大度地说道,"他如果戴罪立功,我可以既往不咎,保他此后荣华富贵。"

"谢苏老爷大恩!"曲丽丽谢过之后,话锋一转,"苏老爷,我还有件跟田凤飞有关的事想要汇报。"

"什么事?"

"苏老爷,田凤飞对您不够忠诚。"

"曲丽丽,你什么意思?我哪里对苏老爷不够忠诚了?"田凤飞按捺不住地插话,"我警告你,你可别胡说八道!"

"我让你插话了吗?"苏志耀一听这话,立马警觉起来。

被苏志耀冷眼一扫,田凤飞唯唯诺诺地退下:"苏老爷,您可千万别听信曲丽丽的一面之词!"说着,田凤飞恼恨地瞪着曲丽丽,嘴里信誓旦旦地表忠诚:"我对苏老爷绝对是忠诚的,我若有二心,天打雷劈,不得好死!"

苏志耀懒得听这些誓言,眸光凌厉地看向曲丽丽,问:"你说这话,可有证据?"

"证据的话……"曲丽丽显然没有证据,踌躇了一下,咬咬牙道,"我亲身体会算不算?"

"你且说来听听。"

曲丽丽瞪了一眼田凤飞,故作愤怒道:"每次我跟她出任务,她都不愿意尽全力来配合我。今天要不是她跟我闹别扭,我们也不会撞上'救国军'跟日本人。我都被误伤中弹了……"

傅采灵俏眉一挑,曲丽丽跟田凤飞这是准备演戏了。果然,下一秒田凤飞咋咋呼呼叫了起来:"怎么不说是你跟我闹别扭啊?你中弹了,我也受伤了呀!"

苏志耀听得额头青筋直跳,耐着性子道:"你们两个闹够了吗?"

"苏老爷,我没闹,真的是她先惹我的!"田凤飞伸手指着曲丽丽。

"呸!明明就是你,你故意……"曲丽丽不甘示弱地继续搅浑水。

苏志耀猛地一拍桌:"够了!"转脸对钟叔道:"老钟,拉下去,都毒哑算了。"

"苏老爷,我们不敢了,"这下曲丽丽跟田凤飞异口同声起来,"真的不敢了。"

"那能不能好好说话?"苏志耀板着脸,冷声道。

"能。"曲丽丽小声地回。田凤飞也跟着识趣地来了句:"苏老爷放心,我们会好好说话的。"

"算了,老钟,我们分开问。"苏志耀不想再被她们叽叽喳喳地吵,果然选择了分开问话。

傅采灵懒得再听下去,借着月色飘然潜回自己的房间。当视线对上满脸严肃看着自己的季铭瑞时,她有一瞬的尴尬,不过很快就回神,道:"季保镖,虽然你深得苏老爷跟小姐厚爱,但是,你这样不请自来,是不是有点不太合适?"

"你这身打扮,去苏老爷书房窗下听墙脚,好像也不是很合适吧?"季铭瑞的口气淡淡的,似乎在说件无关紧要的事。

"你……"傅采灵俏脸不自觉地白了下,硬着头皮反问,"你哪只眼睛看到我去苏老爷书房窗下听墙脚了?"

"两只。"季铭瑞面无表情地指了指。

"你要么就是看错了,要么就是瞎说八道。我人好端端站在你跟前,我才没有去过苏老爷的院子。"傅采灵干脆直接否认。她知道季铭瑞不敢捅出去,大家都是有秘密的人,要死一起死。

"兴许是我看错了吧。"季铭瑞果然识趣地略过这话题,看在傅采灵好心提醒的分上,也说了句,"不过不知道苏老爷安排盯梢的人,会不会也看错?"

傅采灵心里一个"咯噔",还没消化这句话,只听季铭瑞又丢了个重磅问题:"你怎么知道名单有问题的?"

"听来的呀!"傅采灵指了指耳朵,回得坦荡。

季铭瑞没接话,眸光深沉了几分。

傅采灵干脆又说:"至于怎么听来的,你懂的呀!"

"那你知道真的在哪里吗?"季铭瑞眸光紧紧地锁着她。

"不知道。"傅采灵摇头,回得无辜,"我怎么可能知道真名单……"

突然，季铭瑞靠近，直接上手掐住了傅采灵的脖子，压低了声音威胁道："你最好给我老实交出真名单，不然我这手里的力道控制不住，可得要你……"

"小命"两个字还没说出来，傅采灵灵活的一个反制，狠狠在他肋上一顶，在季铭瑞错愕间，直接朝他没啥防备的胯间狠狠踹了一脚。等他吃疼得松手，傅采灵忙跳远两步，戒备地摆出格斗的架势，冷着俏脸道："我就一个在苏家混口饭吃的人，季保镖你来苏家有什么目的我不管，但是你一会儿拿刀顶我腰，一会儿又掐我脖子想要我小命，你这样欺负我一个老实人，实在是有点过分啊。"

"老实人会像你这样行事鬼鬼祟祟吗？"季铭瑞勾着嘴角冷嘲了一句，心里对傅采灵的身手进行了一番评估——从她刚才一气呵成的动作来看，只怕自己先前小瞧了她，难怪苏志耀要重点关注她，这女人就是扮猪吃老虎。季铭瑞没好气地嘲讽了句："老实人只怕也不会藏着身手。"

"我可没藏着身手，我的功夫是钟叔跟苏老爷教的。"傅采灵敢动手反击，自然是想好了说辞。她就赌季铭瑞不会去找苏志耀跟钟叔核实。当然，就算季铭瑞真去核实，傅采灵是苏志耀女子特工队成员，会功夫、会玩枪械都是事实，而苏志耀只关心忠诚问题，其他藏不藏的，并不重要。

"你来苏家有什么目的？"季铭瑞尚未摸清傅采灵的功夫底子，他没把握制住她，自然就不敢贸然再出手，只好僵着脸问。

"混口饭吃呀！"傅采灵笑着眨眨眼，轻描淡写道，"季保镖，你来苏家，不也是混口饭吃的吗？"她故意加重了语气，道:"难道季保镖来苏家并不是为了混口饭吃?"

季铭瑞嘴角勾出一抹邪笑,压低了声音,似笑非笑道:"你真想知道?"

季铭瑞这会儿不敢撕破脸。但傅采灵若真逼他交代他的秘密,只怕就要被下黑手杀人灭口了。不过,傅采灵内心深处对季铭瑞的身手也是忌惮的,他这种人就算不能成为朋友,但是能不成为敌人,就千万不要成为敌人。

"不想知道。"傅采灵毫不犹豫地摇摇头,并识相地表态,"我不会管,你随意好了。"见季铭瑞脸色稍缓,她又壮着胆子道:"就是以后你如果有啥想问我的,光明正大问好了,我一定知无不言,言无不尽。"

"你会这么配合?"季铭瑞表示怀疑。

"当然。"傅采灵神色坚定地点点头,义正词严地表态,"我们这种混口饭吃的小老百姓,不管你是谁,也不管你想干吗,就冲着你那句'这是我们中国人的地方',你这个有血性的同胞,我认可,也支持你去做任何事。"

"你真不是延安那边的?"季铭瑞眯着眼睛,问得直接。季铭瑞查过,知道她不是。此时季铭瑞咽了一口唾沫,努力咽下那句:那你是中统的人?虽然军统、中统之间会有些隔阂,但是都是特务机构,如果她是中统的,再怎么说,总归算半个自己人。

"不是。"傅采灵回得果断。此刻,她对季铭瑞的身份倒是有了猜测,很想问:那你是不是重庆那边的人?你是中统的还是军统的呢?不过转念一想,知道的秘密越多,越容易被灭口,还是继续装傻充愣保命吧。

季铭瑞盯着傅采灵看了半晌,轻笑一声,丢了句:"你最好不要被我抓住什么把柄。"

傅采灵重重地叹了口气,跟季铭瑞对视了一眼,小声回了句:"你也是,你最好不要有把柄落我手里!"

季铭瑞的眼眸闪过一丝阴暗,没再吭声。傅采灵对着他飘然离去的背影淘气地吐了吐舌头。

二十一

在红旗曲社吃了亏的日本人,是日本少佐渡边纯一的侄子——渡边三郎。他鼻青脸肿,一把鼻涕一把泪地来找渡边纯一诉苦:"叔叔,这些该死的中国人,竟然敢动手打我!还是众目睽睽之下,说让我们滚出去……他们压根儿就没把我们大日本帝国放在眼里……"

"红旗曲社?"渡边纯一的眼睛微微眯了下。

"是的,就是那个听昆曲的红旗曲社。"渡边三郎忙点头应和,挑事道,"那里有很多激进分子!"

"该死的中国人竟然敢打你!"渡边纯一气得拍了下桌子,转脸下命令,"井上,你带一队人去那个红旗曲社,把他们给我灭了!"

薛白良皱了皱眉头,看着井上敬了个标准军礼:"是!"他身后的宪兵也都端起步枪,跟着井上转身要离开。薛白良急忙唤住了他:"井上君,请稍等一下!"

"薛白良君,怎么了?"井上斜瞄了薛白良一眼。

薛白良又转向渡边纯一,温和地问:"渡边先生,这个'灭',是把他们都抓起来,还是……"他做了个抹脖子的动作,近前一步问:"杀光?"

"当然是杀光。"渡边纯一没回答,井上恶狠狠道。

"不妥!"薛白良摆摆手,对渡边纯一冷静地说道,"渡边先生,全灭了,只怕很不妥!"

渡边纯一没接话,眸光阴沉。

井上闻言皱起眉头来,口气不悦地说:"薛白良君,你想阻止我去杀人?"井上勾着嘴角故意损了他一句:"因为你也是中国人,所以想阻止我杀中国人?"

"这个,就更不敢了!"薛白良笑了一下,不动声色道,"那些个不长眼的,吃了熊心豹子胆,敢打渡边先生的侄子,还口口声声要打倒大日本帝国,别说杀光一个红旗曲社了,就是屠了这苏城来泄愤,也没人敢说半句不是。"

"你明白就好。"井上一脸高傲地仰头,蛮横道,"苏城现在可是我们帝国的天下。"井上见渡边纯一被薛白良这一顿马屁拍得心花怒放,撇撇嘴又道:"既然薛白良君也认为我能杀了他们,那何必又要叫住我说不妥呢?"他操着并不算太通顺的中国话道:"薛白良君,你这出尔反尔的样子,很是'两面三刀'呀!"他轻笑了一声,看似在说玩笑话:"你这样会让我怀疑你对我们大日本帝国的忠诚呢!"他故意这样说,削减渡边纯一对薛白良的好感。

薛白良赔了个笑,不急不缓地说道:"渡边先生,眼下佐藤先生跟汪先生密谈顺利，即将有大消息要公布。"说到这儿，他深吸了口气，故作高深道："在这个节骨眼上，若是闹出些风波来，引发了不可控的事情，万一坏了佐藤先生的大事，那可就不妙了。"

渡边纯一看着薛白良，眯了眯眼睛。薛白良继续神色淡定道："杀几个中国人事小，就怕狗急跳墙。"说到这儿，薛白良又朝渡边纯一轻笑道："我们中国有句俗话，这兔子被逼急了还会咬人。佐藤先生一再强调，要用怀柔政策来实现'东亚共荣'……"薛白良故意顿了顿，看着渡边纯一，笑道："这个全灭，可就太暴力了！不'怀柔'……"

"可若不灭，那我不是白挨揍了？"渡边三郎一听，急眼了，"这打我事小，打我叔叔的脸面事大。叔叔如果连这口气都不能帮我出的话，别说要被大日本帝国的其他人笑话，就是那些个中国人都要瞧不起我们了……"

"你闭嘴！"渡边纯一刚才好不容易平息下去的怒火，再次被挑了起来，"薛白良君，虽然我承认你说得有点道理，佐藤先生也确实说过，要用怀柔政策来实现'东亚共荣'，但是，对付这些顽固的激进分子，我们如果不杀鸡儆猴，那还怎么立威？"

"就是。"渡边三郎点头鼓动，"叔叔，就得多杀几个中国人，让他们为自己的愚蠢付出代价。"

"要让他们为自己的愚蠢付出代价，其实，方法也不止杀人一种呀！"薛白良顿了顿，笑着说，"再说，灭之前，也得先去探探底才好，所谓知己知彼，才能百战百胜嘛！"

渡边纯一略一思索，道："薛白良君，你继续说！"

"少佐，你可千万别听他胡说八道！"井上忍不住插话，"不给这些该死的中国人点厉害瞧瞧，他们可就越来越无法无天了！"生怕渡边纯一被薛白良给劝住，井上火上浇油道："昨晚他们就使坏，在吴县渭塘毁坏苏常公路十公里，害得我们前来增援的士兵措手不及，现在正被迫紧急转道呢！"

这件事薛白良也有耳闻，为防止苏城日伪军增援，中共组织领导群众千余人，不但摸黑毁坏了道路，还埋了不少地雷，将日本的先遣队打得狼狈不堪，伤亡惨重。

当然，要是傅采灵知道这个消息，定然是要拍手叫好的，虽不敢说功勋墙上有她一笔，但这是她及时给"江抗"传递情报，"江抗"顺势而为完成的事。虽然无法阻止日本侵略者的步伐，但是给伤痕累累的苏城多争取了一些喘息的机会，也让我方被打散了的队伍有个重新结集的时间，极有意义。

渡边纯一对井上贸然出声打断他稍显不快，耐着性子道："井上队长，你先听听薛白良君怎么说！"

"是！"井上忙恭敬地弯腰，不再吭声。

"冤有头，债有主，这打三郎君的人，肯定是要逮来，好好教训一番的。"薛白良微微一笑，振振有词道，"至于为什么不杀呢？因为有的人，活着比死了有用呀。"

"什么叫活着比死了有用？"渡边三郎问。

薛白良挑眉，意味深长道："渡边先生懂了就行。"

"薛白良君，你就别卖关子了，赶紧说说看，我们要怎么样让他们付出代价？"渡边三郎好奇地催促。

"这事，只可意会，不可言传。"薛白良竖着食指摇了摇，转过脸问，"不知道渡边先生是不是放心把这事交给我来办？"见渡边纯一神色犹疑，薛白良干脆凑在他耳边低声密语了几句："抓主犯，让他们家人拿钱、拿宝贝来换。另外，让红旗曲社公开给三郎道歉，免费开演几天，让所有日本士兵一起去乐呵乐呵。这样一来面子、里子都有了，您看如何？"

"薛白良君，你主动请缨，我自然是放心得很。"渡边纯一深深地看了薛白良一眼。他就是越看这个人越顺眼，因为渡边纯一了解自己啊！是的，渡边纯一骨子里觉得自己是个文人，他其实不爱舞刀弄枪，喜欢的是附庸风雅，尤其喜欢中国那些名人传下来的古玩珍宝。薛白良投其所好，给他送了不少，这才送出了许多的交情；要不然，凭着薛白良救美亚子的那么一点恩情，渡边纯一哪至于对他如此高看？说白了，就是为了攫取利益！渡边纯一不能明说、也不能明着办的事，薛白良就贴心地给他办了，他当然喜欢这个人，欣赏这个人了！再加上薛白良这一手出众的刺绣绝活得到佐藤先生的青睐，渡边纯一自然乐得跟他继续深交。薛白良跟渡边纯一默不作声地对视了一眼，交换了个眼神，渡边纯一这才笑着应声："这件事就交给你去办了。"

"好咧，渡边先生，您就静候佳音！"

"叔叔，薛白良君他是什么意思？他要怎么给我讨回公道呀？"渡边三郎看薛白良转身离开，不由得追着渡边纯一问。

"这件事，你就别管了，我会处理的。"渡边纯一板起脸，一本正经道，"最近'江抗'的行动很活跃，并且跟游击队联系很密切。我收到消息，他们要根据各支游击队的不同情况，进行不同形式的收编。最近，你跟井上带人去乡下多盯盯，如果发现什么异常情况，或者抓到激进分子，就地处死。"

二十二

傅采灵第二天一大早就跟苏丹丹准时来到红旗曲社，见沈长泽愁眉苦脸的样子，她还以为他是因为免费唱三天的事闹情绪，故意笑着损道："怎么了？你这眉头皱得能夹死蚊子了。你看到我，没必要愁成这样吧？"

沈长泽深深地看了眼傅采灵，"扑通"一下在她面前直直地跪了下来："姑奶奶，求求你，救救我！"

别说傅采灵蒙了，苏丹丹都跟着目瞪口呆。傅采灵忙问："这……这是怎么了？"不就狐假虎威地借苏老爷的名头，霸占了他场地免费唱三天大戏嘛，他至于这一副要死要活的样子？

沈长泽面色复杂地看了一眼苏丹丹身后的季铭瑞，又抿抿嘴看着傅采灵，赖皮道："你说吧，肯不肯救我？你要不肯救我，我今天就跟你鱼死网破！"

傅采灵拿他没办法，叹口气："你起来，先把事情好好说一说，我再考虑要不要救你！"能让沈长泽屈尊下跪，只怕不是容易办的事。但是傅采灵就算跟他闹掰了，看在师父的情分上，她能帮的话，一定会尽力帮衬一把。这个脸面是给师父的，还他老人家当年的救命之恩。

沈长泽便把薛白良的来意说了，眸光不时瞄向季铭瑞，讪讪道："薛二少的意思是，交出主谋，然后我们红旗曲社给渡边三郎赔礼道歉,并且安排日本士兵们来听戏。"说到这儿,他表情越发窘迫起来:"我不敢拒绝,我就都答应了……"安排听戏什么的都是小事,但交出主谋,苏家的人,他没法交啊!

"你答应了?"苏丹丹一听这话,立马翻脸,恼怒道,"你答应把我季哥哥交出去?沈长泽,你是活腻了吧?"

有苏丹丹出头,季铭瑞也懒得理会,他干脆冷眼旁观。

"苏小姐,我当然不敢交你们苏家的人,可是日本人,我得罪不起啊!"沈长泽哭丧着脸,豁出去了,"事情本来就是你们惹的,现在你们帮我解决,也是天经地义。你们若是不解决,那就跟我红旗曲社一同灭亡吧!"

"你胆肥了,竟然敢威胁我?"苏丹丹的暴脾气上头,逮着沈长泽便是一顿拳打脚踢,"今天不把你打得满地找牙,你这狗嘴里是吐不出象牙来了……"

"哎哟,采灵,姑奶奶,救命!"沈长泽嘴里叫唤着,狼狈地左躲右闪。

等苏丹丹出够气了,傅采灵才柔声劝道:"好了好了,丹丹,你打他没用,现在的问题是要解决日本人找的麻烦。"

"对对,这个渡边纯一看着温和,实际上最心黑了!上次阳山那边挖井埋人的事,就是他干的……"沈长泽捂着被打疼的脸,哼哼唧唧地说了起来。他说的那惨状,听得苏丹丹义愤填膺:"天哪,这还是人吗?简直就是畜生!"

傅采灵默默地握了下拳,见季铭瑞不动声色地扫了她一眼,忙若无其事地松开,口气淡淡地劝道:"苏小姐,这些话,可千万不能让苏老爷听到,要不,回头要关你禁闭了!"

苏丹丹一听这话，果然就老实了，表情悲愤道："我就说说都不行吗？来侵略我们国家的日本人，本来就不是人。"想到自家老爹为汪先生做的那些事，她顿时有些心虚："好嘛好嘛，我不说就是了。"

"那，我们交不交人？"别说季铭瑞是苏家的人，单就季铭瑞的身手，沈长泽也是忌惮得很。所以他才一哭二闹地把事情摊开来，把问题丢给苏家去解决。

"你还没被打够是吧？"苏丹丹一听这话，再次炸毛了，"谁敢打我季哥哥的主意，我定要他生不如死！"

"好好，不交就不交，苏小姐，您可别打了！"沈长泽求饶，话锋一转，正色道，"但是我人微言轻，在薛二少面前说不上话。苏小姐，您若是真想护着季先生，那还得劳烦您或者苏老爷出面打个招呼才行。"

苏丹丹皱皱眉头，问了句："这薛二少该不会就是薛氏裁缝铺那个吧？"

"对，就是他。"沈长泽点点头，"苏小姐，您若是跟他熟，那就再好不过了。"沈长泽叹了口气，道："这薛二少的心是黑芝麻馅的，一般人可真不好相与。"

傅采灵竭力保持镇定，但是内心依旧克制不住，如波涛般汹涌。虽然早已做好了与薛白良划清界限的准备，可现在听到他为日本人做事的消息，着实气愤又难受，不想继续听，又忍不住凑过去听个真切。

"我不熟，我也不认识这人。"苏丹丹摇摇头，"我就挺纳闷的，他不是一个裁缝吗？他被认回薛家做二少爷我能理解，他怎么还跑去给日本人做事了？"

"他呀，为了给日本人做事，可是把家里祖传的宝贝都给献了呢！"沈长泽鄙夷道，"真是卖祖求荣！白瞎了一件传世之宝！"

"什么宝贝呀？还传世之宝？"苏丹丹好奇地问。

"这个，让我先卖个关子！"沈长泽说起八卦，整个人都来劲了，故作深沉道，"你们可知道缂丝工艺在什么朝代发展最为鼎盛？"

"什么朝代？"苏丹丹懒得思考，问得直接。

"宋代是缂丝发展的鼎盛时期。宋代缂丝相较于唐朝，花纹更为精细富丽，纹样结构又富于变化，并创造了'结'的技法。北宋末年，缂丝登堂入室，走进艺术殿堂，从单纯实用的工艺品转为具备欣赏性的艺术品……"

"打住！"苏丹丹听得脑袋都晕了，不耐烦地打断，"沈长泽，你不说废话会死啊？我对缂丝的发展史一丁点兴趣都没有，我就想知道，薛白良献的缂丝宝贝是什么？"

"呀，苏小姐您好聪明，您竟然知道他献的是缂丝宝贝！"沈长泽拍了句马屁，被苏丹丹赏了个白眼后，继续说道，"薛白良为了获得日本佐藤将军的好感，直接把祖传的《南宋缂丝龙袍》给献了，当场就把薛家大太太给气疯了，大叫着他是来复仇的恶魔；那薛家大少爷，刚指着薛二少的鼻子骂他娘，就被他直接给'咔嚓'了……"

"薛二少把薛大少直接给干掉了？"苏丹丹一脸惊诧，"他……他们也算是同父异母的兄弟吧？"

"是啊。"沈长泽点点头。

"那也太畜生了吧！"苏丹丹忍不住骂了句，"这天杀的……"

傅采灵听到这儿，心里更加不是滋味，顿时百感交集。薛白良跟薛家的恩怨，她有所耳闻。这薛家大少爷虽然做事挺让人讨厌的，傅采灵也知道薛白良恨薛家，但是他们总归是兄弟，自古最惨的就是骨肉相残……她真是没想到，这恨竟然如此深，深得不惜一切代价——借日本人的手，来斗垮薛家。

"采灵，这个薛二少简直就是畜生，跟他打交道，我觉得我们不行……"

"咳咳，错了错了。我刚说的那句话，有点歧义。"沈长泽见苏丹丹想要骂人，忙插嘴道，"其实，倒也没有直接干掉，但是还不如直接干掉……"

"沈长泽，你今天真是不嫌自己舌头长？"别说苏丹丹了，傅采灵都忍不住动怒了，"你不会一次性把话说清楚啊！"

虽然，傅采灵是同情薛白良身世的，但是理智上、情感上，都难以接受薛白良跟日本人如此牵扯不清。傅采灵心里已然感到，他们两个人的距离，只会越来越远。她带着难以形容的心情，继续听沈长泽絮叨。

"薛二少说薛大少是……"沈长泽撇撇嘴，压低了声音道，"说他是激进分子，给延安做事的。你说，这薛大少落到日本人手里，那不就是落入人间炼狱，求生不得，求死不能啊！"说到这儿，沈长泽唏嘘道，"要不我怎么说这薛二少的心是黑芝麻馅的？长得人模人样，可这人连亲哥都下得去手，你说，他现在盯着我们红旗曲社，我们要再不识相点，天知道他会编排个什么罪名过来!"沈长泽又强调了一遍:"他可是靠着《南宋缂丝龙袍》得到了佐藤将军的青睐……"

"《南宋缂丝龙袍》?"这次苏丹丹惊诧得嘴里能塞下一个鸡蛋,"是我们中国的那件《南宋缂丝龙袍》?"

沈长泽点点头:"对,就是的!"

苏丹丹嘴角抽了抽,俏脸上满是遮掩不住的惋惜:"他……他怎么舍得啊!"

虽然苏丹丹对沈长泽刚才说的缂丝历史一丁点兴趣都没有,但是不代表她没历史常识。南宋与北宋更替之时,随着政治中心的南移,缂丝开始在苏杭一带流行并得到发展,有"北有定州,南有松江"之说。南宋缂丝作品制作精良,技艺也在各地能工巧匠的创新中不断改进,灵活运用掼、构、结、搭梭、子母经、长短戗等多种技法,纬丝色彩不断增加,层次分明。缂丝古朴典雅又秀丽端庄,被誉为"织中之圣"。一件皇帝祭天祭祖时所穿的缂丝龙袍,可能需要若干织工数年甚至十余年的时间才能完成。这《南宋缂丝龙袍》可能是薛氏几代,甚至几十代人守护才传下来的传家之宝吧。称之为传世之宝,一点都不夸张!

"是啊,他怎么就舍得?"沈长泽痛心疾首道,"要换了是我,打死我,我也坚决不会拿出这宝贝去讨好日本人。"说到这儿,他叹了口气道:"你们是不知道,这佐藤将军得了薛二少献的《南宋缂丝龙袍》,转手送给日本天皇。那日本天皇也是喜欢得不行,还要薛二少给皇后做缂丝腰带什么的。这薛二少现在在日本人面前可吃香了!"

"再吃香,也是个卖祖求荣的败类。"季铭瑞听到这会儿,终于忍不住冷着脸表态。

"对对对,还残害手足,简直就是败类中的败类!"苏丹丹顺着季铭瑞的话痛骂,"呸!这种人,活该断子绝孙。"

傅采灵倒是没有说什么,只觉得心里堵得难受。薛白良明明是个明朗的青年,曾数次路见不平,拔刀相助,也有一身的才华,他怎么就不好好做人呢?她又想到薛白良残害薛仁良,这倒是让傅采灵心里疑惑起来:薛仁良真的是陈枫他们的同志吗?需要给陈枫传递一个消息吗?

"苏小姐,你要想保住你的季哥哥,我觉得吧,还是得跟这个薛二少搞好关系。"沈长泽生怕苏丹丹打他,捂着脑袋小声道,"薛二少现在在日本人面前说得上话,他只要周旋一下,你的季哥哥就没事了……"

"不需要。"季铭瑞抢在苏丹丹开口前拒绝,"我不需要这种人帮我周旋。这件事,我自己能处理。"

"你怎么处理?"苏丹丹忙问。

傅采灵也抬眸看向季铭瑞,心里猜测,他该不会想要去杀了薛白良或者渡边纯一来解决这事吧?可那样显然是治标不治本的事,也是不可取的。

"一人做事一人当,"季铭瑞神色坦荡道,"我就按薛二少的意思,上门去赔礼道歉。"

傅采灵皱起眉头来,微微眯眼看着季铭瑞,总觉得这话不像是从他嘴里说出来的。

愣了半晌,苏丹丹也回神,讪讪地接话:"大事化小,小事化了。你上门赔礼道歉,背后由我们苏家撑腰,渡边纯一那边,应该不会太过为难你。我觉得这个办法挺好的。"

沈长泽松了一口气,语气带着点怨念:"不过苏小姐,你也太厚此薄彼了,刚才我说这个想法的时候,被你一顿揍,这会儿轮到季保镖说了,你就觉得好……"他的话还没说完,被季铭瑞冷冷地扫了一眼,顿时感觉自己背后凉凉的,主动抽了个嘴巴子认错:"瞧我这破嘴,不会说话,该打!"

"好了,你也别做戏了。"苏丹丹摆摆手,"你让开点,你挡住我视线了。"

"苏小姐,怎么了?"沈长泽侧过身子,顺着她的视线看过去,门口一个小男孩正在兜售笺纸:"古吴轩新鲜出品的笺纸,精美好看的笺纸,走过路过,瞧一瞧,看一看咧……"

"苏小姐,你想要买笺纸?"沈长泽立马讨好她道,"我去让那个小赤佬进来。"他屁颠屁颠奔了出去,根本没听到苏丹丹在嘟囔:"谁要买笺纸了?"

苏丹丹虽然说不想买笺纸,不过等那小男孩将笺纸递过来,她瞄了一眼,就不自觉伸手接了:"'古吴轩'不愧是老字号,这笺纸制作精美,确实不错!"

笺纸,文人常用的清雅物件,简单地说就是精美小巧、供题诗写信使用的纸张。其以手工制作,需经过染色、加料、砑光、撒金银粉或刻印图案等多道工序,比制作一般版画更为繁复。而且在印刷过程中,更要注意色调浓淡,求其雅致以衬托纸上之书写字迹。笺纸用以书写信札的叫"信笺",用以题诗吟咏的叫"诗笺"。

古吴轩这一批笺纸是以姑苏十二娘图像为主,配以苏式园林、小桥流水等精美场景,是聘请书画名家绘图,精工刻印的。尤其这一套十二张的,汇集成册,包装精美,更多了些收藏价值,让人爱不释手。

"采灵,你觉得好看吗?"苏丹丹拣了两张递给傅采灵看。

"好看呀。"傅采灵配合地端详着,心里却盘算着,季铭瑞现在盯她很紧,根本就找不到合适的机会将手里掌握的名单送出去。她怕时间久了,会耽误事。若是把名单用无色笔写在笺纸上,回头让苏丹丹带去陈枫那里的话,这季铭瑞就算盯死她也只怕是竹篮打水一场空。

"这一套我都要了。"苏丹丹爽快地说道。

"都……都要了?"小男孩的表情有点吃惊,磕磕巴巴地提醒道,"小姐,这一套的……价格,可……可不便宜哦!"一般的笺纸并不算太贵,但是像古吴轩这种新出品的、成套成册可当收藏品——笺谱——的笺纸价格就相对昂贵了。小男孩本来只是想来今天人多的红旗曲社门口碰碰运气的,谁知道一来就有好运气,碰上个价格都不问的阔气的买主,成套都要走了。他高兴归高兴,却也担心苏丹丹拿他开涮。

"对我来说,再贵都不是事。你说个价,我把钱先给你。"苏丹丹财大气粗地对小男孩道。等小男孩说了价,苏丹丹付完钱,又多赏了一块银圆给他。

"谢谢苏小姐!"小男孩欢喜得连连道谢。这一块银圆已经是大恩,再想到这套笺纸自己到手的提成,小男孩就高兴得合不拢嘴——今天可是能抵他几个月的收入了。

傅采灵见小男孩欢快地转身要离开，忙叫住问道："喂，你手里其他的笺纸给我看看。"

小男孩又回转身。

傅采灵对苏丹丹笑道："丹丹，我也想买，不过我可没你财大气粗，我买一张就行了！"说着伸手抓起一张绣娘图像的笺纸。

"行呀。没问题！"苏丹丹大度地点点头，"钱我帮你给吧，算我送你的！"

"丹丹，你真好，谢谢！那我就不客气啦！"傅采灵笑着将这张绣娘图像的笺纸收进了口袋里。见观众已经很多，她便对苏丹丹跟季铭瑞道："我去后台换装准备上台，你们俩是要跟我去后台做准备，还是在前厅让沈长泽安排好位子？"

苏丹丹看了看季铭瑞，道："我们在前厅等你吧。"

"我觉得，还是让季保镖先跟我去后台吧。"傅采灵笑吟吟道，"要不然，回头你爹那儿，怕他没法交代。"生怕苏丹丹误会，她特意补充了句。傅采灵是故意这样说的，她要的就是在苏丹丹面前挑明季铭瑞监视她的事。在苏丹丹眼里，自己喜欢的人去监视别的女人，哪怕是工作需要，也是有诸多不便的，比如傅采灵要换衣服……那么按照苏丹丹的性子，一定会主动请缨跟去后台的。

傅采灵知道，要在季铭瑞眼皮底下将名单交给陈枫，不容易；加上苏志耀还派其他人盯着，傅采灵甚至无法跟陈枫有任何不寻常的接触，否则会让人生疑，给两人带来麻烦，甚至是杀身之祸。所以要想把名单成功交出去，傅采灵必须要想一个出其不意的法子——苏丹丹,就是最好的幌子。不管是苏志耀,还是季铭瑞,都不会生疑。

"什么?我爹?"苏丹丹闻言,秀眉蹙了起来,"怎么跟我爹扯上关系了呢?"她神色迷茫,道:"你们两个到底什么情况呀?"

"苏家有令,除了老爷、少爷、管家,还有小姐你,其他人非必要不外出,外出一律需要人盯着。这件事,你应该知道吧?"

"我好像知道一点。"苏丹丹眼神迷茫地看向季铭瑞,纳闷地问道,"季哥哥,所以说,你是我爹派来盯着采灵的?"

季铭瑞没有否认,这让苏丹丹情绪顿时有些低落。她深呼吸了一口气道:"你先去前厅坐着吧,我陪采灵去后台做准备。"

"丹丹,这只怕不太妥当……"季铭瑞本就觉得傅采灵狡猾,恨不得二十四小时贴身跟着她好抓把柄。而苏丹丹这话,明显就是要支开他。这红旗曲社后台颇复杂,季铭瑞担心自己会错过重要的线索。可他明面上不能跟苏丹丹抬杠,只能抬出苏志耀来唬她:"你爹知道了,只怕不好交代。"

"如果我爹知道了,我会去交代的。"苏丹丹理直气壮道,"我爹让你盯着采灵,但是,男女总归有不便的时候。比如一会儿采灵要换衣服,你怎么盯着?"见季铭瑞被怼得没话说,她继续道:"我就不一样了。我也长眼睛了,也能看着采灵,而且任何时候,我都是方便的。"说到这儿,苏丹丹俏脸仰起来,道:"就算我看累了,还有翠喜呢。翠喜你说是吧?"

"是的。季先生,你就放心吧,小姐办正经事,从不会出差错的。"翠喜立马接话。

"我们两双眼睛,看得可比你仔细。"苏丹丹不等季铭瑞回答,有点怄气地搂着傅采灵的手臂,催促她道,"采灵,我们赶紧去做准备吧。"

傅采灵见火候差不多了,开口打圆场道:"要不然,你们两个一起跟我去后台吧。反正后台人来人往的,也不差再多你们两个人!"说到这里,她还特别坦荡地正色道:"我这个人身正不怕影子歪,随便你们几双眼睛看着都行的。"

"那就多谢傅班主体恤了。"季铭瑞抱拳,认真道,"我也是混口饭吃,身不由己。"

傅采灵嘴角抽了抽:"理解,理解。你跟丹丹一会儿别吵架就行,我保证除了上厕所,一定每分每秒都在你眼前晃悠!"

"不是吧!"苏丹丹一听这话又生气了,"季铭瑞,你可别告诉我,采灵上厕所你也要盯着去?"

"没有,没有。"季铭瑞忙摆手。

二十三

傅采灵按部就班地在后台换衣服,认认真真地在季铭瑞、苏丹丹、翠喜的关注下化装。敷定妆粉的时候,她还时不时地教苏丹丹几句:"一般来说,生、旦化装,是略施彩墨以达到美化的效果,这种化装称为'俊扮',也叫'素面'或'洁面'。不过这戏台上的妆,还是要比生活中的浓。"

"我记得,你之前跟我说过的。"苏丹丹在学昆曲知识的时候,非常认真,"这种妆容主要表现角色面貌端正秀气,在早期的时候,生、旦的化装颜料只有花粉(白色)、胭脂(红色)与黑锅灰(黑灰色)三种颜色对不对?"

"对,你记得很清楚!"傅采灵笑着赞了句,又问,"注意事项呢?"

"胭脂在昆曲中的使用相对严格,特别是眉、眼、口处——绝不画阴影,也很少画纹理。妆面的具体用色和画法特点是'千人一面',意思是说所有生的妆面都大体一样,无论多少人物,从妆面来看都是一张脸;旦的妆面,也是无论多少人物,都差不多。"苏丹丹说着,忍不住伸手去拿傅采灵的化装用具,跃跃欲试道:"采灵,要不,你今天的妆,我给你画吧?"

"行啊!"傅采灵立马仰头,摆出一副配合的姿态来,"那花面妆呢,你还记得多少?"

"花面妆,也称'涂面化装',就是大家所理解的'脸谱',是用艳丽的色彩涂上既定谱式的夸张图案。随着剧目的丰富、表演需求的多样,又演化出大面、二面、小面三个行当的脸谱,分别对应净角、副角、丑角。"说到这儿,苏丹丹憨厚地拍拍脑袋,有些不好意思道,"说法有点多,我记得还不太清楚,回头等我消化了再回答你。"

"你才学没几天,能记住这么多已经很厉害了!"傅采灵睁开眼,看着镜子里苏丹丹刚给她化的妆面。苏丹丹手法稳,动作利索,涂擦得很均匀,傅采灵腮与下颚部位的过渡非常自然。傅采灵不由赞道:"还有你这化装技术,若不是跟你熟,我都觉得你是个老手了!"这是真心赞她。倘若撇开苏丹丹的家境来说,就凭这热爱跟好学程度,还有苏丹丹的天赋跟努力,她注定是能吃这碗饭的人。

"哎哟,你可别夸我,要不我要骄傲了。"苏丹丹笑着说,"好了,我要给你画眉毛了。"拿着笔,她默默念了句:"我记得眉毛要向上挑,中间略粗,两端尖细呈弧形才好看!"这才缓缓上手,动作小心而又专注地在傅采灵脸上涂涂画画,末了欢喜道:"采灵,你看看,我给你画得怎么样?"

"很好啊!线条很流畅,把我的轮廓也勾勒得很清晰。来吧,给我上口红。"傅采灵笑着再次仰起头。苏丹丹感受到了傅采灵对她的信任,越发地仔细起来。

季铭瑞就显得有些无聊了,他尴尬得像根柱子一般杵在两个叽叽喳喳的女生旁边,看也不是,不看也不是。后台是化妆间,也是其他人换衣服的场合,时不时有人脱衣服,害得他往左看也不是,往右看也不是,后来干脆闭目养神。

傅采灵不动声色地扫了他一眼,然后笑眯眯地鼓动苏丹丹道:"丹丹,你要不也换上行头,跟我上台试试呗?"说着她走到那一排戏服前,对苏丹丹挑挑眉道:"你快点过来看看,这几件行头是沈长泽新添置的。"

昆曲行头的名目有很多,主要有蟒袍、官衣、披、褶子等二十多种;布料主要采用绸、缎、布等;纹饰有龙、凤、鸟、兽、鱼、花、云、水等;颜色则以红、黄、蓝、白、黑、紫、粉色等为多,颇为鲜艳。

傅采灵见她不动,直接挑了一件色彩艳丽的,在自己身上比画了两下,道:"丹丹,这件适合你!相信我,你穿上了一定非常非常好看!"

"啊?"苏丹丹表情有点惊诧,目不转睛地看着傅采灵手上的那艳丽服饰。她已然有些心动,但是面上还是踌躇着拒绝:"这个……不太合适吧!"倒不是说衣服,而是她这菜鸟,上台不合适。

傅采灵不以为然,说:"有啥不合适的?我们今天唱的戏本来就不收钱,哪怕唱砸了,那些观众也不好意思丢菜叶子、砸臭鸡蛋。"

"扑哧",苏丹丹被傅采灵逗笑了。傅采灵只管催促道:"赶紧的呀,你别磨蹭了,就这样说定了,一会儿一起上台。"

傅采灵把戏服塞到苏丹丹手里。苏丹丹也不再推辞了,问:"我们唱啥呀?"

"唱你喜欢的《桃花扇》吧。"傅采灵一锤定音。

《桃花扇》是清朝初期,孔尚任历时十余年,三易其稿完成的杰作,可谓中国古典戏剧的巅峰之作。《桃花扇》讲述明朝末年,才子侯方域在南京结识秦淮名妓李香君,一见钟情,订立婚约。阉党余孽阮大铖拉拢侯方域不成,反诬陷他勾结清军,迫使其逃离南京。崇祯自缢后,阮大铖强迫李香君改嫁,李香君誓死不从,撞头血溅定情诗扇,扇上血迹被点染成桃花。南明灭亡后,侯、李重逢,却在老道士点化下双双出家。它形象地刻画出明朝灭亡前统治者的腐化堕落,剧中的主要人物、事件皆据史实创作,全剧描绘了一幅波澜壮阔、回肠荡气的历史画卷。《桃花扇》通篇围绕李香君与侯方域的爱情主线,状写了众多人物,有名有姓的就有二三十个。这些人物有的浓墨重彩,有的稍加点染,但各有不同的面貌,"面目精神,跳跃纸上,勃勃欲生"。

《桃花扇》之所以叫《桃花扇》,就是其中一把点染着艳丽桃花的扇子贯穿始终,由第五出的《赠扇题诗》,到最后第三十九出的《撕扇》,环环相扣。苏丹丹第一次听,就能哼哼上了。后来经过傅采灵的教授,这出昆曲,她虽然不能说全然掌握,但是上台"打个酱油"、糊弄下外行,那也是绰绰有余了。毕竟重头戏由傅采灵担着。当然,要是真唱砸了,这免费的戏,观众多少也能担待。

苏丹丹心虚道:"好吧,我试试。"她又拜托傅采灵道:"要是一会儿我唱得不好,你可得救我!"

"救,必须救你!你放心好了,要是有哪个不长眼的敢说你唱得不好,就让季保镖去打他!"傅采灵笑着打趣,然后催促苏丹丹,"好了,你赶紧给自己上妆,我去方便一下,等会儿我们就一起上台。"

"知道了,知道了。"苏丹丹既然应下,就不再扭捏。她动作麻利地给自己上妆。一旁的翠喜欲言又止,憋了一会儿还是没忍住,劝道:"小姐,你是不是再想想?你这说上台就上台,是不是有点草率?"

"不用考虑,你也别劝我,要不然,我把你赶回家!"苏丹丹边化装边解释道,"我厚着脸皮跟采灵来这红旗曲社是干吗的?不就是为了练练手吗?现在机会就在眼前,我不抓住,我就是傻子!"

"可是小姐,你学就算了,要是被老爷知道……你上台去表演,我怕……我怕他会……"翠喜一脸惊恐,"他会生气呀!到时候后果会很严重的!"

"好了,没事的!"苏丹丹神色淡定道,"我把妆化浓一点,到时候就算亲爹也肯定认不出我来!"她又安抚翠喜道:"要是真被我爹知道了,我就说是自己坚持的,你不敢拦我。总之我保你没事,你就安心吧,"

"可是……"翠喜愁眉苦脸,被苏丹丹冷眼一扫,只好识趣道,"好吧,小姐,你高兴就好。"

苏丹丹笑道:"只要你跟季哥哥回去不乱说就是了。"至于傅采灵,这事是她鼓动的,她还要自己小命的话,一定比苏丹丹自己更会保守秘密。

"我什么都不知道。"季铭瑞识趣地表态。

"那……那我也是什么都不知道,也没看到!"翠喜也跟着表态,看到化装好的苏丹丹,不由得赞了一句,"小姐,真好看啊!"

"原来姹紫嫣红开遍,似这般都付与断井颓垣。良辰美景奈何天,赏心乐事谁家院?……"苏丹丹开腔试着吟唱了两句。她穿戴整齐,搭配妥当,这可不是精气神都来了!一甩,一摆,扭转间,衣袂飘飘,整个人极具表现力。"我这里捧金杯略表诚敬,你本是青云客久负才名。到将来为国家担当重任,这杯酒恭祝你万里鹏程……"

傅采灵出声接了句(侯方域):"多谢你金石言我牢牢记紧,谁能够似这般伶俐聪明?酒下喉不由得动了诗兴,题诗在此扇上永表真诚。我与你前世里姻缘有分,初相见两下里刻骨铭心。词偏短意偏长缠绵无尽……"

苏丹丹又应(李香君):"每一字都含有无限深情。"

傅采灵第一个拍手叫好："丹丹，你太棒了！嗓音清丽，行腔优美，关键神韵拿捏到位，底气相当足，你都可以直接去唱李香君啦！"

"不不不，我才不跟你抢风头，我跟你学就是。"苏丹丹笑着摆摆手，"等我多积累几次表演经验，到时候你不给我唱李香君，我都跟你没完！"说完她端起茶杯喝了两口，感慨道："我喜欢《桃花扇》，是对这个故事的结局意难平。你说，明明相爱成那样的两个人，最后都出家了，真是没意思！"

傅采灵口气忧郁地回她："有时候情深缘浅，不能在一起，那也无须执着，更没有必要意难平。"想到她自己跟薛白良之间，还没萌芽就被她扼杀在摇篮里的爱情种子，她心绪复杂，又说了句："有时候，该放手的时候，就要放手。"

"我就是觉得，他们最后既然男未婚，女未嫁，为什么不能再续前缘呢？"苏丹丹深呼吸了一口气，"明明都是为爱执着，并且守着初心，为什么就不能重新在一起呢？"说到这里，不等傅采灵回应，苏丹丹又掐着手指念了一段戏文："小生侯方域，书剑飘零，归家无日。虽是客况不堪，却也春情难按。小生带有扇儿一柄，赠与香君，永为订盟之物。"缓了口气，她又憾然道："侯方域向李香君赠送定情信物时的这些话，让我心都酥了！"

《桃花扇》亦刚亦柔，深度反映当时的社会现实，并且有很强的艺术表现力。老实说，傅采灵也是喜欢得很，只不过她唱《牡丹亭》更为拿手，所以更多的时候，她会选择《牡丹亭》。

"酥了酥了，我听你这么一念，我的心也酥了！"傅采灵笑着拍马屁，"你长得漂亮，唱得又好，你说什么都是对的！侯方域和李香君呐,就是两个大傻子。"此时此刻,她并不知道自己将来也会成为傻子中的傻子。

"好了,不跟你闹了,我这一想到要上台,就特别兴奋,但是心里又有点紧张!"苏丹丹拍拍自己的胸口,连连深呼吸,嘴里念叨着,"不紧张,不紧张,我能行,我一定能行的。"

"你肯定行,你就相信自己、相信我吧。"傅采灵没再打趣她,自己也开始润嗓子,做登台前的准备。当眸光瞥到被她放在梳妆台上的笺纸,她伸手拿过来,朝季铭瑞递了过去,说:"这后台人多,我怕弄丢了,就麻烦季保镖先给我保管一下,等回了苏家再还给我。"她压根儿不给季铭瑞拒绝的机会,塞了就跑,嘴里催促苏丹丹:"丹丹,走,我们去候场了!"

傅采灵要买这笺纸的时候,季铭瑞就将对她的警惕提升到了最高程度。而傅采灵方便的时候,也随身携带这笺纸,一副神神秘秘的样子。季铭瑞刚才还揣测,傅采灵会不会在这笺纸上做手脚。可如今,季铭瑞捏着笺纸翻来覆去地看,并没有发现什么不妥之处。他心里有些纳闷:傅采灵真的就是单纯喜欢这笺纸才买的?似乎有点不太合理。但是笺纸现在在他手里,这不合理变得让人更难以理解了!

二十四

红旗曲社因为傅采灵的出走,跑了很多忠实戏迷。听闻傅采灵要回来免费唱三天的消息后,他们纷纷第一时间赶来。傅采灵朝着候场区神色紧张的苏丹丹挑眉轻笑,用眼神安抚她不必紧张。她透过幕布看向观众云集的戏台下，结果这一看，傅采灵自己的脸先僵住了——她看到靠墙角落那张桌子坐了两女一男，那两个女的是曲丽丽跟田凤飞；那么中间那个一直朝着门口方向东张西望的男的，只怕是曲丽丽那个叛变了的发小——程斌蝶。

他们旁边的一张桌上，沈长泽正赔笑招待着西装笔挺、坐得端正、却也频频看向门口的薛白良。

有人叛变，必然会有人遭殃，加上薛白良现在给日本人卖命，傅采灵的心莫名紧张起来。当看到陈枫从门口缓缓走进来时，她顿时无法冷静了。残存的一丝理智让傅采灵急中生智，对苏丹丹道："那个薛二少来了，跟沈长泽正在说些什么，我怕他会对你的季哥哥不利，我们要不要先过去跟他打个招呼？"

"什么，薛二少那个禽兽来了？"苏丹丹一听，横眉冷竖，忙问傅采灵，"在哪儿呢？赶紧带我去！"

打招呼是不可能的，先去揍他一顿倒是可以的！

傅采灵便带着苏丹丹径直走到了薛白良这一桌前，她还没开口，苏丹丹就指着薛白良道："你就是那个日本人的走狗，薛家二少爷？"

薛白良的表情有一瞬的错愕，还没开口，苏丹丹已经猛地一把掀掉了他的桌子，理直气壮道："我们这里不欢迎你！你若再不滚，我让保镖打你！"

喧闹的戏院瞬间静默下来，大家都看戏似的看了过来。

"祖宗，姑奶奶，你这是干吗呢？"沈长泽见状，立马出手拽着苏丹丹，又转过脸向薛白良不断地道歉，"薛二少，对不起,这位苏小姐有点激动,没搞明白事情,我先带她下去……"说着他对傅采灵使了个眼色,道:"采灵,你赶紧跟薛二少解释解释!"

傅采灵一副搞不清楚状况的样子,迷茫地眨巴了下眼睛,问道:"我解释什么?"

"沈长泽,你吃了熊心豹子胆了,竟然敢阻止本小姐!你信不信我马上让人砸了你的……"苏丹丹的话还没说完,沈长泽咬咬牙,伸手捂住了她的嘴巴,对一旁看热闹的小豆子姐弟俩怒喝道:"你们不想死的话,赶紧过来,一起帮我把苏小姐先领下去!"

"沈长泽,你敢!"苏丹丹被捂着嘴巴,支支吾吾地叫起来,"沈长泽,你个混蛋……"

薛白良不紧不慢地出声威胁:"苏小姐,你对薛某人不敬重没关系,但是,一会儿你若是对渡边先生也如此,只怕你亲爹苏志耀也不一定能护得住你!"

"什么?日本人要来?"傅采灵满脸震惊地大叫出声,下意识道,"日本人是来抓人的吗?"她的视线越过人群,跟陈枫对了一眼。人群里不少人听到"日本人要来",立马就慌乱起来,胆小怕事的更是几乎连滚带爬地用最快的速度跑了出去,嘴里纷纷嚷嚷着:"哎哟,不听了不听了!"

傅采灵瞄到陈枫随着慌张的人流跑了出去,心里暗暗松了口气。不管陈枫来的目的是什么,眼下不撞到这个枪口上才是最为安全的。

陈枫本来是要代表地下党这边跟"江抗"的人进行联络,

配合他们对各支游击队进行收编。现在的苏城中,"江抗"既是战斗队,又是宣传队和工作队,更需要协同,才能发挥最强的力量。

尤其昨夜,"江抗"雨夜奔袭吴县浒墅关车站日军据点,获得胜利。不但苏城,上海各大报纸也纷纷登载新四军雨夜奇袭浒墅关重创日军的捷报。浒墅关是京沪铁路和京杭大运河的关隘,据点内驻有日军警备队三十余人。"江抗"领导人集体研究,周密部署,事先派人乔装侦查、摸清情况,战前又做了动员和充分的准备。傍晚,部队从梅村附近的鸿声里冒雨出发,深夜到达吴县东桥镇,随后兵分两路,分头奔袭浒墅关车站日军据点和黄埭伪军据点。"江抗"英勇无畏,用手榴弹猛烈轰炸后,在硝烟中跟日军拼搏厮杀,最后又乘胜焚毁浒墅关车站,并炸毁车站附近的一段路轨,迫使京沪线交通一度中断。

简直太解气了!

陈枫一大早收到"江抗"这边联络人发出的接头的信号,便心急如焚地等到接头的时间点,赶来红旗曲社,想要碰头商量一下,怎么样让"江抗"跟地方游击队更紧密地配合,赢取更多的胜利。

随着傅采灵的突然示警,陈枫心生警惕。这次联络不成,还能有下次。他不能轻易冒险,因为他身上还有更为重要的任务,那就是要在限定时间内获得"蛛网"名单。

日军在军事上将重点转向占领区,增兵加强对苏南地区的点线占领,频繁地对新四军以及抗日武装进行"扫荡";在政治上加强对国民党政府的诱降活动,而"蛛网"这份汉奸名单至关重要。如果不扫清这些卖国求荣的家伙,那么以陈枫为首的地下党组织将遭受日军跟汉奸的双重打击,势必影响抗日的大局。现在"丑兔"已经失联,生死未卜,如果陈枫也出了意外,那么苏城这一条线就彻底完了。而现在至关重要的问题,就是没有那么多时间了……

现场一片混乱,傅采灵秀眉蹙起,忙上前帮忙,引导众人:"大家不要慌,往这边慢慢走,千万要注意安全……"有莽撞的人撞到她,她也一声不吭,默默让出道来。

"大家不要慌张,渡边先生只是来听傅姑娘唱昆曲的,对大家没有恶意。"薛白良心疼傅采灵,忙挺身护着将她带出了人群,高声解释,"渡边先生也不会带太多宪兵,大家只要安静坐着,绝对不会有麻烦的!"

薛白良这话刚说完,又跑了一大半的人,剩下那些人不是不想跑,而是没机会跑了。因为渡边纯一已经带着宪兵队走进来,拦住一名差点撞他身上的男子,沉声道:"混蛋!怎么回事?"

井上掏出枪,对着那男子,骂道:"走路不长眼睛吗?活得不耐烦了,竟然敢冲撞渡边少佐!"

"对……对不起……"那男子魂都吓没了,直直跪在地上磕头求饶,"小的眼瞎,小的不是故意冲撞您的,求您大人有大量,原谅我吧!"

"你们这里的人,为什么听说我来了,要这样慌慌张张地跑?是做了什么亏心事吗?"渡边纯一俯下身,面无表情道,"难道上次喊'坚决不当亡国奴,打倒日本帝国主义'的人中,也有你吗?"

"没有没有，不是我，我没有。"那男子慌得语无伦次，把头摇得跟拨浪鼓似的。

"那你知道谁喊了吗？"渡边纯一朝着在场的人伸出手指，对那男子笑着说，"只要你指一个出来，我就原谅你，放你走！"

听这日本人的意思，非得要指出一个人来，其他人才能够安全，自己才能够活命，所以那男子颤颤悠悠地伸出手，神色踌躇地在众人脸上一一看过。被他瞄到的人，都畏缩着瑟瑟发抖，生怕他指自己。这一圈看下来，男子真不知道该指谁才好，因为他指谁，就会要了谁的命啊！他挣扎道："太君，大人，我真的不知道是谁说的……"

"什么？"渡边纯一立马就翻脸，掏出手枪，很干脆地对着他胸口"啪啪"开了两枪。渡边纯一吹了一下冒烟的枪口，环顾了一下四周，道："还有谁想出来指认一下？我饶他不死。"等了一会儿，他缓缓道："如果没有人出来的话，那么只好你们大家一起死了！"

"啊啊啊啊！"众人被吓得捂着耳朵连连惊叫。渡边纯一朝天开了一枪，说："不许叫，否则我的子弹可不长眼！"

场面顿时就鸦雀无声。傅采灵神色恍惚地看着那个无辜的男子，他的胸口像开了一朵花，血，很多血从他的身体里流出来。空气里弥漫着浓重的血腥味。她很想出手，暴打这个没有人性的日本鬼子，但是她不敢，也不能。渡边纯一这暴力的开场，让嗜血的井上以及一众日本宪兵都纷纷提枪上前，将那些来不及跑出去的人层层圈住。井上威胁道："不许动！谁动，谁就死！"

众人瑟瑟发抖,谁也不敢动一动。渡边纯一满意地看着此场景,又随手指了一个男子,命令道:"你,出来!"

"我……我吗?"那男子哭丧着脸,指着自己,"太君,我是良民,我是良民啊。"

"良民?我就喜欢良民,你过来。"渡边纯一笑着朝那男子招招手,"来,你说说看,前几天这里都有谁说了大逆不道的话?"

"我……我前几天没来啊!"那男子哭道,"太君,我不知道谁说的呀。"

"那你随便指一个。"井上看他这副没出息的样子,便打心底鄙夷,"没用的废物。"

那男子知道自己如果不按照日本人的要求办,那么结局会跟前面那个人一样。所以他干脆闭着眼睛,胡乱地伸出手指指了下,心虚道:"他……他说了。"

"他说了?"渡边纯一的声音透着阴狠,"你可知道他是谁?"

那男子睁开眼,一看自己随手指的是薛白良,神色茫然地摇摇头:"太君,小的不知道,小的真的什么都不知道,求您饶了小的吧!我上有八十的老母亲,下有嗷嗷待哺的小奶娃!我求太君饶小的狗命一条……"

看着他摇尾乞怜想要活命的样子,傅采灵的心底涌现出悲伤来。这就是沦陷后的家园,侵略者在我们的土地上耀武扬威,而我们这些同胞却只能眼睁睁地看着,无能为力。

这种无力感和窒息感,让傅采灵几乎要控制不住自己的理智,她想要冲出去对渡边纯一大吼:"就是要打倒你们这些侵略者！就是要打倒日本帝国主义！"

"你是眼神不好，还是故意的？"渡边纯一口气淡然道，"如果你眼神不好，那么让井上把你的眼睛给挖了；如果你是故意的，那你就是大大的坏人！"

"我是好人，我是良民……"那男子忙磕头求饶，脑袋"砰砰砰"结结实实地叩在水泥地上，没一会就鲜血淋漓，"太君，求您饶了我吧！"

"那你还不赶紧指一个人来保命？"渡边纯一看着他没骨气的样子，心里别提多爽。他就是要在红旗曲社杀鸡儆猴，给自己的侄子渡边三郎找回面子来。

那男子为了活命，顾不得别人了，干脆站起身，指着好几个人道："他，他，他，还有他，都说过那些大逆不道的话！他们是激进分子，他们是坏人！"他指到谁，日本宪兵的枪就跟着指了过去，只等渡边纯一一声令下，他们就地开枪处决。

傅采灵疾首蹙额，实在没办法眼睁睁地看着自己苦难的同胞被逼得互相残杀。她想要挺身而出去解围，但是看着渡边纯一这副杀人不眨眼的样子，又不敢单枪匹马贸然出头。只见薛白良笑眯眯地朝渡边纯一走过去，劝解了句："渡边先生，您是来听曲的，怎么跟这些个不长眼的人较劲了呢？"说着扫了一眼那个满脸是血的男子，轻描淡写道："他为了活命，指了这几个人，想必这几个人都恨死他了，一定很想打他。依我之见，就放他们出去自相残杀好了！"

傅采灵瞪着眼睛看着薛白良，完全不敢置信，他怎么能说出这样的话来。虽然早就知道薛白良跟日本人关系好，也听沈长泽说薛白良给日本人做事，但是都不及亲眼所见来得难受跟窒息。傅采灵颤抖着咬了下唇，衣袖里的手缓缓握成了拳，她很想照着薛白良的头来一拳……

渡边纯一思索了下，气定神闲道："井上，你带人出去看着，看他们打，打过瘾了，要是还不死，就放他们走好了。"

"是！"井上对这个建议非常满意。直接把人杀了，很没有成就感；要看戏，要给人立威，就围观他们中国人自相残杀。光是想想他们拳头对拳头地打，井上就感觉激动起来，他一定会看着他们把那个人打死为止。

"傅小姐，很巧啊，我们又见面了！"渡边纯一笑着朝傅采灵走了过来，打招呼道，"我听说，你要在红旗曲社免费唱三天的戏，我可是第一时间就跑来捧场了，你可得好好唱哟！"

"谢谢。"傅采灵不咸不淡地敷衍，"渡边先生，您上座，我要上台了。"

傅采灵心情不佳，唱得自然也就一般。不过渡边纯一带头鼓掌，其他听昆曲的人，也只能拼命鼓掌。这戏，也分不清楚，到底是在台上，还是在台下。

谢幕后，渡边纯一让傅采灵以茶代酒来敬一杯，然后笑着说："你就敬我，不敬一下薛白良君吗？他可是很喜欢你的。"

傅采灵没料想到，渡边纯一就这样把这话直白地说了出来。她俏脸一红。而薛白良也是，他真的完全没料到，渡边纯一竟然会说出这话来。他是喜欢傅采灵，可是傅采灵的表现已经是明显不喜欢他了。薛白良听到傅采灵淡淡地拒绝道："谢谢薛先生的厚爱，不过小女子担不起。这杯茶敬你，希望薛先生能够找到真爱,放小女子一马。"

"你放心,我不会给你带来任何困扰的。"薛白良接过傅采灵的茶,满脸正色地与她别过。

"那么就谢谢薛先生了。"傅采灵放下茶杯,面无表情地转身离开。

果然,有些感情,开口之后,无非是更决绝地放手罢了。

被渡边纯一这么一闹,苏丹丹、季铭瑞都被沈长泽拉在后台不许他们出去。他语重心长道:"祖宗们,日本人明显来者不善。你们出去,就是给日本人送人头啊。"见苏丹丹一脸不服气的样子,他壮着胆子道:"苏小姐,你别说有苏老爷撑腰,就算是苏老爷他的主子,都在哄日本人,在跟日本人套关系呢。"说到这儿,见苏丹丹的脸色有些难堪,他话锋一转,道:"现在傅采灵能应付这场面,我们就缩在后面静观其变好了。"

季铭瑞权衡利弊后,对苏丹丹劝了句:"沈班主说得有几分道理,我们姑且等等看。"

这一等,等来的消息是——宪兵队长井上被人杀了。

渡边纯一听后猛地站起身,一脸不可置信:"什么!井上被杀了?"见通报的宪兵点头,他忙问:"谁干的?"

宪兵畏畏缩缩地回了句:"没看清楚。"

原来,那几个被带出去的人听井上说,只要痛打那个指认他们的人,让井上看得过瘾,他们就能活命。所以他们都用尽全力对那个人拳打脚踢。井上看得正起劲,冷不防从墙角暗处射出一支飞镖。那出手的人,又准又狠,飞镖直插井上的心脏。等宪兵们回神,井上已经捂着胸口倒在地上了。他们上前探井上的鼻息,他早就没气了。

这凶手是男是女,完全就没人看到。

渡边纯一带着薛白良匆匆离开,那些被困在戏院被迫听戏又侥幸逃过一劫的人,纷纷作鸟兽散。没一会儿,红旗曲社的人都朝沈长泽告假,走了个干干净净。

傅采灵找季铭瑞要回笺纸后,只对他说了句:"你们出叛徒了。"

"什么意思?"季铭瑞神色陡然一紧,"你有证据?"

"证据没有,信不信随你。"傅采灵在台上亲眼看到程斌蝶跟一个男子接上头,然后带着曲丽丽、田凤飞悄然离去。

至于傅采灵为什么肯定那个男子是季铭瑞他们那边的,因为傅采灵认识他,他是国民党"忠义救国军"的一名小队长。

"我会去核实的。"季铭瑞踌躇了下,还是说了声"谢谢"。情况紧急,他选择相信傅采灵,最后还是不死心地问她:"傅采灵,你到底是不是姓'红'?"

"我姓傅,我真不是延安的。"傅采灵再一次明确回答季铭瑞,心里默默补充了句:"我只是有一颗爱国红心吧。"

苏丹丹带着翠喜走过来,看到季铭瑞跟傅采灵亲昵地挨着说悄悄话,心里不免生出醋意来:"你们两个说什么呢?"

"我们在商量,今天发生的事,要不要跟苏老爷如实交代。"傅采灵不假思索地回道。

"你们商量,有必要挨这么近吗?"苏丹丹依旧一脸不高兴的样子。

"我们挨得很近吗?"傅采灵后知后觉,忙否认,"绝对没有的事。"她触电似的跟季铭瑞拉远了距离,嘴里念了一句:"珍爱生命,远离季保镖这祸害。"

苏丹丹见傅采灵跟季铭瑞硬生生划出一道"鸿沟",也没办法较真,只能讪讪道:"好了,我们回去吧。"这红旗曲社跟她八字不合,每次来都会发生什么意外。

"那今天的事,要不要跟苏老爷讲实话呢?"傅采灵边走边说,"我觉得老实交代为好。"苏志耀还有眼睛盯着她呢,主动坦白,以免被动。

"随便你吧。"苏丹丹蔫蔫的,兴致并不高昂。傅采灵收拾完东西,就被她催着回府。

沈长泽默不作声地尾随着,将他们送到了曲社门口。他忍了又忍,终于没忍住,伸手拽住了傅采灵,眸光复杂地看着她道:"那个日本人说,薛白良喜欢你,是不是真的?"

"我怎么知道?"傅采灵一脸淡漠,"再说,管他喜欢我还是不喜欢我,反正我是不会喜欢他的。"说到这儿,傅采灵的口气变得严肃起来:"这辈子,我都不会喜欢狗汉奸、卖国贼!"

"有骨气!"苏丹丹笑着接话,"不就是一个上不得台面的私生子,抱着日本人大腿得势了吗?这种狗仗人势的家伙,谁被他喜欢,那是倒了八辈子的血霉。采灵,我跟你说,你可千万要注意,这种人,才是真正的祸害,祸国殃民的大害。"

"嗯。"傅采灵敷衍着点点头。

"我知道你不喜欢他,可你当着日本人的面拒绝他,给他难堪,我怕他回头会为难你。"沈长泽心里也是百感交集,踌躇着劝了句,"你下回,脸面上,还是要注意点,给他点面子的……"

"他自己做了不要脸的事，就不要指望别人给他脸了。"傅采灵怄气地回了句。想到那些人的谩骂，她心疼薛白良，但是又觉得他活该。沉默了会儿，傅采灵心里琢磨，今天发生了这么多事，只怕往后再想出苏府就更难了，那么名单，今天必须要传出去。只是，怎么才能第一时间传递出去，又能让自己撇得干干净净的？傅采灵的视线看向那个精美的礼盒，心里当下便有了主意。其实从看到这套笺纸开始，她脑袋里就有了一个大致的想法：利用苏丹丹跟自己一样的那张笺纸，狸猫换太子。为了计划的顺利实施，她刚才甚至故意拿自己那张笺纸试探了下季铭瑞，现在只要找个机会，把自己手里这份写了名单的笺纸换进苏丹丹的套盒里去……傅采灵把赌注押在了苏丹丹身上。

季铭瑞眸光深沉地扫了她一眼，心弦被莫名触动了。他竟然能明显感觉到自己心脏不自觉地加速跳动。他越看傅采灵越觉得她好看、顺眼。他甚至有一种冲动，想要伸手将她揽入怀中，然后跟她说："不管你是什么人，只要我们都爱国，我们就是自己人。"

"采灵是我们苏家的人，本来就不需要你管。"苏丹丹不客气地怼沈长泽，转脸八卦地问，"采灵，你刚才真是当着日本人的面拒绝他了？"

傅采灵点点头。

"难怪我刚才看到那个薛白良的脸色，当场就跟吃了屎一样难看！"苏丹丹扑哧一声笑了出来，"解气，采灵，你可真行呀！"

"苏小姐，你就别夸她了，回头要是薛白良来报复，我们可都要吃不了兜着走了!"沈长泽哭丧着脸,讪讪道。

傅采灵神色坦荡道:"我堂堂正正,不偷不抢,不犯法。报复,我倒是不怕他报复我的。"说到这儿,她语调一转,口气稍带着惋惜道:"只可惜,我在他那儿做的那套苏绣戏服……"她转过脸看着苏丹丹,可怜兮兮道:"我拒绝了他,他不会愿意再给我做了吧?就算是做了,估计也不会给我了!"

"不给你做就不给你做,还缺他一套戏服不成?"苏丹丹见不得傅采灵神色失落。再加上傅采灵拒绝薛白良的事让她心里非常痛快,于是她安抚道:"这个世界上,又不是除了那个狗汉奸,其他人就都不会做衣服了。"接着,她阔气地来了句:"不就是苏绣的戏服吗?我再送你一套。"

"就是,我看那位陈师傅的手艺也不错的。"翠喜接了一句。

苏丹丹笑着接话:"对,陈师傅我看就蛮好的。走,我带你去找陈师傅。"不容傅采灵拒绝,苏丹丹勾着她的手臂便往外走,直奔薛氏裁缝铺。

二十五

陈枫目光越过傅采灵,笑着跟苏丹丹打招呼:"苏小姐,您来了?苏小姐,您加急要做的戏服,版型打好了,要看看吗?"

傅采灵顿时有点懊悔。要知道能直接见到陈枫,她半路上何必绞尽脑汁——故意摔跤,打翻礼盒,眼疾手快又提心吊胆地把自己的笺纸换进苏丹丹的套盒里去!多此一举。直接给陈枫就完事了!

傅采灵抬脸，眸光扫到季铭瑞，顿时泄气——也好，多此一举就多此一举，在季铭瑞的眼皮子底下，她还是不要冒险直接跟陈枫有什么接触的好。名单在苏丹丹那里，也能撇清自己的嫌疑，后面就走一步看一步了。

苏丹丹对陈枫说："你拿出来看看吧。"

等陈枫拿出半成品，看过后，苏丹丹满意地点点头："陈师傅，你这手艺确实不错。"话锋一转，她又说道："我问你，你会做苏绣戏服吗？"

"做是肯定能做的。"陈枫笑着接话，然后又问，"就是不知道苏小姐是要什么纹样的苏绣呢？"

"纹样啊——"苏丹丹转头问傅采灵，"采灵，你想要什么纹样，自己跟陈师傅说呗。"

"我一时半会儿也说不清楚。"傅采灵蹙眉，歪着脑袋认真思索了下，"对了，你那套姑苏十二娘笺纸能不能打开来，让陈师傅瞅瞅，选个适合的纹样？"

"对哦。"苏丹丹欣然应允，催促翠喜，"你把我那套姑苏十二娘笺纸拿出来，给陈师傅瞅瞅，就在里面选个适合的纹样出来。"

陈枫接过翠喜递过来的盒子，打开之后认真地端详起来："还别说，这些图案，做纹样都挺好看的。这印花也是极其精美呀！"

"那是。"苏丹丹沾沾自喜道，"要不怎么说我眼光好呢。"

"那苏小姐想选哪一幅来做纹样呢？"陈枫笑着问。

"采灵，你自己说吧。"苏丹丹笑着朝傅采灵努了一下嘴。

傅采灵神色纠结道:"这一套十二幅各具风情,精美至极,太难选了,我倒想每幅来一件呢!"

翠喜神色不满,插了句:"你倒是真跟小姐不客气,每幅都想来一件,你怎么好意思说出口的!"

"我也就这么随便说说。小姐能送我一件,我已经高兴得不行了。"傅采灵笑着岔开话,"陈师傅,您是裁缝师傅,我相信您的眼光,您挑一幅适合刺绣的,您选啥,我要啥。"

"嗯?这样可以吗?"陈枫转脸看向苏丹丹。

"既然采灵说可以,那就可以。"苏丹丹点点头。

陈枫拿起绣娘那张笺纸道:"苏小姐,既然是要定制刺绣的,那就选这张绣娘的吧。"

还好在傅采灵"刺绣"语气暗示下,陈枫听懂了意思,选择这张绣娘笺纸。傅采灵提着的心,总算落回了肚子里。

陈枫见傅采灵神色并无异常,便对苏丹丹道:"不知道苏小姐是不是能把这张绣娘笺纸留在我这儿,等我临摹好了,再给苏小姐您还回去?"生怕苏丹丹不舍得,陈枫又道:"苏小姐放心,我一定不会损坏这张笺纸的。"

"可以。"苏丹丹笑着点点头,"你好了差人说一声,我让翠喜来取就是了。"

季铭瑞目睹了整个经过,并没有什么不妥之处,便也没有吭声。

"好的,谢谢苏小姐。"陈枫礼貌地做了个"请"的手势,"那么请傅姑娘跟我过来重新量一下尺寸。"

"好的。"傅采灵神色自若地跟着陈枫过去。两人为了避嫌，没有掩门，只是找了一个半遮视线的角落，面对面用唇语交流起来。

"到底发生什么事了？"陈枫按捺不住地问。

"名单火烤。"傅采灵用唇语回了句。陈枫表情凝重，惊喜交加："丑兔"失联后，他不得已请傅采灵帮忙，傅采灵虽然没联系上"丑兔"，却把这份名单传递了出来。陈枫想到自己随手放在那边的绣娘笺纸，便有些神色焦灼。

傅采灵见状，很想出声安抚陈枫，让他不要紧张，只有镇定自如，季铭瑞才不会有所怀疑。她伸出双手，脆生生道："陈师傅，我最近吃得好像有点多，腰围你稍稍帮我放松一点，别扣太紧呀。"

"好嘞。"陈枫回神，忙配合着傅采灵量腰围，然后将尺寸记录下来，"放大一寸可行？"

"可以的。"傅采灵笑着回。见陈枫量到跟前，她又用唇语道："'江抗'，程斌蝶叛变了。"至于陈枫，以至他们组织要怎么处理叛徒，傅采灵就不过问了。

陈枫愣了下，随即点头示意，然后嘴里问着："傅小姐，刺绣可能要一点时间，您不着急要吧？"

"不着急，您给我做好看点。"傅采灵说完这句话，用唇语道："我会想办法离开苏家。"任务完成后，傅采灵想做回自己。

陈枫点点头，傅采灵便不再跟陈枫有任何交流了。

二十六

　　傅采灵她们刚回苏家,管家钟叔便叫人把他们喊去苏志耀书房问话。等傅采灵她们将红旗曲社发生的事情经过说完之后,苏志耀当下便禁了傅采灵跟苏丹丹的足。"你们两个以后没有我的允许,不能出门。"然后挥挥手道,"你们两个先下去,季铭瑞你留下。"

　　苏丹丹当然不满地抗议,但是抗议无效。傅采灵将她拉出了苏志耀的书房,劝她:"丹丹,你别跟苏老爷犟了。他禁我们足,也是为了我们好。"刚走几步,傅采灵便觉得似乎哪里不对劲,凝神往四周扫了一眼——苏志耀禁傅采灵足的同时,对她加强了监视,原来的那些暗哨,现在都在明面上摆着了。

　　"好什么好啊,你个'叛徒'!"苏丹丹没好气地冲着傅采灵吼了句,气鼓鼓地转身便走。

　　傅采灵无所谓地耸耸肩膀,抬头看了一眼渐浓的夜色,视线在苏志耀的书房处停住。她心里有些犹豫:要不要再摸黑溜过去听一听墙脚?要知道苏志耀留下季铭瑞,说的多半是机密,而且,从钟叔透漏出来的消息看,多半还是与"江抗"跟国民党顽固派有关的。现在傅采灵被禁足了,季铭瑞不用盯着她,那么苏志耀极有可能会安排季铭瑞去执行别的任务。无论什么机密,哪怕只言片语,如果能够及时传递给陈枫的话,必定是非常有用的。

　　傅采灵心里踌躇起来。她明明已经打算要全身而退了,又何必主动揽事上身呢?更别说,苏志耀安排了这么多人盯着她,一不小心,她就会万劫不复。

算了算了,好不容易完成名单的任务,陈枫的恩情也还了,就这样吧,不想了不想了。傅采灵摇摇头,默默对自己说了句:"够了,傅采灵,你做的已经够了,绝对不能再铤而走险了。"

"傅班主,你在干吗呢?"田凤飞热络地走过来打招呼。

"我在对着天空发呆呢。"傅采灵叹了口气,哀怨道,"今天跟苏小姐出去,遇到不少事,这会儿苏老爷正生气,禁了我们的足。"虽然禁足对傅采灵而言不算什么,反正任务完成,她只要等待机会,悄悄离开苏家就是。但是表面上她还是要装作哀怨的样子。

"你呀,我早就劝过你了,别跟着苏小姐瞎闹,好好帮苏老爷干正事,你偏不听。我悄悄告诉你——"她凑近傅采灵,几乎咬着耳朵,低声道,"我跟曲丽丽今天可是立了个大功!"

"是吗?"傅采灵的表情淡淡的,不动声色地问,"我在红旗曲社看到你们了,你们立什么大功了呀?"

"我们今天'钓'了个国民党的人,结果审问的时候,发现他竟然是共产党的卧底!"田凤飞的表情带着兴奋,"我们找到了他的材料,什么上线,什么接头暗号……这可把苏老爷给高兴坏了,他赏了我跟曲丽丽每人五条'小黄鱼'呢!"

"这么多!"傅采灵倒抽一口凉气。她倒不是稀罕"小黄鱼",而是对这个消息感到震惊。她给季铭瑞报信,以为是他们那边出了叛徒,结果竟是陈枫他们这边出了事!陈枫刚拿到名单,肯定要围绕名单部署任务,或是锄奸,或是潜伏……但若是出了叛徒,依照苏志耀的脾性,一定会把他送回去潜伏继续"钓鱼",那陈枫他们将全部被苏志耀掌握在手里。这比没有拿到名单更加可怕!

不行,必须得想办法给陈枫示警,刻不容缓。

"这就多啦?"曲丽丽走了过来,对傅采灵炫耀道,"我跟你说,苏老爷说了,只要揪住这人的上线,我跟曲丽丽的奖赏还能翻倍。"

这活儿可比去外面打打杀杀轻松多了,来钱也快。虽然审讯的时候有些残酷跟血腥,但是曲丽丽抢着做了,田凤飞也轻松许多。

傅采灵虽然不清楚陈枫在组织里是属于什么角色,但是听到还要抓上线,她的直觉就是陈枫很危险。抛开陈枫救她的恩情不说,陈枫手里这份名单可是傅采灵传出去的,要是陈枫被抓住了,那傅采灵也是有被牵扯出来的可能的。她心急如焚,开始思考,该怎么通知陈枫这个消息才好。但是傅采灵面上却如常,对田凤飞说:"不错不错,很有'钱途'。"

"要不,你还是回来跟我们干吧。"田凤飞鼓动她,"我听苏老爷跟钟叔话里话外都挺欣赏你的,你只要给苏老爷递个投名状,他一定还是愿意重用你的!"

"投名状?"傅采灵不动声色地问,"什么投名状?"田凤飞虽然看着像平常那样咋咋呼呼,但是如果没有苏志耀授意,只怕她也不敢出这种"投名状"的主意。所以说,禁足、监视,都是苏志耀试探傅采灵的伎俩。

"苏老爷喜欢你,你知道不?"田凤飞朝傅采灵挑了下眉,笑得贼兮兮的,"你想递投名状,勾引苏老爷就行啊!"

"开什么玩笑!"傅采灵神色一凛,俏脸愠怒起来,"田凤飞,东西能乱吃,这话可千万不能乱说。"苏志耀这把年纪都可以当她爹了,简直可笑至极,也恶心透了。

"我没胡说,这是我亲耳听到的。"田凤飞生怕傅采灵不相信她,指天发誓,"我若是胡说八道,天打雷劈,不得好死……"

"算了算了,你不用发这种毒誓。"傅采灵打断她,"我谢谢你的好意,不过这种投名状,我是不会递的!"话不投机半句多,她真是被田凤飞给气得话都不想说了,转身就走,一路不断委屈地抹眼泪。直到进了屋子,她才深吸了一口气,将眼泪擦干,然后开始冷静地想出去的法子。大摇大摆地出去,那是绝对不可能了,那么只能偷摸找路子。傅采灵想到先前自己住的那间屋子,便打算等天黑透了,摸过去看看能不能有啥法子偷溜出去。

不过还没等到傅采灵行动,季铭瑞倒是登门拜访了。

傅采灵蹙眉看着一袭黑衣、蒙面进门的他,扶额,口气无奈道:"我的季大保镖,我们上次不是沟通过了吗?有事请敲门!你这样不请自来,我会当贼打的!"说完,傅采灵便不客气地打了上去。反正就算闹出动静,这季铭瑞半夜穿成这样来傅采灵屋子里,谁知道他行什么偷鸡摸狗之事,苏志耀要罚,肯定也是罚他。想到没自己啥事,傅采灵的出手就越发凌厉跟狠绝,季铭瑞渐渐落了下风,被傅采灵猛地一拳击在肋骨上,吃疼地闷哼了两声,瞬间就失去了战斗力,满头冷汗,倚着门倒了下去。傅采灵鼻尖,闻到血腥味,定睛一看,血顺着他的衣衫渗出来。她神色有些茫然地看了看自己的手。她是恼怒才动手的,也没要人命的打算啊。

"喂,你醒醒!"傅采灵见季铭瑞晕了过去,不由得焦急地叫唤了几声。见他不应,她便壮着胆子撕开他的衣服,看到自己刚打的那地方有一个血肉模糊的枪眼,不由得心头一震,赶忙撕了块布条给他止血。但是这血是越流越多,根本就止不住,她也根本没办法处理枪伤。傅采灵咬着唇思考再三,将季铭瑞拖到了自己床上,然后毫不犹豫地跑去苏丹丹的房里求助。

"什么?季哥哥受伤了?"苏丹丹整个人焦灼起来,催促傅采灵,"那你还不快点去请大夫!"

"我倒是想,但是,我也说不清楚,你先跟我来吧。"傅采灵将苏丹丹偷摸带进屋子里后,掀开被子,指了指季铭瑞道,"他穿成这样,又受伤了,我要是贸然开口请大夫,我怕到时候有些事说不清楚。"说到这儿,她顿了顿,语气凝重起来:"到时候是救他,还是害他,我就不能确定了。"

苏丹丹这才看到季铭瑞这一身不太正常的装扮,她再傻也明白过来不对劲。她毫不犹豫道:"请大夫来府里是不行的,我想办法送他出去。"

"嗯。"傅采灵点点头。

苏丹丹安排好了一切,将季铭瑞悄悄送出苏府,送进医院安顿好,傅采灵这才从慌乱中冷静下来。她的脑子也清醒了——现在在苏家她寸步难行,本来就想找机会离开的,这下好了,机会送上门了!傅采灵主动请缨道:"丹丹,季保镖伤得这么重,我跟着照顾他吧。"

苏丹丹别有深意地看了傅采灵一眼,视线移到脸色惨白、生死未卜的季铭瑞身上,咬咬牙同意了。"你一定要好好照顾他!"苏丹丹又想到自家老爹那脾气,郑重地关照道,"还有,没有我的召唤,你跟他暂时都不要回苏府了。"

"好。"傅采灵应下,"你如果要找我,随时去红旗曲社找我好了。"

"嗯!我现在得赶回去了。"苏丹丹又嘱咐道,"你等他醒了,脱离危险了,尽快和他换个地方。"

前脚苏丹丹刚走,后脚季铭瑞便醒了。他戒备地看了一眼四周,警觉地看着傅采灵问:"这是哪儿?"

傅采灵简明地答道:"医院。"她不准备跟季铭瑞绕弯子,直接道:"我现在来不及跟你解释。你有藏身的地方吧?我带你赶紧先躲好。"

"嗯。"季铭瑞说了个地址,然后拖着伤,忍着疼痛,跟傅采灵回到自己先前准备好的地方。虚弱地看着给自己处理伤口的傅采灵,季铭瑞真诚地向她道谢。

"你用不着谢我,救你的人是丹丹。"傅采灵并不打算邀功,"丹丹说了,没她召唤,我们两个暂时就先躲着,不要回苏府了。"说到这儿,傅采灵微微一笑道:"丹丹从不遮掩对你的心思,所以为了避嫌,我每天按时给你送饭跟换药,其余时间避免接触。"傅采灵的口气顿了下,又说:"等你伤好了之后,你想干吗就干吗,我绝不过问。我希望你也一样,对我的事,不要过问。"说着,她干脆挑明道:"我是不打算再回苏家了。"

"嗯。"季铭瑞微微一笑,"那地方阴得很,能不回去,就不要回去了。"他暗查叛徒的时候不小心中了埋伏,只得选择杀人灭口,却不小心遭了暗算。情急之下,他把曲丽丽给杀了。她现在可是苏志耀的得力助手,只怕苏志耀回头彻查,一旦怀疑到季铭瑞头上,那季铭瑞也回不去苏家了。"不管怎么样,我还是要谢谢你。"如果不是傅采灵及时求助苏丹丹,如果傅采灵失控地惊叫一声,那么季铭瑞的命可就要交代在苏家了。季铭瑞是有债必讨,但是这有恩也是必偿的。

"不客气,我先走了,明早再来看你。"

"你是打算回红旗曲社吗?"季铭瑞唤住傅采灵问。

傅采灵摇摇头:"应该也不回那边!"她先前跟沈长泽闹掰的时候,东西都搬去陈枫那了。前几日虽然去红旗曲社免费唱曲,跟沈长泽关系似有回转,但并没有真正打算再回红旗曲社。

"不回就好。"季铭瑞意味深长道,"红旗曲社现在是苏志耀重点盯的一个地方,也是爱国人士经常去的地方,去了容易被误会。"

"啥?"傅采灵的表情有点惊诧,"红旗曲社是爱国人士经常去的地方?不能吧!"联想到上次季铭瑞出手打日本人后,那整整齐齐的口号声:"打倒日本帝国主义!誓死不当亡国奴!"再想到陈枫他们安排的接头地点都是红旗曲社,傅采灵顿时默然,自言自语道:"这事,沈长泽应该是不知道吧?"要不他早就吓得把红旗曲社给盘出去了。

"你觉得呢?"季铭瑞勾着嘴角反问了句,"沈长泽会不知道吗?"

所以沈长泽的装疯卖傻、卑微乞怜、世故圆滑,都因为他忍辱负重?这一瞬间,傅采灵对沈长泽的看法大为改观。见季铭瑞眸光深沉地看着自己,傅采灵淡淡道:"反正不管他知道不知道,只要不做卖国贼,我师父泉下有知,也能瞑目了。"说完,她心里甚至生出一丝丝宽慰,对季铭瑞笑得也真诚起来:"好了,时间不早了,你好好休息吧,明天见。"她轻手轻脚地拉上门,然后警觉地四处观望了一番,没有发现跟踪自己的人。但是她还是谨慎地在巷子口绕了两个圈,在天蒙蒙亮的时候摸到了陈枫住处,在幽静中不急不缓地用最初的联络暗号敲门。

二十七

陈枫低声问了句:"谁呀?"他披着衣服开门,看到一身疲惫的傅采灵时,愣住,忙将她让进屋。陈枫警觉地四处观望了一番,并没有异常,这才锁上门,问:"采灵,你怎么来了?是出什么事了吗?"

"你们在'忠义救国军'那边是不是潜伏了一个小队长?"傅采灵直奔主题。

"这消息你从哪里来的?"陈枫蹙眉。组织上的事,他还不方便透露给傅采灵,虽然她很值得信任。

"他出事了,上线跟联络人被挖出来了。"傅采灵眸光坦然地看着陈枫,"我逃出苏家了,以后我就帮不了你了,你一切保重。"说完,傅采灵便转身打算离开。

"采灵,你等等。"陈枫叫住她,关切地问了句,"你往后有什么打算?"

"先找个地方躲着吧。"傅采灵扯着嘴角轻描淡写地说,"看看这世道,什么时候能太平了,我再出来找个曲社,给大家唱昆曲。"

其实不管是陈枫,还是陈枫的上线,甚至上上线,都对傅采灵的表现极为满意,也都有意向把她发展成为共同战斗的同志。但因为傅采灵是出于对陈枫报恩的目的来帮忙,且她一再表示完成名单的任务后便要离开。组织上就此事也做过专门的商议,虽然说守护家园人人有责,但是如果人家没这个高涨的热情跟理想,就还是不要勉强。所以话到嘴边,陈枫只是叮嘱了一句:"那你万事小心。"

傅采灵从陈枫这里出来后,太阳已经高高升起了,匆匆行走的人与她不断擦身而过,街口也传出阵阵吆喝声。她抬头,伸手,从指缝间看向那灼目的日光,心里感慨道:熬过了黑夜,太阳升起后,一切都会好起来的,国家也一定会好起来的。她心情不错地朝巷子口的早点铺子走去,打算给季铭瑞买早餐,却远远看到薛白良带着日本宪兵匆匆往一栋居民楼跑去。她鬼使神差地跟了过去,目睹薛白良撞到了一个卖报的小男孩,非但没说对不起,还狠狠地抽了他一巴掌,漫骂了几句。那小男孩"哇"的一声哭了出来,薛白良又冷着脸呵斥:"闭嘴,滚!不然我杀了你!"

那小男孩被吓得想哭,却不敢哭,委屈地一阵一阵抽搭。

薛白良扬了扬手里的枪,威胁道:"赶紧滚。"那小男孩连滚带爬地离开。

下一秒,薛白良就用枪指着一个抱孩子的妇女,道:"不许动,跟我走。"

那妇女满脸震惊,怀里的孩子受惊,"哇"的一声哭出来。那妇女蹲下身想哄孩子,"砰砰"两声枪响,日本宪兵开出两枪,她的身体如棉絮一般飘然倒地,鲜血在斑驳的道路上无声蔓延。薛白良骂了两句开枪的人,带着日本宪兵又冲进了居民楼。后面的事,傅采灵已经不想再看下去,也不敢再看下去,她满脑子都是那孩子无助的号啕大哭声。

这个黑暗的世界上,人命就如草芥一般,每天每时每刻都有人在无辜地死去。活着没有尊严,死得毫无声息。她不想,也不愿意就这样浑浑噩噩。她终于在心里生出了信念:就算流血牺牲,也要在黑暗中点燃一束理想的光。

陈枫对于傅采灵的去而复返,自然是抱着欢迎的态度。他最新的任务就是对地方武装做争取、改造工作,还要以实际行动发动群众,培养抗日积极分子;同时动员、发展新的地下成员。傅采灵本就是他看好的人,她能够主动投身革命队伍,那是再好不过了。不过欢迎归欢迎,规矩是不能忘的,陈枫告诉她,组织有严格的考验,只有通过了,才能算合格的同志;在没有通过考验前,他没有办法安排傅采灵工作。

傅采灵表示愿意接受组织的任何考验。目前为了彼此的安全起见,陈枫跟她约定,非必要不见面。若是傅采灵通过考验了,陈枫会在门口挂上红灯笼,到时候她去裁缝铺子找自己接任务。

傅采灵乔装打扮后,便挨着季铭瑞的地方租了个房子,照顾他的同时,耐心等待组织对她的考验结果。与此同时,因为傅采灵"蛛网"名单传递及时，地下党组织不但扫清了汉奸，而且成功避开了日军盘查，如约到苏城召开了第二次会议。陈枫大力举荐傅采灵，获得全票通过。

二十八

乔装打扮过的傅采灵进门放下菜篮子，打开刚买的《姑苏报》，只见一个醒目的标题："江抗"西撤。她一目十行地快速浏览，越看就越生气，最后干脆将报纸"砸"到了季铭瑞的脸上，气鼓鼓道："你们的人真是干啥啥不行，内斗第一名啊！"

"怎么了？"季铭瑞问话的同时，眼睛也快速地看报纸上的消息："江抗"跟"忠义救国军"经过一昼夜的激战，双方互有伤亡。"江抗"为避免再度摩擦，向西北方向转移，"忠义救国军"也决定撤兵。

"可能是误会吧！"季铭瑞收起报纸，抚慰道，"双方同时撤兵，肯定是谈过了。"

"你说，你们的人怎么回事？"傅采灵口气愤愤不平，"日本人在我们国家横行霸道，你们不去打，盯着自己人干吗？现在'江抗'西撤了，你们也撤兵了，那日本人不就更加横行无忌了吗？老百姓还有没有活路了？"

季铭瑞没吭声。老实说，作为一名爱国的热血青年，他对国民党顽固派制定的倒行逆施的方针也异常反感。国难当头，日本人对中国领土虎视眈眈，同胞们应该放下一切芥蒂，齐心合力把日本人赶出去才是。不管"江抗"也好，"忠义救国军"

也罢,大家一起打鬼子才是正事嘛!可是季铭瑞受伤的这段时间,报纸上的消息,就是双方摩擦不断,他甚至接到过命令,对江南新四军进行阻挠。他干脆就借着伤势未愈拒绝了。而经过傅采灵的细心照顾,他倒是发现,自己慢慢喜欢上了这个女孩子。她确实不姓"红",但是她热血、爱国、善良,刀子嘴豆腐心。每次看到她,季铭瑞无处安放的心,便有了归属。季铭瑞也无数次后悔,他曾为了在苏志耀面前立功,一次一次说傅采灵有问题,并且信誓旦旦说能抓住她的把柄,以至于苏志耀对傅采灵一直戒备着,想用却不敢用。季铭瑞只要想到傅采灵在苏家那如履薄冰的日子,他总是一阵阵地后怕。幸亏傅采灵真的跟延安那边没有关系,要不然早死了不知道多少次……

"好了,我今天有事要出去,你就自己做饭吧。"傅采灵丢下这句话,便匆匆出了门。刚才回来的路上,她看到陈枫门口的红灯笼了。若不是怕季铭瑞多心,她压根儿不想回这一趟,只想插着翅膀直接飞到陈枫那儿去,投入组织的怀抱,竭尽全力,报效国家。

"陈大哥,'江抗'不是西撤了吗,你怎么还没走?"傅采灵见面就直接问。

"为顾全抗日大局,避免与国民党顽固派发生摩擦,'江抗'西撤了,但是,我留下了。"陈枫嘴角含笑,郑重地向她伸出手,"傅采灵同志,欢迎你正式加入组织,并且,同我一起战斗。"

"那我的任务是什么?"傅采灵激动地问。

"继续潜伏获取情报吧。"陈枫神色为难地看着傅采灵,简单说明了任务,"我们得到消息,日军有一份关于冲山的兵力部署图要送到苏志耀这里。我们要知己知彼。"说到这儿,陈枫口气踌躇起来:"你当初是悄悄逃离苏家的,现在想要再回苏家,只怕难如登天,我其实挺担心的。"他长叹了口气,遗憾道:"但是,我们确实没有其他合适的人选。"

"我明白了。"傅采灵点点头,"我会想办法再次潜回苏家,并且努力完成任务的。"

陈枫看着她欲言又止,最终信任地点点头,道:"那你一切小心,千万不要鲁莽。"

"我知道。"傅采灵说完,便头也不回地离开了,直奔季铭瑞住处。

"我有事想请你帮忙,你愿意吗?"等季铭瑞表态后,傅采灵单刀直入道,"我要回苏家。反正你也暴露了,你就干脆做我的投名状吧!"

"你要回苏家?"季铭瑞瞪大了眼睛,"你为什么突然要回苏家了?你是被人威胁了,还是遇到什么难事了?"

"我们说好不过问彼此的事的。"傅采灵眸光灼灼地看着季铭瑞,"你刚才说愿意的,你该不会是要反悔吧?"

季铭瑞忙道:"我的命是你救的,我不反悔。"他语调一转,关切道:"我只是想不通……"

"想不通你就不要想了。"傅采灵快言快语打断他,"帮我就可以了。"

季铭瑞长叹了口气,点点头。本来出苏家也是因为她,现在让她重新回去,倒也不算太难。法子挺简单的,就是演一场戏,把傅采灵逃离苏家演成被季铭瑞劫持,之后季铭瑞一直扣押着傅采灵,想从她嘴里套出陈景志死前说的情报。这个消息经过有心人传出去后,苏家并没什么动静,薛白良倒带着日本宪兵寻上门了,跟季铭瑞的人发生了激烈的战斗,最后季铭瑞的人负伤逃离。薛白良看着惊魂未定的傅采灵,朝她伸手,放柔了声音道:"你没事吧?"

虽然这场戏出了意外——原计划苏志耀会派人营救,但是能达到目的就行。傅采灵眸光复杂地看着薛白良,轻轻摇了摇头,说:"我没事。"接着,她别扭又尴尬地说:"谢谢你救我。你……你能不能把我送回苏家去?"

有了先前的消息,加上是薛白良带着日本宪兵把傅采灵送回苏府,苏志耀虽然有点疑惑,却只能笑脸相迎:"谢谢薛二少把我的人送回来。"

"没事,不客气。"薛白良摆摆手,"反正也正顺路,我找苏老爷你有事。"

苏志耀便跟他去书房密谈了。

傅采灵则接受钟叔的问话,她按照先前跟季铭瑞套过的词,煞有介事地跟钟叔汇报:季铭瑞是军统安插在苏家的;他想营救同志被曲丽丽发现,就杀了曲丽丽灭口;结果又被傅采灵撞见,季铭瑞便劫持她逃出了苏府,然后一直囚禁着傅采灵,想逼问陈景志死前说的情报;因为傅采灵一直不屈服,所以季铭瑞才故意放出消息……

听上去合情合理,钟叔实在挑不出什么毛病,加上薛白良带日本宪兵跟季铭瑞的人发生了激烈的战斗,这事情又真实了几分。钟叔拧着眉头沉郁地问:"那陈景志死前说的情报到底是什么？"

"我不知道啊。"傅采灵回得无辜，"我说过无数遍了，我进去的时候，陈景志都死透了，他什么话都没有跟我说。"说到这里，她口气无奈道："可是你们一个一个的都不相信，非得逼问我。那要实在不行，我随便编个……"

"你啊！"钟叔拿傅采灵没办法。他确实没看出来傅采灵有什么问题。就算是之前季铭瑞所说的傅采灵的可疑之处，因为现在确认季铭瑞是军统安插进来的，便可想而知是季铭瑞在捣鬼。原因有二：第一，傅采灵综合能力很强，季铭瑞肯定不希望苏志耀重用傅采灵这把刀；第二，季铭瑞只有往傅采灵身上泼脏水，他自己身上的嫌疑才能洗脱。

钟叔想通了，便对傅采灵和颜悦色起来："你先休息吧，回头老爷有什么吩咐我再唤你。"

"谢谢钟叔。"傅采灵暗暗松了口气。第一步，潜回苏家应该是没什么大问题了。接下来的事情，果然如傅采灵所料，苏志耀也是例行公事问了几句，认可了傅采灵的说辞，并且跟傅采灵说："一会儿薛白良要送一套新戏服来，你好好做准备，过几天佐藤先生要来苏家听戏。"

"好的。"傅采灵笑着应声。总算是潜回苏家了。而且傅采灵的运气极好，唯一知道真相的苏丹丹，为了避免苏老爷查到自己身上，在送季铭瑞出府后，她就想法子去舅舅家了，至今未归。

田凤飞也找过傅采灵一次，她的神色低落，话里话外带着幽怨。"虽然我很讨厌曲丽丽，但是亲眼看到她死在我眼前，我心里还是有点难受的。"说到这儿,她仰起脸,泪眼婆娑,"不,不是有点,是非常难受。"因为她作证季铭瑞确实杀了曲丽丽,这对于傅采灵重新获取苏老爷的信任很重要。

"难受也没办法。"傅采灵叹了口气,意有所指道,"既然是自己选了这条路,那么无论什么结果都得自己担着呀!"

"她其实也挺可怜的。我当时如果没有私心,不去叫人的话,她或许还有活的机会……"田凤飞絮絮叨叨地说了一堆曲丽丽的事,最后自责道,"你说,她活着的时候,我怎么就不对她好点呢?"

傅采灵耐着性子听完,开导道:"有时候当局者迷,旁观者清。她没了,你就算再后悔也没用了。想开点吧,往后日子长着呢。"

"苏老爷说,曲丽丽的事不是我的错,所以愿意给我一次活命的机会。"田凤飞的口气顿了顿,"他让我成为你的生死搭档。"

"是吗?"傅采灵面不改色道,"那以后我得请你多多关照了。"

"关照谈不上,希望我们两个都能好好地活着吧。"

傅采灵目送田凤飞神色恢恢地离去,总觉得她今天说的这些话,有些莫名其妙。但是傅采灵眼下可顾不上她,她深呼吸了一口气——她得找机会摸进苏志耀的书房,找到冲山兵力部署图,这可是一场不容闪失的硬仗。

二十九

到了佐藤来的这一天，苏家严阵以待，外松内紧。原来这佐藤不但是来听戏，更是来举行薛白良向他敬献缂丝精品《百鸟朝凤》的仪式。他提前跟苏志耀商量过，请了几大报纸的记者到场，来见证、记录、彰显中日的"睦邻"关系。

傅采灵在偏厅看到这件《百鸟朝凤》，上面缂丝创作的那些鸟儿活灵活现，她忍不住想要伸手触摸。可一想到是薛白良送给佐藤的，她顿时又厌弃地止住了手。当看到薛白良对佐藤的谄媚样，傅采灵更气不打一处来。眼不见为净，她跑去候场区准备登台唱曲，意外地跟盛装打扮的陈双双在回廊上碰头了。陈双双盈盈一笑，傅采灵主动让路给她。不想陈双双不慎踩空，"哎哟"叫唤了一声。傅采灵惊得头皮发麻，一时腿脚都不听使唤了，呆滞地看着陈双双翩然走向佐藤，脑袋里全是问号：她是谁？她想干吗？她不是被毒哑了吗？她怎么开口说话了？还是自己幻听了？

还没等傅采灵想明白，陈双双手中的匕首突然朝佐藤直直地刺了过去，又快又准。等钟叔回神反击的时候，刀子已经狠狠地扎在佐藤的胸口上。陈双双被钟叔打飞，她就地一滚，动作利索地从怀里掏出手枪，朝苏志耀"啪啪啪"射击。在场的记者都震惊了，胡乱找地方躲子弹，胆小的发出刺耳的尖叫声，一片人仰马翻。

陈双双那三发子弹很可惜都打偏了。钟叔掏出手枪，日本宪兵也层层包围住陈双双，冲她放枪。她动作再矫健，也一个人难敌四方，额头中弹后，傅采灵眼睁睁地看着她身上瞬间便被打开了花。

苏志耀探了下佐藤的鼻息，大叫："还没死，赶紧找医生抢救！"

趁着苏家乱作一团，傅采灵悄悄往苏志耀的书房去。她的手刚放上书房门，还没用力推，门从里面打开了，田凤飞惊慌失措地从书房内奔出来，撞见傅采灵，连忙比画了个"嘘"。

傅采灵蹙眉看着她，轻声地问了句："你干吗呢？"

"我……我没干吗呀。"田凤飞磕磕巴巴道，"我……我就是，随便转转。"

"你随便转转，转到苏老爷的书房里？"傅采灵明显不信，口气变得凌厉起来，"田凤飞，你觉得我信吗？"傅采灵瞬间拿出气势，她是想试探一下，田凤飞是什么人。

"傅班主，我实话跟你说吧，我是地下党。"田凤飞直接道，"我进苏老爷书房，自然是为了窃取情报。"见傅采灵一脸震惊的样子，她又道："国家兴亡，匹夫有责。苏志耀这个老狐狸就是日本人的走狗，他手里掌握的情报，对我们非常重要。"生怕傅采灵不信任她，她干脆又说："上次若不是我有心告诉你名单的事，你肯定完不成任务吧！"

因为组织都是单线联系的，傅采灵吃不准田凤飞到底是不是同志。看她说得这么大义凛然，而且还提到名单这件事，傅采灵倒是有心放她一马。可是傅采灵内心却莫名有些烦躁不安，因为陈枫交代任务的时候就说过，苏家实在太难安插人手，他们让傅采灵重入苏家执行这任务是实在没有其他人选，现在怎么又冒出来一个地下党的同志呢？

傅采灵其实想问：你拿到了什么情报？万一是不同的任务，倒是还能相互分享一下。但是转念一想，这就直接暴露自己的身份了，田凤飞可以"傻"，但是她傅采灵可不行。

田凤飞见她一副欲言又止的样子，继续说道："傅班主，你也是地下党吧？我们可是战友、同志，你千万不要声张，一定要替我保密。我们都是为了保家卫国，把该死的日本人赶出去。求你了，当作没看到我，放我走。"

"我们都是为了保家卫国，把该死的日本人赶出去"，这句话明显触动了傅采灵。她刚想张口，薛白良咳嗽了一下，从一旁拐角处走来，口气带着欣喜，道："苏老爷果然是神机妙算。"他抬手朝四周示意了一下："来，都给我包围起来。"日本宪兵把傅采灵跟田凤飞团团围住。薛白良看着傅采灵跟田凤飞，道："啧啧，今天是个什么好日子？我竟然一下就逮到两个地下党！"

"我不是地下党！"傅采灵听到那句"苏老爷果然是神机妙算"，心里就暗叫"糟糕"，只怕这是苏志耀设的局。田凤飞口口声声承认自己是地下党，但是傅采灵并没有承认。眼下这种情况，虽然不救同志心里会自责愧疚，但是任务还没完成，能保住一个是一个，傅采灵打死都不能承认自己是地下党。

至于田凤飞，走一步看一步，假若她真的是自己的同志，那么傅采灵看看后面有没有什么机会把她救出来。

"对，好像这个是。"薛白良伸手朝田凤飞指了指，"绑起来！"然后他又吩咐一队人："你们进去检查下，看看苏老爷书房缺了什么没有。"

日本宪兵进去装模作样搜查了一圈，其实压根儿也不知道苏志耀书房本来有什么，所以随便翻了翻，糊弄道："报告，没缺什么！"

"行吧。"薛白良摆摆手，看着傅采灵，指挥她道，"你去给我搬把椅子出来，我就在这儿等苏老爷清理门户了。"

"好。"傅采灵暗暗咬牙，面上只能依着薛白良的意思，进了苏志耀书房。她匆匆扫了几眼书桌上摊着的地图，这才给薛白良搬出了一把笨重的红木椅子，没好气道："喏，请坐。"

薛白良也不介意她态度不好，只是命人看着她。没一会儿，苏志耀便带着钟叔赶了过来，拧眉看着被五花大绑、嘴里塞着布条的田凤飞，问薛白良："这是什么情况？"

"我简单报告一下。"薛白良伸手指了指田凤飞，"她偷偷摸摸进你的书房，被她——"薛白良指了指傅采灵："发现了！"薛白良又指着田凤飞："她承认自己是地下党，奉命来这里卧底窃取情报。她——"薛白良又指着傅采灵："想告诉她，但是她不同意，还求她放她一马。我正巧听到了，当然要把她——"薛白良又指着田凤飞："给抓住了……"薛白良扯着嘴角微笑了下："事情呢，就是这么个事情。"

"等等，薛二少，我都被你给绕晕了。"苏志耀被薛白良"她她她"指来指去地说迷糊了，吩咐钟叔，"你先去书房看看。"

薛白良一听这话，立马皱眉，指着田凤飞道："苏老爷，你的书房，除了她，可没人进去。"见苏志耀默不作声，薛白良又道："我是真没进去，大家都可以作证。我就让人搬了椅子坐在这儿等你。"他为了撇开嫌疑,道:"你要是缺了什么贵重物件,可千万不能赖我。"

"薛二少你就少拿我寻开心了,你还能瞧上我书房里那些破烂玩意儿?"苏志耀轻轻咳嗽一声,努力把氛围调动起来,"你要真瞧上啥,我通通打包给你送过去。"

"那倒也不用,我对这些古玩珍奇没啥兴趣。"薛白良笑着摆摆手,压低声音道,"你要真想送啊,一会儿给佐藤先生送去,他可喜欢得很。"说到这儿,他往苏志耀身后探过去问道:"对了,佐藤先生呢?"

苏志耀表情阴沉,道:"佐藤先生受伤了。"

"什么?佐藤先生受伤了?"薛白良一脸不可置信,"你们刚才不是'放鞭炮'放得正欢喜吗?他怎么就受伤了?"他焦急得一把拽住苏志耀的手问:"严重吗?"不等苏志耀回答,忙说:"算了算了,我还是自己去看吧。"然后他看着被捆绑起来的田凤飞,吩咐日本宪兵:"先押回宪兵队,等我看完佐藤先生回来再审。"

"等等。"苏志耀叫住薛白良,"薛二少,这个人是我府上的,还是交给我吧。"

"不行不行。"薛白良摇头,口气变得严肃起来,"这个人亲口承认自己是地下党,原本我也想当面看你审的,但是现在佐藤先生受伤了,我顾不上了,必须带回宪兵队看押。"

"薛二少,你看,你也顾不上了,就交给我吧!"苏志耀仍试着要人。

"苏老爷,佐藤先生可是在你府上受伤的,你还在这里口口声声跟我要这个地下党,我很怀疑你的居心。"薛白良的语气变得阴狠起来,带着不容抗拒的威胁,"苏老爷,你有这时间,我劝你还是查查伤佐藤先生的人,要不然日本人这边问话,你可不好交代。"

苏志耀脸色微变,悻悻地应道:"是,我会彻查的。"

薛白良口气平和道:"那我先走了。"

苏志耀目送他带着日本宪兵将田凤飞押走,气得差点吐血。钟叔从书房里出来,对苏志耀摇摇头,苏志耀的脸色才稍缓,看向一旁不知所措的傅采灵,道:"你把刚才的事,完整地给我说一遍。"

傅采灵便一五一十地说了起来,末了道:"苏老爷,我当时就想着把田凤飞揪来见您的,但是我真不知道会撞上薛白良。"她心里暗自庆幸,亏得薛白良出现,若是晚一秒,她就要承认自己是地下党并且放走田凤飞了。

"她说她是地下党,你信吗?"苏志耀没什么表情。

傅采灵摇摇头,实话实说:"我信不信的一点也不重要。"见苏志耀盯着自己,她又神色自若解释:"我只相信证据。"说到这儿,她皱了皱眉头:"我想,苏老爷想亲自审问她,也是并不相信,想要找证据吧。"

"所以,你不相信她是地下党?"苏志耀不动声色地问道。

傅采灵心头一震,这试探得实在太过明显了。但是面上她装作不知不觉的样子,道:"苏老爷,我说了,我信不信真的并不重要。"她重重地叹了口气,又说:"我跟田凤飞都是钟叔、苏老爷带出来的人,我们一起组队,一起做任务,我们亲如姐妹。她突然跟我说,她是地下党,并且要我放她走,我在情感上很难做出决断,这跟信不信完全不是一回事。"说到这儿,傅采灵不知哪来的底气,道:"苏老爷,就算我信她是地下党,但是理智上,我忠于苏老爷您,她窃取了您的情报,我是说什么都不会放她走的。"

"可不是?"苏志耀叹了口气,"终日驯鹰,却没有想到被鹰给啄了眼。我真是不太敢相信,田凤飞竟然是地下党。"

钟叔在一旁也跟着自责:"老爷,都是我的错,我看走眼了。"

傅采灵眼观鼻,鼻观心,识趣地保持了缄默,心里吐槽——这一唱一和的,若不是自己头脑清醒,只怕真信了他们的鬼话。

苏志耀皱眉思索了会儿,吩咐钟叔道:"总归是你带出来的人,想办法去看看她,送她一程吧!"

傅采灵心里一惊,额头不自觉地开始冒汗。不管田凤飞到底是不是地下党,只怕她是活不了了。这一刻,她有一种"狡兔死,走狗烹;飞鸟尽,良弓藏"的悲凉感。这苏家是没办法再待了。万幸,刚才薛白良耀武扬威让她搬椅子,她看到了冲山兵力部署图,现在她只要想法子赶紧离开苏家就好。

苏志耀没有出声,空气里充满凝重压抑的气息。傅采灵一动不敢动,甚至连呼吸都放缓了。

苏志耀揉揉眉心,一脸倦意地让傅采灵下去。她这才松了口气,道:"谢谢苏老爷。"忙不迭转身离开。

当夜,傅采灵借着夜色的掩护,带着薛白良做的戏服,从那晚苏丹丹送季铭瑞走的秘密通道离开了苏家……

三十

　　傅采薇讲到这里停了下来，焦灼而又恳切地拜托薛尚安："薛大师，这件戏服对我们家来说弥足珍贵，求你，一定一定要帮忙修好！"

　　薛尚安默不作声地拿起这件保存将近百年的戏服，手指虔诚地掠过那些纹样，表情专注而又认真地端详了半晌。他本想拒绝，但在看到太爷爷薛白良的手艺，并且是家族失传的"巧针绣"后，眼眶不知不觉地泛红。他抬起幽深的眸子，神色复杂地看着傅采薇说："傅姑娘，你太姥姥的故事，只怕你没有听完整吧……"

　　"啥？"傅采薇不明所以地眨眨眼，反问道，"我太姥姥的故事，还有后续？"她挠挠头，憨厚道："可是我妈妈只跟我说到这里呀！"

　　"嗯。"薛尚安点点头，从一旁的抽屉里摸出一个锦盒，小心翼翼地打开。他伸出修长的手指，虔诚地将一枚又一枚金光灿灿的功勋章排了出来，最后拿出一张看着有年头的笺纸，跟傅采薇道："我想，作为薛白良的后人，我还是有资格告诉你——你太姥姥故事的结局。"

　　"薛白良的后人？"傅采薇后知后觉地惊叫起来，"天哪，这也太巧了吧！"她迫不及待地催促薛尚安："薛大师，你可千万不要卖关子，赶紧告诉我。"

　　"我太爷爷一生历经波折，比起你太姥姥的传奇，他更多的是隐忍。"薛尚安不急不缓地开口，郑重道，"他一身正气，坦坦荡荡，可在你太姥姥眼里，他是个投敌卖国的大汉奸。你太姥姥恨足了他，却不知道我太爷爷当初投靠日本人，是为了获取日本人的信任而做出的假象。"说到这里，薛尚安叹了口气继续说："我太爷爷从始至终跟你太姥姥一样，都有一颗爱国的心。他也是地下党。为了民族大义，他强忍着没有解释，强忍着放弃了所爱……"

"啊？"傅采薇惊愕地张大了嘴巴，虽然知道不太礼貌，但还是直白地问，"你太爷爷真的从来都不是汉奸吗？"

"从来都不是。"薛尚安回得无比肯定，"你可以不相信我，但是你不能不相信这些用鲜血换来的功勋章。"

傅采薇忙道歉："对不起，我不是那个意思，我自然是相信你的。"

"我太爷爷哪怕是在被你太姥姥当作汉奸的那些年里，他也从来没做过任何伤害善良百姓的事。"薛尚安表情严肃道，"他一直在日本人身边周旋，看似为日军卖命，实际上心系自己的国家。尤其看到苏城满目疮痍，他同情同胞们的遭遇，想要帮助他们，所以献出了薛家祖传的珍宝——《南宋缂丝龙袍》，以此来赢取日本人的信任。然后通过跟日本人的交往，获得军事情报，再千方百计地传给地下党的同志们，配合着完成一次又一次的战略部署。"

"啊？"傅采薇彻底惊呆，"这样啊！"

"不止这样！"薛尚安情绪激动，"民国时期，日本妇女穿和服，皆以系苏州缂丝腰带为傲。抗日战争期间，日本占据苏城之后，便把苏城缂丝作为专门出口日本的特供品。但是当时很多妇女是不愿意给日本人干活的，为此日本人还灭掉了一个缂丝世家。我太爷爷接管薛家后，背着骂名，将这活计接了下来。他根本不是为了赚钱，他在日记里说，如果他不挺身而出，或许更多的缂丝工匠、绣娘会被日本人强掳去从事生产，甚至被杀害。他做了，实则是为保护同胞和传统工艺，在夹缝中把精品留下，留给子孙后代。"

"哦。"傅采薇恍然大悟，赞了句，"你太爷爷眼光很长远！"

"那是自然。"听到傅家的后人夸赞薛白良，薛尚安的神色骄傲起来，"如果不是我太爷爷的隐忍，《南宋缂丝龙袍》《百鸟朝凤》这些精品珍宝在国内可都看不到啦！"

"等等。"傅采薇出声打断薛尚安，"《南宋缂丝龙袍》，你太爷爷不是献给日本人了吗？"不等薛尚安回答，她补充道："当时给的应该是真品吧？我在书里看到过，说相对其他艺术品来说，缂丝的赝品极少，因为仿制实在是太难了。"

要造缂丝赝品，成本和难度比其他工艺品都要大得多。仅一方巾大小的上等作品，就包含上千种渐进色，需高级技师耗费数月的时间方可完工，更别说那么一件金光闪闪的龙袍了。

"当时给的还真是仿制品！"薛尚安喝了口茶，斟酌后开口，"从你太姥姥的故事里，你是知道的，我太爷爷恨薛家，所以一直关注薛家这祖传的宝贝。他当时的念头是竭尽所能仿制一件，然后找机会把薛家这祖传宝贝给调换了，报复一下薛家。哪知道他前脚刚调包，后脚日本人就来了。我太爷爷将计就计，把仿制品献了出去，获得了日本人的青睐。他暗地里则把真品藏了起来。"

傅采薇听到这儿,心里松了口气,竖起大拇指:"高明!"想了下,她忍不住又问:"那《百鸟朝凤》呢?当时你太爷爷不是献给佐藤了吗?我记得还有报纸报道这件事。"

"当时给是给了,不过佐藤重伤死了之后,我太爷爷又想办法给偷了回来!"薛尚安淘气道,"《百鸟朝凤》跟《南宋缂丝龙袍》被我太爷爷一起藏到了东山那边了。"薛尚安神色平和地继续解释:"新中国成立后,太爷爷临死前把《南宋缂丝龙袍》捐了出来,而《百鸟朝凤》他说就留在家里,算是他的一个念想。"说到这儿,薛尚安猜测道:"或许《百鸟朝凤》跟你太姥姥有什么关联也说不准,我就不是很清楚了。"

"对了,你刚才还说,我听到的太姥姥的故事不完整,那你快告诉我呗!"傅采薇跟薛尚安一见如故,两个人推心置腹的,谈笑间将那一段没有炮火却烽烟弥漫的战斗还原完整。他们向两位先辈当初为了国家大义,舍弃了个人感情的选择,致以崇高的敬意。

"我太爷爷这边的版本就是,你太姥姥当夜带着戏服走秘密通道离开的时候,被守株待兔的苏志耀给抓了个正着。"薛尚安开始娓娓叙述起傅采薇不曾听过的版本。

原来苏丹丹并不是去舅舅家了,她悄悄放走季铭瑞的事,被苏志耀查得一清二楚,她是被苏志耀软禁了。苏志耀不太清楚傅采灵跟季铭瑞掌握了多少情报,所以也不敢大张旗鼓地找人;直到傅采灵再次主动送上门,他跟钟叔便将计就计,想利用田凤飞设计套出傅采灵地下党的身份,没料到被薛白良识破,傅采灵躲过一劫。并且薛白良让傅采灵去搬椅子,其实是给傅采灵获取情报的机会。

"傅采灵，你这深更半夜的要去哪儿呢？"

傅采灵艰难地吞了吞口水，硬着头皮赔了个比哭还难看的笑，就地一跪，猛磕头："苏老爷，求您放我一条生路吧！"

"你要自寻死路，我怎么放呢？"苏志耀抓着她的手，阴阳怪气道，"说吧，你是哪边的人？"

"我听不懂您在说什么。"傅采灵装傻，钟叔检查她的戏服，并没有不妥，这让她稍稍定下心。她绝对不能承认自己窃取情报，至于自己为什么半夜三更要跑，那自然是听到苏志耀跟钟叔把田凤飞送走了这个消息后吓的。

苏志耀虽然没有证据，但是他不再信任傅采灵。此时，他把最初的企图暴露了出来，他竟然真的想要纳傅采灵为妾。他说："你若是想要我放过你，那你就从了我！"

傅采灵惊诧地瞪着他，自然不屈从。苏志耀用暴力得逞了。

傅采灵很想一死了之，但是她的情报还没送出去，她不能死，她只能强打着精神对苏志耀假意奉承。

薛白良跟陈枫费尽心思营救傅采灵。傅采灵惹怒了苏志耀，被毒打虐待。

薛白良看着傅采灵抱着残破不堪的戏服死不撒手，顿时心疼不已。傅采灵晕死过去，薛白良给她换了干净的衣衫。薛白良吞下眼泪，默默给她修补好戏服。等傅采灵醒过来后，薛白良跟她说："你的戏服我修好了。我还想送给你一套已经做好很久的刺绣戏服。"

傅采灵对戏服爱不释手，微笑着披上身。她原想给薛白良唱一曲拿手的《牡丹亭》，但还是选择了唱《桃花扇》。傅采灵唱得慷慨激昂，唱到最后那一段时，声泪俱下——

"你本是名家子受人尊敬，方显得才出众壮志凌云。你说要为国家铲除奸佞，你说要蹈水火拯救万民；说人生在世间忠义为本，要效那顶天立地一片丹心；保气节哪怕是牺牲性命，你说要疾恶如仇，临难不苟，方显得爱恨分明。想不到国破家亡你不仅是心灰意冷，反面来你低头忍辱去求取功名。你不能起义兴师救国家于危亡之境，难道说就不甘隐姓埋名？你忘了史阁部尸骨未冷，你忘了千千万万老百姓丧残生。你只想赏心乐事团圆家庆，难道说你还有诗酒流连，风流自赏，闲适的心情？可怜我受千辛和万苦，神惊力尽只图个身心干净，我不能图富贵做你的夫人。公子呀，只当我是路旁人，不必相认，不必相认，只望你好好珍重自己的前程。"

这是李香君跟侯方域的结局，也是注定了的傅采灵跟薛白良的结局。傅采灵跟薛白良肆意地喝酒，醉眼蒙眬中两个人回忆起初次相识的场景。终究造化弄人，天亮之后，再也没有"结局"，从此以后，海角天涯，再无相见之日，亦不必再见。

"哎呀，你可别说了，我听得太难受了。"傅采薇一张一张抽着面纸，眼泪如断线的珍珠一般落个不停，抽噎道，"我太姥姥她真是太可怜了！"

难怪这一段历史母亲从不提，原来是这样悲壮！

"唉！"薛尚安重重地叹了口气。"虽然你不想听了，但是既然你带着你太姥姥这件戏服来，那么我必须说完。"他顿了顿，"你要实在听不下去，把耳朵塞上，我来跟你太姥姥的戏服说。

只有说完，才对得起我太爷爷的隐忍跟牺牲呀。"

傅采薇吸了吸鼻子，正色道："我做好准备了，你继续说吧。"她是想听的，只是被这个故事感动得控制不住眼泪。

曲终人散。第二天醒来，傅采灵不想牵连薛白良，她带着戏服跟陈枫走了。薛白良为了掩护她，也为了给组织争取时间，故意高调暴露了自己，被苏志耀抓到、逼问、拷打……薛白良奄奄一息时，幸亏季铭瑞得到消息赶来营救。季铭瑞从薛白良的口中知道了苏志耀对傅采灵所做的一切，他暗杀了苏志耀。

后来，因为有了傅采灵的情报，冲山突围之战取得胜利。

再后来，薛白良开设了薛氏绣坊。

"那你太爷爷就没想过，去找我太姥姥吗？"傅采薇的俏脸上写满了"意难平"三个字。

"当时你太姥姥在陈枫的带领下，一路走向革命圣地。季铭瑞誓死相随，追了过去，用自己的生命保护了她。她再也没有回来，我太爷爷也就没有机会跟她解释：他假意投敌，既是为了从日军处获取情报，也是为了苏绣和缂丝的传承。"

傅采薇看着绣坊里琳琅满目的苏绣、缂丝精品，想象着痛失爱人的薛师傅在没有炮火，却烽烟弥漫的谍战中，假意投敌，用生命坚守信念，以执着的匠心将精湛的苏绣、缂丝技艺默默传承了下来，顿时肃然起敬。明明相爱，却要克制，错失的爱早已湮没在岁月的叹息中。繁华盛世，苏工苏作的技艺和江南文化的魅力，同当年的秘密和风华一样——

璀璨，不朽！

后　记

　　该部小说中，关于"江抗"、太湖游击队等历史背景素材资料，皆参考了《烽火太湖》（古吴轩出版社，2011年）一书。日本侵略者自入侵中国第一天起，即烧、杀、抢、掠，无恶不作，犯下滔天罪行。日本帝国主义铁蹄横行，激起了人民群众的愤怒，各种自发的反日、反汉奸的斗争此起彼伏。在中国共产党的呼吁和领导下，全民族形成统一战线，共同抗日；而在这历程中，许多热血儿女献出了宝贵的生命，他们有的留下了名字，留下了事迹，但更多默默牺牲的人什么都没有留下，甚至连名字都没有。历史硝烟虽已远去，但在当年艰难困苦的环境中，那些小人物的大情怀，那些为了民族大义随时愿意牺牲自己的高贵品格、爱国精神，值得我们永远铭记。

　　《璀璨风华》这部小说，是我第一次尝试写作主旋律的题材。我很认真地构思每一个角色，很谨慎地进行线索和情节设计。作品中，无论个人情感，还是刺绣、缂丝等传统技艺，都是紧紧围绕着家国情怀而铺开的。这部小说，也是我第一次尝试用片段式的倒叙、插叙手法来写出鲜活的小人物。他们有各自的算计、考量，但是最后却都摒弃一切，投身爱国抗战的史诗里。正因为有千千万万个这种小人物的牺牲，我们最终取得了胜利。

追忆往昔，不忘初心，方得始终。当盛世繁华，不管是心手相传的优秀传统技艺，还是穿越时空的爱国情怀，我们都应该在继承的同时，积极发扬光大。

最后请大家多多包涵。虽然，这部小说为致敬那些为国家为民族牺牲的无名英雄，试图书写一个璀璨的秘密，又尝试从江南文化视角出发，但毕竟是演绎于文学想象的空间，有很多的不足和缺憾。但我尽力将这个故事写完了。